계간 미스터리

2021 봄호 | 통권 제69호

KB048651

표지 그림 ⓒ 변웅필 〈SOMEONE〉 2020 Oil on canvas 77cm×60cm
서양화가 변웅필은 뮌스터쿤스트아카데미에서 순수미술을 공부하고, 동국대 미술학부 겸임교수를 지냈다.
강화도에서 반려견 '만득이'와 익숙하고도 낯선 '한 사람'을 그리며 살고 있다.
• 홈페이지 www.ungpil.com

계간 미스터리

2021 봄호

2021년 3월 5일 발행 통권 제69호

발행인	이영은
편집인	김현경
편집장	한이
편집위원	윤자영 조동신 홍성호 한새마 박상민
홍보마케팅	김소망
디자인	여상우
제작	제이오
인쇄	민언프린텍

발행처	나비클럽
등록번호	마포, 바00185
등록일자	2015년 10월 7일
출판등록	2017. 7. 4. 제25100-2017-0000054호
주소	(04031) 서울 마포구 동교로22길 49, 2층
전화	070-7722-3751 팩스 02-6008-3745
이메일	nabiclub17@gmail.com

ISSN 1599-5216

ISBN 979-11-91029-09-3 03810

값 15,000원

※본지는 한국문화예술위원회의 문예진흥기금에서 원고료(일부)를 지원받아 발행합니다.

2021 봄호를 펴내며/추리소설이 죽음에 저항하는 방식에 대하여

마감 중에 아는 작가의 부고를 페이스북에서 보았습니다. 작가의 지인이 시신을 수습할 연고자를 찾고 있었습니다. 잘 알지는 못해도 비슷한 장르에 있다 보니 몇 년에 한 번씩 우연히 같은 자리에 합석하곤 했고, 진심 섞인 빈말로 '언제 한번 술 한잔하자'는 말을 나누던 사이였습니다. 나이도 젊고 다방면으로 재기발랄했던 터라 SNS에 생긴 이삼 일의 공백을 그의 갑작스러운 죽음과 연결하는 것은 쉽지 않았습니다. 그저 막연히 술 한잔하자는 약속이 영원한 빈말이 되었다는 생각이 들었을 뿐입니다.

우리가 얼마나 젊고 건강하든, 부자든 가난하든, 죽음은 늘 우리 곁에 있습니다. 한밤의 침대 위에도, 횡단보도의 다음 신호 앞에도, 술에 취한 채 운전대를 잡는 누군가의 손에도, 죽음은 머물러 있습니다. 게다가 요즘에는 같은 공간에서 숨을 쉬었다는 이유로, 사랑하는 가족과 함께 식사를 했다는 이유만으로 죽음이 다가오는 초현실적인 상황이, 그저 그런 일상이 되었습니다. 죽음이 이처럼 지척까지 다가와 있었던 때가 없었습니다.

덧없는 죽음이 늘어갈 때, 사랑하는 이의 죽음에 고귀한 신의 섭리 따위 보이지 않을 때, 추리소설은 죽음의 이유에 천착합니다. 범인을 찾아내고, 감춰진 동기를 드러내고, 이성적으로 납득할 만한 이유를 찾아냅니다. 혼돈에 질서를 부여함으로써 죽음의 덧없음과 가치 없음을 상쇄하려 합니다. 늘 죽음에 대해 이야기함으로써 역설적으로 삶을 더 선명하게 밝힙니다. 어쩌면 추리소설은 이와 같은 방식으로 죽음에 대해 필사적으로 저항하고 있는지도 모르겠습니다.

이번 호 〈추리소설가가 된 철학자〉에서는 추리소설의 여왕 애거사 크리스티의 '미성숙'에 대해 다룹니다. 삶의 현실과 죽음을 직시하지 않으려는 크리스티의 성향이 어떻게 '코지 미스터리'라는 장르의 특성과 맞물려 있는지 그녀가 쓴 시를 통해 분석하고 있습니다. 죽음에 대한 거부가 추리소설의 여왕을 만들었다니 아이러니하게 느껴집니다.

안타까운 부고가 들려온 고바야시 야스미와 존 르 카레를 위한 추모 리뷰도 준비했습니다. 고바야시 야스미는 현실과 비현실, 추리와 SF, 호러와 판타지, 동화를 넘나들며 죽음을 이야기한 작가입니다. 가장 불가사의한 죽음을 추리소설의 논리를 빌려와 납득할 만한 것으로 직조해낸 작가였습니다. 존 르 카레는 이언 플레밍과 더불어 스파이 소설의 아버지라고 불릴 만한 작가입니다. 이언 플레밍이 007로 대변되는 낭만적인 스파이 활극을 그렸다면, 존 르 카레는 냉전의 틈바구니에서 실제 스파이로 생활하면서, 거대한 이데올로기가 사람들을 어떻게 괴물로 만드는지, 어떻게 인간성을 철저하게 말살하는지 진지하게 고민한 작가였습니다. 여전히 신작 소식이 들려올 것만 같은 두 작가의 죽음이 비현실적으로 느껴집니다.

아쉽게도 신인상 당선작은 없었지만, 특별초청작을 비롯해서 다섯 편의 작품을 실었습니다. 홍정기의 〈코난을 찾아라〉는 마니아로 즐기다 못해 크리에이터가 된 작가의 모습이 잘 드러나 있습니다. 추리소설의 다양한 하위 장르에 대한 폭넓은 이해를 바탕으로 멋진 반전을 선사합니다. 지난 호 신인상 당선자인 홍선주의 〈푸른 수염의 방〉은 안정적인 문장과 선명한 이미지 속에 다양한 추리소설적 장치들이 정교하게 감추어져 있어, 앞으로의 행보에 두근거리는 마음을 갖게 합니다. 김세화의 〈엄마와 딸〉은 일종의 사회파 미스터리입니다. '도대체 언제까지 자기방어를 하며 살아야 하는 거야?'라는 화자의 말이 뭉클하게 다가옵니다. 그러고 보니 세 편 모두 최근 1, 2년 사이에 '계간 미스터리' 신인상에 당선되어 작품 활동을 시작한 작가들이군요. 뛰어난 신인을 발굴하고자 하는 저희의 끈질긴 노력이 결실을 맺고 있음에 마음이 뿌듯합니다.

한이의 〈긴 하루〉는 죽어가는 어머니를 찾아가는 아들의 이야기입니다. 소년 시절에 있었던 하루는 성인이 되어 어머니의 죽음을 앞두고서도 아들의 인생에 긴 그림자를 드리웁니다. 조동신의 〈목호 마조단〉은 역사 추리소설로 작가의 '이순신 연작' 가운데 한 편입니다. 이번에는 제주도를 배경으로 명량해전 직전 민심이 흉흉한 가운데 벌어진 의문의 살인사건을 그리고 있습니다. 특별초청작인 서미애의 〈숟가락 두 개〉는 '서미애가 서미애했다'는 말이 절로 나오는 단편입니다. 식탁에 함께 놓을 숟가락 두 개가 지상에서 바라는 것의 전부였던 사람들의 저릿한 아픔이, 추리소설이라는 외피를 쓰고 담담하게 전해집니다. 하지만 그 여운까지 잔잔하지는 않습니다.

상상으로 그려낸 죽음만 있는 것은 아닙니다. 유영철, 정남규, 강호순, 오원춘 등 현대사에서 가장 굵직한 연쇄살인범들의 프로파일링과 검거에 중추적인 역할을 한 한국 최초의 프로파일러 권일용 교수와의 인터뷰도 실었습니다. 누구보다 비극적이고 비현실적인 죽음을 목격해온 프로파일러가 바라본 인간의 심연은 어떤 모습일까요? 어딘가에서 그가 가장 좋아한다고 했던 윤동주의 〈자화상〉 중 한 대목이 떠오릅니다. "그리고 한 사나이가 있었습니다. 어쩐지 그 사나이가 미워져 돌아갑니다."

그렇다고 이번 호가 죽음만을 다루고 있는 것은 아닙니다. 어쩌면 죽음의 대척점에 서 있는 '벌어먹고 사는' 이야기를 〈직업으로서의 추리소설가〉라는 스페셜 테마에 담았습니다. 지금 대한민국에서 추리소설가란 이름을 달고 살아가는 사람들은 왜 하필이면, 농담으로라도 사회적 지위가 높다고 할 수도, 벌이가 좋다고 할 수도 없는 일을 직업으로 선택한 것일까요? 20여 명의 현직 작가들이 〈한국 추리소설가들에게 듣는다〉에서 그 대답을 내놓았습니다. 달콤하면서도 쌉쌀한, 익살스러우면서도 진솔한 대답에서 그들의 모습을 힐끗 엿볼 수 있을 것입니다. 더불어 〈추리소설가 류삼 씨의 하루〉에서는 보통의 한국 추리소설가가 보내는 일상적인 하루가 그려집니다.

이번 호부터 새롭게 시작하는 기획도 있습니다. 국내에서 가장 활발한 추리소설 독자들과 마니아들의 모임을 찾아가는 〈미스터리 커뮤니티〉로, 네이버 밴드의 '추리소설을 사랑하는 사람들'을 첫 방문지로 삼았습니다. 이곳에서 독자들이 어떤 이야기를 속살거리며 살아가는지 알아보는 것은 사람 냄새 물씬 나는 정겨운 시간이었습니다. 반면에 〈작가의 방〉은 계속 이어지는 기획입니다. 이번 호에는 추리, 호러, 괴담, 판타지 등의 장르 소설 창작과 기획에서 전방위로 활약하고 있는 김선민 작가의 방을 살짝 엿보았습니다.

입춘이 지났습니다. 책이 나오고 여러분의 손에 들릴 즈음에는 봄기운이 하나 둘씩 올라와, 죽음보다는 삶에 대해 말하기에 더 어울리는 시기가 될 것입니다. 추리소설은 결국 '메멘토 모리memento mori', 즉 "네가 죽을 것을 기억하라"고 상기시킴으로써 살아 있는 지금 최선을 다하라고 말하는 장르인지도 모르겠습니다.

IMF가 강타한 1990년대 말, 스스로가 직업이 되어야 한다고 설파한 구본형의 말이 떠오릅니다. "하고 있는 일의 미래를 걱정하는 사람이 많다. 미래가 없는 일을 하고 있다고 절망하는 사람도 있다. 그러나 대개의 경우, 하나의 일을 아직 잘하지 못하기 때문에 방황하는 것이다. 어떤 일에 깨달음을 얻어 밝아지면 자신이 곧 그 일의 미래라는 것을 알게 된다. 어떤 일을 아주 잘하려면 타고난 재능과 각고의 노력과 하늘의 도움이 있어야 한다. 더불어 천업이라 믿고 하나의 일에 평생을 매달려야 한다. 그것이 무엇이든 생긴 대로 살겠다는 뱃심이 중요하다. 나약한 사람은 어떤 경지에도 이를 수 없다. 정진에는 용맹보다 나은 것이 없다. 백척간두에서 또 한 발을 내딛는 것이다. 목숨을 걸어야 한다."

지금도 각자의 자리에서 최선을 다하는 모두에게 《계간 미스터리》 2021년 봄호가 따뜻한 한때를 선물할 수 있기를 간절히 바랍니다.

계간 미스터리 편집장
한이

목차

단편소설

특집
직업으로서의 추리소설가

계간 미스터리 편집부

한국의

추리소설가들에게

듣는다

추리소설가 20명 인터뷰

직업의 사전적인 뜻은 "생계를 유지하기 위하여 자신의 적성과 능력에 따라 일정한 기간 동안 계속하여 종사하는 일"이다. 이 중에서 '생계'의 관점에서 보면, 소설가는 결코 권할 수 없는 직업이다. 거기에다 한국에서 마이너 장르 중 하나로 인식되는 추리소설을 쓰겠다면, 한마디로 설상가상이다.

불멸의 캐릭터 필립 말로의 창조자 레이먼드 챈들러는 작가가 되고 싶다며 조언을 구하는 독자에게 1951년에 다음과 같은 편지를 보냈다.

"나는 누구에게도 작가가 되어라, 되지 마라 할 수 없습니다. 일반적인 믿음과 반대로 작가란 몹시 고된 직업이고, 어떤 식으로든 괜찮다 싶은 수입을 올릴 정도로 성공한 사람은 극소수예요. 펄프 잡지가 쇠퇴한 덕에 초보자들이 과거보다 한층 더 어려워지게 되었지만, 과거에도 그저 어려운 일이긴 했어요. (…) 적어도 앞으로 한동안은 글로 먹고살지 않아도 되길 바랍니다. 글로 먹고살 가능성은 아주, 아주 낮습니다."

추리소설은 다른 어떤 장르의 소설보다 인간 내면의 빛과 어둠을 직시하고 그것들을 씨실과 날실로 하나하나 직조해내는 작업이다. 인간 내부에 존재하는 잔혹함과 범죄성을 탐구해 하나의 창작물로 완성하는 과정은 같은 소설이라 해도 더 많은 노력과 품이 드는 일이다.

그럼에도 불구하고 왜, 이처럼 생계도 불안정하고 품이 많이 드는 일을 직업으로 삼으려고 그토록 애를 쓰는 것일까? 데뷔한 지 50년이든 됐든 이제 갓 몇 개월이 됐든, 전업이든 부업이든, 한국에서 추리소설가라는 이름을 달고 있는 이들에게 직접 물어보았다.

첫 번째는 가장 원초적인 물음이었다. 왜 추리소설을 쓰는가?

이에 대해 가장 독특한 대답을 해준 작가는 이상우였다. "젊은 시절 필화 사건으로 교도소에 수감되었는데, 수감자들을 위한 이야깃거리를 제공하느라 창작한 스토리가 모두 미스터리였다. 후에 그 스토리를 소설로 옮기다 보니 어느새 추리작가가 되어 있었다."

대부분의 다른 작가들은 추리소설을 좋아하고 재미있을 것 같아서 시작했다는 의견이었다. 김재희는 "나의 생각과 사상, 하고 싶은 말을 남기기 위해서"라고 말했고, 백휴는 "그로테스크한 내용에 논리가 뒷받침되는 것이 좋아서", 그리고 공민철은 "좋아하는 작가에 대한 동경 때문에 글을 쓰기 시작했지만, 내가 그들의 작품을 읽고 큰 감동을 받은 것처럼 나 역시도 누군가의 마음을 울리는 작품을 쓰고 싶다. 이런 마음은 좋은 작품을 읽을 때마다 점점 더 커지는 것 같다"고 대답했다. 홍성호는 왜 쓰냐고 묻는다면 딱히 할 말은 없지만 "세상에 태어나서 내가 뭔가 하고 싶다고 느끼고, 누가 시키지 않아도 스스로 해낸 건 추리소설 쓰기가 유일"하다고 말했다.

조동신은 좀 더 결연한 대답을 내놓았다. "우리나라는 다른 나라에 비해 추리소설이 인기가 없음을 알지만, 그 때문에 더 오기가 생겨 써야겠다는 생각을 하게 되었다. 우리나라 장르문학 발전에 공헌해보자 하는 마음으로 쓴다."

다음은 '생계'와 관련된 물음이었다. 추리소설가로 돈은 얼마나 버는가?

스티븐 킹 역시 한때는 굴뚝 청소부보다 주급이 적다며 친구에게 놀림을 받았다고 하는데, 1년 수입이 아예 없거나 100만 원 내외라고 대답한 작가가 가장 많았다. 가장 고액의 수입을 말한 작가는 서미애로 전작 《당신의 별이 사라지던 밤》으로 8,000만 원 정도의 수입을 얻었다고 말했다. 그 외에 대략 1,000만 원에서 3,000만 원 사이라고 대답한 작가는 김재희와 황세연이었다. 공민철은 "사람이 식물처럼 물과 햇빛만으로도 살아갈 수 있다면, 먹고살 만큼 충분히 번다고 말하고 싶다"라며 다소 자조적인 대답을 내놓았다.

전직 혹은 현직에 대해서도 물어보았다. 추리소설가가 되기 전, 혹은 현재의 직업이 추리소설 창작에 도움이 되는가?

대체로 도움이 된다는 대답이었다. 경비교도대로 군복무를 했던 황세연은

"교도소에서 군대 생활한 경험과 출판사에서 일했던 경험은 창작에 많은 도움을 주었다. 다만, 회사에 다니며 틈틈이 글을 쓰려는 사람이라면, 글과 관련이 있는 직장은 피하는 게 좋을 듯하다. 출판사에서 일했을 당시 나는 남의 글을 수정하고 검토하는 일에 치여 내 글은 들여다보는 것조차 지겹게 여겨졌다"고 답했다.

현직 의사인 박상민은 "첫 장편 《차가운 숨결》은 직업 덕을 톡톡히 본 경우다. 내가 만일 일반인이었다면 애초에 대학병원을 배경으로 한 추리소설을 쓸 생각도 하지 않았을 것이다. 내가 매일 몸담고 사는 공간이었기에 자연스럽게 그곳을 무대로 사건을 구상하게 되었다. 취재와 자문의 필요성도 없고, 직업을 바탕으로 리얼한 묘사를 할 수 있어서 많은 도움이 됐다. 무엇보다 내가 아는 소재를 쓰니 부담이 없고 집필 기간도 단축되었다"라며 만족감을 표시했다.

그 외에도 IT 업종에 종사하며 해킹에 대해 글을 쓴 홍정기, 언론인이면서 추리소설을 쓴 이상우, 디자이너로 일했던 경험이 있는 김재희, 전직 사서인 조동신 등이 전직 혹은 현직이 집필에 도움이 된다고 대답했다. 반면 전업주부인 한새마는 "가사노동, 육아에 시간과 에너지를 너무 많이 빼앗기고 있어서 창작에 별 도움이 안 된다"고 말했다.

가장 의외의 대답을 내놓은 이는 홍성호였다. "법원에서 양형조사관으로 형사 사건 피고인이나 피해자를 면담하고 보고서를 작성해 제출하는 일을 하고 있다. 사람들은 형사 사건을 다루니 소재를 얻는 데 많은 도움이 될 것이라고 생각한다. 하지만 현실은 그렇지 않다. 공무상 비밀 엄수 의무도 있고, 생각만큼 현실 세계의 사건은 미스터리하지 않다. 다시 말해 소설로 쓸 만한 사건은 없다."

위 질문과 함께 추리소설가로 전업할 가능성을 물었다.

예상대로 수입에 따라 대답이 갈리는 경향이 있었다. 비교적 수입이 높은 서미애는 "충분히 가능하다"고 대답한 반면, 김범석, 박상민, 정가일, 황정은, 홍정기는 전업 가능성이 적다고 대답했다. 조동신은 "전업을 결심한다면 빈곤을 각오해야" 한다는 입장이었고, 홍선주는 "쓰는 돈을 줄이면 전업으로 먹고살 수 있지 않을까"라는 조심스러운 답변을 내놓았다.

전업에 대해 낙관적으로 보는 견해도 있었다. 방송국에 근무하는 김세화는 "현업 은퇴를 앞두고 추리소설가로서의 전업을 준비"하고 있다고 밝혔고, 전업 작가인 김재희는 "넷플릭스와 같은 OTT 플랫폼의 도래로 전망이 밝다"고 대답했다.

한편 황세연은 현재 전업 중이지만 부업을 고려하고 있다고 말했다. "현재 다른 직업이 없으니 전업 작가라 할 수 있지만, 수입으로 보면 전업 작가라고 하기는 어렵다. 한국에 사설탐정 제도가 생겼으니 추리소설 쓰는 일과 탐정 일을 겸하면 재미있지 않을까 생각해본다."

추리소설가로서 뿌듯했던 기억과 씁쓸했던 기억이 있다면 무엇인가라는 물음에는 대체로 비슷한 답변이 많았다.

많은 작가들이 소설이 출간됐을 때 뿌듯했고, 나쁜 평가를 받았을 때와 많이 팔리지 않았을 때 씁쓸했다고 대답했다. 홍선주는 독자와의 경험을 이야기했는데 "재밌게 잘 읽었고 기억에 남는다고 말해주는 독자를 만났을 때 가장 뿌듯하다. 반면 독자들이 작의를 다르게 이해하고 있을 때 씁쓸하다"고 말했다.

　　김재희는 "국내외 편집자들이 존경하고 알아줄 때 뿌듯하다.《섬, 짓하다》는 올해 2월에 프랑스어 번역판이 출간되었고,《경성 탐정 이상》시리즈는 해외에서 번역 검토 중이라 무척 자랑스럽다"고 대답했고, 서미애는 "국외에서 한국 스릴러에 관심 가지는 편집자들을 직접 만났을 때 뿌듯했고, 문학잡지에 추리소설 작가의 글은 실을 수 없다는 얘기를 들었을 때 씁쓸했다"고 소회를 드러냈다.

　　백휴는 추리소설 비평을 시작한 경험을 이렇게 이야기했다. "1994년 부산 수산대 문학동아리 친구들이 김성종 선생님께 '불륜이나 쓰는 작가'라며 폄하하는 걸 봤던 것이 가장 충격적이고 씁쓸한 경험이었다. 그 일을 계기로 추리소설 비평을 하기 시작했다."

　　어느 방송에서는 추리소설을 '살인을 가르치는 교과서'라고 소개하기도 했다. 이런 사회적 통념을 떠나서 가족이나 지인들은 어떻게 생각하는지 물었다.

　　김범석, 이지연, 황정은, 이상우, 김세화, 박상민, 김영민, 조동신은 대체로 긍정적으로 지지해준다는 편이었고, 서미애, 김재희, 백휴, 한새마는 무관심하다고 대답했다. 홍선주는 "첫 번째는 밥은 먹고 살 수 있을까, 두 번째는 대박 나면 2차 저작권 수입이 엄청나겠구나"라는 두 가지 반응을 보인다고 답했다. 황세연의 답변은 "초등학교 3학년 아들은 아버지가 추리소설가라는 걸 자랑스러워하는 것 같고, 아내는 남편의 돈벌이가 별로니 좋아하는 것 같지 않다. 주변 지인들은 술을 잘 사주는 걸로 봐서 신기한 직업을 가진 인간으로 여기는 것 같다"는 것이었다. 가장 자조적인 답을 내놓은 작가는 정가일이었다. "동정한다. 가끔씩 동전을 던져준다."

가족 이야기가 나온 김에, 만약 자녀가 추리소설가가 되겠다고 하면 어떻게 하겠느냐고 물었다.

긍정적인 의견과 부정적인 의견이 나왔다. 먼저 부정적인 의견을 살펴보면, "그걸 막으려고 아이를 안 낳는다"는 정가일과 "솔직히 말리고 싶다. 되기도 어렵지만 계속해서 작품을 써나가기도 어렵기 때문"이라는 조동신이 대표적이었다. 박상민은 "추리소설을 잘 쓴다 해도 안정된 직장 하나는 보험 삼아 찾기를 권하겠다"고 현실적인 견해를 밝혔다.

반면에 긍정적인 답변도 많았다. 한새마는 "글쟁이는 신병 같은 거라서 벗어날 수 없기 때문에 말리지 않겠다"고 했고, 리뷰어로도 활동하는 홍정기는 "온 힘을 다해 지지해줄 것이다. 보유 중인 추리소설도 정말 많다"며 딸을 엘리트 추리소설가로 키우고 싶다는 꿈을 밝혔다. 가장 열렬한 찬성 의사를 밝힌 사람은 김세화다. "적극 권장한다. 추리문학을 공부하면 논리적 사고와 분석 능력과 종합적 판단력이 높아지기 때문이다."

하루에 글을 얼마나 쓰는지 물을 때, 대부분의 작가들이 3시간에서 6시간 정도 매일 꾸준히 쓰려고 노력한다고 대답했다.

정가일은 "환청이 들릴 때까지" 쓴다고 했고, 공민철은 "아침에 일어나자마자 점심이 지날 무렵까지 집중해서 쓴다"고 했다.

탄력적으로 글을 쓰는 작가들도 있었다. 김재희는 "안 쓰는 날도 있다. 중요한 것은 정말 안 써질 때 재미없는 장면으로 메우지 않는 것이다. 그냥 쉬고 구상만 하거나 자료나 시놉시스로 다시 돌아간다. 아니면 비슷한 영화를 보며 참조한다"고 말했다. 서미애는 "원고 마감이 있을 때는 깨어나서 잘 때까지 모든 시간을 집필로 보낸다. 여유가 있으면 아침에는 전날 뉴스 등 인터넷 서핑으로 보내고, 오후에는 관련 자료나 영상을 보다가 저녁 이후부터 쓰기 시작한다"고 답했다.

직장인으로서 글을 쓰고 있는 경우도 물어보았다. 현업을 갖고 있는 대부분의 작가들이 쓸 내용을 미리 구상해놓거나 자료를 조사해서 메모해두었다가, 퇴근 후나 휴일에 집필한다고 대답했다. 어떤 방법으로든 집필 시간을 확보하는 것이 중요하다는 의견이 대부분이었다.

작업 중에 어떤 음악을 듣는지 물었다.

정신 집중이 안 돼서 어떤 음악도 듣지 않는다는 쪽과 "가벼운 클래식 연주곡이나 영화나 드라마의 OST"를 듣는다는 이지연, "빗소리, 폭포 떨어지는 소리, 장작 타는 소리, 눈이 내리는 소리 등 자연의 소리를 틀어놓는다"는 공민철, 홍성호가 있었다. 황세연은 감수성을 끌어올리기 위해 "여자 가수의 노래를 주로 듣는다"고 했고, 박상민은 "구상하고 있는 소설이 스릴러 장르일 경우에는 박진감 넘치는 음악을, 감성적인 내용일 경우에는 애절한 발라드를 고른다"라며 작품 성격에 따라 듣는 음악이 달라진다고 대답했다.

추리소설가로서 가장 행복했던 일이 무엇인지 묻자 다양한 답변이 나왔다.

등단했을 때, '계간 미스터리' 신인상 당선 전화를 받았을 때, 단행본이 출간되었을 때, 자신의 이름이 실린 작품집을 선물했을 때, 직업란에 소설가라고 쓸 때, 영상화 판권이 팔렸을 때 등이었다.

재미있는 답변도 있었다. 백휴는 "3쇄, 4쇄 정도는 무명작가도 식은 죽 먹기로 찍어내던 시절이 있었다. 책이 나오기도 전에 베스트셀러를 기대하며 아내와 고급 호텔에서 식사를 했을 때"라고 대답했고, 서미애는 "내 책을 읽은 독자가 자신을 돌아보고 아이들에게 좋은 엄마가 되겠다고 결심했다는 리뷰를 읽었을 때"라는 경험을 들려주었다.

스티븐 킹 같은 괴물을 제외하고 작가 대부분이 경험하는 슬럼프를 어떻게 극복하는지 궁금했다.

쓰던 걸 덮고 영화나 산책, 지인들과의 수다 등 다른 활동을 하며 극복한다는 의견이 가장 많았다. 공민철은 "나에게 좋은 영향을 주었던 작품들을 다시 찾아 읽는다. 아니면 잠시 아르바이트를 한다. 그러면 글 쓰는 게 세상에서 가장 쉬운 일이구나, 라는 생각에 얼른 노트북 앞으로 돌아가고 싶어진다"고 답했다.

한새마는 "닥치는 대로 책을 읽고, 닥치는 대로 계속 써서" 극복한다는 우직한 답을 주었고, 홍성호는 "추리소설에 대한 생각 자체를 하지 않고, 추리소설도 읽지 않는다. 그렇게 몇 달을 보내다 보면 어느 순간 창작욕이 다시 스멀스멀 올라온다"며 자신만의 독특한 해결법을 내놓았다.

추리소설을 잘 쓰는 비결에 대해 물어보았다.

동종업계 종사자에게 비법을 알려주기 싫은지 대부분 "비결 같은 건 없다"는 입장이었고, "비결을 알았다면 베스트셀러 작가가 되었을 것"이라고 말한 이도 있었다. 하지만 비결 아닌 비결이라면 있었다. 공민철은 "일이라는 건 하면 할수록 숙달이 되어야 하는데, 창작이라는 영역은 숙달이라는 개념이 없는 것 같다. 쓰면 쓸수록 오히려 더 힘들어지는 이상한 직업이다. 다만 작가가 만드는 결과물은 점점 더 좋아진다. 그러니까 잘 쓰는 비결은 역설적으로 더더욱 자기를 괴롭히면서 힘들게 쓰는 게 아닐까 한다"는 원론적인 답을 내놓았다.

서미애 역시 비슷한 답변이었다. "잘 쓰는 비결은 쓰는 행위 자체를 즐기는 것이다. '이 정도면 되겠지'에서 멈출 게 아니라, 마지막에 마지막까지 고민하고 수정해야 한다"는 것이다. 황세연은 "소설을 쓰기 전에 코미디 프로를 보고 웃으면 두뇌 회전이 빨라진다"며 평소 작가의 유머 감각을 보면 좀처럼 믿기 어려운 답변을 내놓았다.

무협소설의 주인공들은 필요할 때마다 절묘하게 절벽에서 떨어지거나 비동秘洞에 들어가, 절세 무공이 담긴 비급이나 수십 년의 내공을 단번에 올려줄 수 있는 단약을 발견하고는 한다. 현실에서도 그럴 수 있다면 얼마나 좋겠는가. 하지만 추리소설을 쓰는 일은 특별한 비결이 있는 것이 아니라, 우직하게 파고들어야 하는 힘들고 고된 작업이다.

추리소설가를 그만두고 싶었던 적이 있었는지 물었다.

황세연은 가장 현실적인 대답을 주었다. "아내와 아이가 있는 가장인지라 늘 먹고사는 문제가 변수다. 경제적으로 어려운 상황에 직면하게 되면, 쉬지 않고 글을 써서 한 달에 한 권씩 책을 출간하든지, 그런 중노동이 싫다면 다른 직업을 선택해야 하는 갈림길에 서게 된다. 추리소설가를 스스로 그만두고 싶었던 적은 없지만, 늘 주변 환경이 선택을 강요한다."

그 외의 대다수는 추리소설을 떠나고 싶었던 적은 없다고 대답했다. 단지 소재가 고갈되거나 구상이 떠오르지 않을 때 그만두고 싶어진다고 했다.

초심자의 행운도 있지만, 작가로서 성장하기 위해서는 시행착오 역시 피해갈 수 없다. 추리소설가로서 다시는 반복하고 싶지 않은 일에 대해 물었다.

가장 많은 대답은 자신도 모르게 작품 속에서 범했던 오류에 대한 것이었다. 대표적으로 서미애는 "몇 년 전 이미 사라진 제도를 점검하지 않고 썼다가 독자에게 지적을 받았을 때. 독자에게 감사 인사를 하고 다음 쇄에서 수정했다"고 말했다. 한이 역시도 "한 역사추리 단편에서 지리적인 오류를 범했었는데, 독자의 지적으로 수정할 수 있었다"고 대답했다.

작품의 완성도와 관련된 답변도 있었다. 홍선주는 "퇴고를 충분한 시간을 묵힌 다음에 할 것. 단편은 최소 일주일, 장편은 한 달 정도는 묵혀두었다가 다시 봐야 놓친 게 보이는 것 같다"고 대답했고, 한새마는 "스스로와 타협하는 것. 원고료 욕심에 그냥 이 정도만 써서 보내도 되지 않을까 하며 원고를 낸 적이 있다. 끝까지 고치고 또 고치자고 다짐했다"며 각오를 다졌다.

김세화는 "웹소설 도전은 절대 다시 하지 않을 것"이라고 말했고, 박상민과 홍성호는 "데뷔 초기에 단편을 집중적으로 습작했던" 일을 꼽았다. "그때부터 실력이 되건 안 되건 장편 소재를 개발하고 썼어야 했다"는 것이었다.

황세연은 구체적인 경험을 털어놓았다. "예전에 《실미도》를 출간해 밀리언셀러를 만든 출판사가 내 소설 《조미전쟁》을 뒤늦게 검토한 뒤 《실미도》 후속타로 정했다며 출간하면 대대적인 마케팅을 하겠다고 제의한 적이 있다. 하지만 당시 그 원고는 지인이 편집장으로 있던 출판사에서 출간하기로 이미 구두 약속이 되어 있었다. 귀가 솔깃한 제의를 거절하고 지인과의 약속을 지켰다. 지인의 영세한 출판사에서 출간한 《조미전쟁》은 약 1만 부 정도 팔렸다. 내 기대의 반의반에도 못 미쳤지만, 별 마케팅 없이 판매한 것치고는 많이 팔린 편이었다. 그 이후 그때의 내 결정을 후회했다. 약속 때문에 글쟁이 인생에서 몇 번 오지 않을 좋은 기회를 놓쳤던 게 아닌가 싶어서다. 약속이 중요하긴 하지만, 약속 때문에 인생의 기회를 잃는 시행착오는 반복하고 싶지 않다.”

추리소설가로서 독자나 출판사에 바라는 점이 있는지 물었다.

대다수의 작가들이 한국 추리소설이 외국 추리소설보다 못하다는 선입견을 거두고 애정 어린 시선으로 지켜봐주길 독자들에게 당부했으며, 김영민은 이를 “불신의 자발적 정지”라고 표현했다. 그리고 출판사도 판매 부수와 매출에만 연연하지 말고 국내 작가들에게 많은 기회를 주었으면 한다는 바람을 드러냈는데, 특히 백휴는 국내 출판사가 “출판 철학과 매출 지향 사이의 균형 감각이 있었으면 좋겠다”고 대답했다.

홍선주는 “창작자는 주관대로 작업을 하지만 대중의 외면을 받는 작품은 아무리 예술성이 뛰어나도 소용이 없다고 생각한다. 작가의 작품이 대중의 삶 속에 스며들 수 있도록 가이드를 줄 수 있는 분이 편집자”라고 소신을 밝혔다.

한국 추리소설의 미래를 어떻게 생각하는가라는 질문에 대한 답변은 비관론과 낙관론이 고루 섞여 있었다.

먼저 비관적인 쪽의 대표는 본격 추리소설을 주로 쓰는 조동신이었다. 그는 "여러모로 좋지는 않다고 생각한다. 출판 시장은 축소되고 영상물이나 웹소설의 시장이 커지고 있지만, 본격 미스터리가 이식되기에 쉽지 않아 보인다"고 답했다. 공민철은 "추리소설의 미래는 밝지만, 경쟁자가 더 많아졌다는 점에서는 추리소설가의 미래가 조금 더 어두워진 것 같다"며 너스레를 떨었다.

류삼은 냉정한 대답을 내놓았다. "한국 추리소설의 미래? 결국 작가들의 손에 달린 것 아닌가? 여전히 태작과 범작을 쏟아낸다면 독자들은 계속 외면할 것이고, 있는 힘껏 최선을 다한 작품을 내놓는다면 결국에는 시장이 알아줄 것이라고 믿는 수밖에 없다. 알아주지 않아도 어쩔 수 없는 일이고. 어차피 세상에는 실패한 천재들로 넘쳐난다."

반면 낙관적인 답변도 많았는데, 주로 영상화를 염두에 둔 낙관론이었다. 김재희는 "넷플릭스 등의 플랫폼에 범죄 영화나 다큐가 아예 카테고리화되어 있고 앞으로 더 많은 OTT 콘텐츠가 개발될 것이므로 희망적이다."라고 했고, 박상민은 "영화, 드라마에서는 스릴러, 미스터리가 대세다. 아직 우리나라의 사례는 많지 않지만 추리소설은 영상물 등 2차 저작물로 활용되기에 최적의 장르라고 생각한다. 앞으로 많은 한국 추리소설이 영상화되어 대중문화를 선도하는 역할을 맡는 날이 올 거라 믿는다."고 했다.

황세연은 "현재 한국 추리소설은 바닥을 찍고 상승세를 탄 것 같다. 곧 출중한 베스트셀러 작품들이 다수 나와 1980년대처럼 한국 추리소설의 전성기가 도래하

지 않을까"라는 기대를, 백휴는 "일본처럼 추리소설 그 자체로 즐기는 분위기가 도
래하지는 않을 것 같고, 드라마나 영화 판권을 판매하기에는 나쁘지 않은 장르로 보
인다. 역시 국내 시장의 크기가 작아 해외 진출을 염두에 두고 작업을 해야 할 것 같
다."는 의견을 내놓았다.

직업 만족도와 함께 시간을 되돌려도 다시 추리소설가가 될 것인지 물었다.

김세화는 "제대로 하고 싶은 일이 너무 많아서 추리소설가가 되지는 않을 것
같다"고 대답했고, 홍정기는 "수입이 적어 만족도는 낮지만 꼭 하고 싶은 일이기 때
문에 다시 도전할 것"이라고 말했다. 한새마는 "너무 늦게 시작한 게 후회될 따름"
이라며 추리소설가라는 직업에 만족을 드러냈다.

대부분의 작가들이 낮은 수입에 대해서는 불만이 많았지만, 직업 만족도는
80~90퍼센트 이상이라고 말했다. 공민철은 만족도 80퍼센트를 주면서 자신에 대
한 아쉬움 때문에 20퍼센트를 뺐다고 덧붙였고 박상민은 "추리소설가가 되지 않았
다면 끔찍했을 것"이라며 높은 만족감을 표시했다.

무라카미 하루키는 한 에세이에서 다음과 같이 말했다. "링에 오르기는 쉬워
도 거기서 오래 버티는 건 쉽지 않습니다. 소설가는 물론 그 점을 아주 잘 알고 있습
니다. 소설 한두 편을 써내는 건 그다지 어렵지 않아요. 그러나 소설을 오래 지속적

으로 써내는 것, 소설로 먹고사는 것, 소설가로서 살아남는 것, 이건 지극히 어려운 일입니다."

추리소설가로서 링에 오른 여러분이 상대방의 주먹에 난타당하면서도 끈질기게 살아남기를 바란다. 난사되는 주먹세례 속에서도 시퍼렇게 살아 있는 눈으로 상대의 약점을 놓치지 않기를. 설혹 링 바닥에 눕더라도 다시 일어서기를. 기회를 노리고 적을 쓰러뜨릴 카운터펀치를 날리기를 바란다. 그리하여 마침내, 링 중앙에 서서 두 주먹을 치켜올리며 승리의 포효를 터뜨리기를 간절히 바란다.

참조
• 레이먼드 챈들러, 안현주, 《나는 어떻게 글을 쓰게 되었나》, 북스피어, 2014.
• 무라카미 하루키, 양윤옥, 《직업으로서의 소설가》, 현대문학, 2016.

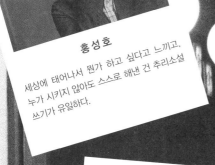

홍성호

세상에 태어나서 뭔가 하고 싶다고 느끼고, 누가 시키지 않아도 스스로 해낸 건 추리소설 쓰기가 유일하다.

조동신

우리나라는 다른 나라에 비해 추리소설이 인기가 없음을 알지만, 그 때문에 더 오기가 생겨 써야겠다는 생각을 하게 되었다.

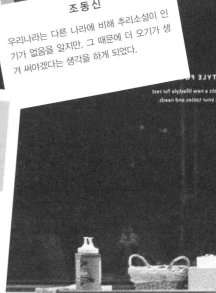

이상우

젊은 시절 교도소에서 수감자들을 위해 이야기를 창작한 적이 있는데 모두 미스터리였다. 그 스토리를 소설로 옮기다 보니 추리작가가 되어 있었다.

황세연

한국에 사설탐정 제도가 생겼으니, 추리소설 쓰는 일과 탐정 일을 겸하면 재미있지 않을까 생각해본다.

공민철

창작에는 숙달이라는 개념이 없는 것 같다. 쓰면 쓸수록 오히려 더 힘이 든다. 그런데 결과물은 점점 더 좋아진다.

정가일

나는 환청이 들릴 땐까지 글을 쓴다.

이지연

작업할 땐 주로 가벼운 클래식 연주곡이나 영화·드라마의 OST를 듣는 편이다.

한이

한 역사추리 단편에서 지리적인 오류를 범했는데, 독자의 지적으로 수정할 수 있었다. 다시는 겪고 싶지 않은 일이다.

박상민

스릴러 장면을 쓸 때는 박진감 넘치는 음악을, 감성적인 장면을 쓸 때는 애절한 발라드를 고른다.

홍선주

대중의 외면을 받는 작품은 아무리 높은 예술성을 갖춰도 소용이 없다.

황정은

한때 글쓰기를 포기한 적도 있지만 다시는 포기하고 싶지 않다.

백휴

그로테스크한 내용에 논리가 뒷받침되는 것이 좋아서 추리소설을 쓴다.

홍정기

시간을 되돌린다 하더라도 추리소설가에 다시 도전할 것이다.

한새마

직업 만족도 백 퍼센트. 너무 늦게 시작한 게 후회될 따름이다.

서미애

추리소설가로 전업하는 건 충분히 가능하다. 해외에서 한국 스릴러에 관심을 가진 편집자를 만났을 때 정말 뿌듯했다.

김영민

독자들도 이제 한국 추리소설이 외국보다 못하다는 '불신의 자발적 정지'를 부탁드린다.

김범석

한국 추리소설이 크게 부흥할 수 있을지는 모르겠으나 소멸하지는 않을 것이다. 창작하는 누군가가 있는 한.

김세화

자녀가 추리소설가를 꿈꾼다면 적극 권장할 것이다. 추리문학을 공부하면 논리적 사고와 분석 능력, 종합적 판단력까지 높아지기 때문.

김재희

영상화를 염두에 둔다면 한국 추리소설의 미래는 희망적이라고 본다.

류삼

한국 추리소설의 미래? 결국 작가들이 얼마나 있는 힘껏 최선을 다한 작품을 시장에 내놓느냐에 달려 있다고 생각한다.

추리소설가 류삼 씨의 하루

류삼

전직 사서. 경애하는 작가는 레이먼드 챈들러와 제임스 엘로이. 사서가 되면서 깨달은 사실은, 사서란 직업이 책은 넘쳐나지만 실상 읽을 시간은 없다는 것. 언젠가 자신의 소설이 서가 한구석을 차지할 날을 꿈꾸며 키보드를 두드리고 있다.

　류삼은 계산대에 앉아 유리창 너머의 사람들을 바라보았다. 새벽에 들어온 물건을 진열하고 창고 정리도 끝내놓은 뒤였다. 거리에는 아직 새벽 어스름이 남아 있지만 제 몸 하나 가누지 못하던 취객들은 사라지고, 출근길을 서두르는 마스크 쓴 사람들이 하나둘 늘어갔다. 마스크 밖으로 하얀 입김이 올라오고 있었다. 다행히 어제 기상청에서 예보했던 눈은 아직 내리지 않고 있었다.

　그나마 사회적 거리 두기 때문에 야간 근무가 수월해졌다. 여전히 술에 취한 진상들은 있었지만. 점내 취식이 금지된 터라 청소나 잔반 처리 같은 일거리가 줄어든 덕이다.

　7시 20분이 되자 30대 초반의 교대 근무자가 나타났다. 야구 모자를 쓴 뺀질거리는 인상의 녀석은 유리창 밖에서 고개를 까닥거리더니 담배를 빼어 물었다. 인수인계를 하려면 근무 시간 이삼십 분 전에는 오는 것이 정상이었지만 녀석은 늘 이삼십 분 늦게 나타났다. 그래도 불만을 나타내는 사람은 없었다. 녀석의 아버지가 편의점을 몇 개 갖고 있고, 류삼이 아르바이트를 하는 이곳도 누나가 점장으로 있었다.

　담배 냄새를 풍기며 계산대로 들어온 녀석에게 류삼은 깍듯이 인사를 했다. 집에서 몇 분밖에 걸리지 않는 거리에 있었고, 원래 올빼미 생활을 해온 터라 급여가 낮은 것 빼고는 직업 만족도가 나쁘지 않았다. 손님이 없는 시간에는 책을 읽거나 수첩에 이런저런 아이디어를 끼적일 수도 있었다.

인수인계를 마치고 창고에서 겉옷을 걸치고 나왔을 때 녀석은 편의점 앞에서 담배를 피우고 있었다.

"들어가보겠습니다."

류삼의 인사에 녀석은 고개를 까닥이더니 담배 낀 손으로 야외 테이블을 가리켰다. 테이블에는 편의점 비닐봉지가 놓여 있었다.

"갖고 가세요."

류삼은 유통기한이 지난 삼각김밥이 든 비닐봉지를 챙겨 들고는 다시 고개를 꾸벅였다.

"아저씨."

"네?"

"그건 잘돼가요? 무슨 소설인가 쓴다면서요?"

"추리소설요? 그럭저럭 하고 있습니다."

"어디 연재되는 데 있어요? 네이버나 그런 데."

"아직."

"흐응. 그렇구나. 근데 요새 누가 책을 사서 보나. 들어가셔요."

비뚜름한 입으로 담배 연기를 뱉으며 녀석이 고개를 주억거렸다.

류삼은 검은 봉지를 들고 터벅이며 집으로 향했다. 편의점이 있는 큰길에서 꺾어지면 지은 지 삼사십 년은 된 단독주택들이 몰려 있다. 몇 걸음 안 가서 그의 집이 나타났다. 아내가 출근 준비를 하는지 2층 화장실 불이 켜져 있었다. 그는 자기 집을 지나쳐 천변 산책길로 내려갔다. 드문드문 운동하는 사람들이 보였다. 운동기구들에는 사회적 거리 두기로 사용을 금지한다는 문구와 함께 비닐테이프가

둘러쳐져 있고, 징검다리 입구에는 조류독감으로 출입을 막는다는 플래카드가 걸려 있었다.

　류삼은 천천히 산책길을 걸었다. 빠르게 걷거나 뛰는 사람들이 그를 지나쳐 갔다.

　류삼은 아내가 출근했을 시간에 맞춰 집으로 들어갔다. 아내는 대중교통으로 20분 거리에 있는 도서관에서 근무했다. 아내를 만난 것도 도서관에서였고, 결혼과 함께 서울로 이사 온 것도 아내의 근무지가 바뀌면서였다.

　그가 추리소설가가 된 것은 우연한 일이었다. 아는 작가의 소개로 젊은 작가 몇이 의기투합해서 단편집을 내는 일에 참여하게 된 것이 계기였다. 원래 작품을 싣기로 했던 한 명이 개인 사정으로 빠지면서 그의 작품이 실리게 된 것이었다. 그 단편집은 나름 인기가 있어서 그 뒤로 몇 권인가 시리즈로 이어졌다. 그 후 결혼한 지 몇 년 만에 본격적인 추리소설가의 길을 가고 싶다며 잘 다니던 도서관도 그만두고 몇 년인가 소설만 쓰면서 살았다. 하지만 전업 작가의 길은 녹록하지 않았다. 그 몇 년 동안 단편 한두 편과 역사소설 한 권을 출간한 것이 전부였다.

　집에 있는 컵라면과 얻어 온 삼각김밥으로 아침을 차렸다. 천변을 걸으며 찬바람에 노출된 탓인지 밥알이 버석거렸다. 뜨거운 라면 국물로 밥알을 넘겼다. 틀어놓은 텔레비전의 광고가 끝나기도 전에 식사가 끝났다.

　오후 약속을 위해서 알람을 맞춰놓고 소파에 누웠다. 눈을 감고 이런저런 상념에 잠겨 있기도 잠시, 금세 잠이 밀려들었다. 알람 소리에 놀라 눈을 떴을 때, 텔레비전에서는 거구의 개그맨 넷이서 맛집을 찾아다니는 프로그램이 나오고 있었다. 지금보다 날씬한 것을 보니 벌써 몇 년 전 방송인 모양이었다.

몸 여기저기가 찌뿌둥했다. 전에는 밤에 글을 쓰고 낮에 잠깐 자도 금세 피로가 회복되었지만 사십이 넘어가면서부터 예전 같지 않았다. 사채업자에게 끌어다 쓴 빚처럼 당겨 쓴 체력은 집요하게 대가를 독촉했다.

샤워를 하고 옷을 갈아입으려고 침실로 들어갔다. 침대 위에 아내가 코디해 놓은 옷이 놓여 있었다. 평소 입고 다니는 스타일은 아니지만 아내의 성의를 생각해서 그대로 입었다. 화장대 거울에 비친 그의 모습은 남의 옷을 빌려 입은 사람처럼 어색했다.

출판사가 있는 망원역에 도착했는데 약속 시간보다 20여 분 여유가 있었다. 그는 잠시 망원역 주변을 걸었다. 투자 바람이 분다고 하더니 확실히 예전보다 사람도 많고 노점도 활기가 있어 보였다.

류삼은 약속 시간에 맞춰서 빌라 2층에 있는 출판사로 들어갔다. 가정집을 사무실로 개조해서 쓰고 있었고, 책상 수를 보니 서너 명의 직원이 일하는 작은 규모의 출판사였다.

형식적인 인사가 끝나고 30대의 여성 편집자와 커피를 앞에 놓고 마주 앉았다.

"류 작가님, 보내주신 원고는 잘 검토해보았습니다."

"감사합니다."

그가 원고를 보낸 다섯 곳의 출판사 중에 세 곳은 이메일로 출판 거절 의사를 밝혔고, 직접 만나서 출간 논의를 해보고 싶다고 한 곳은 이곳이 유일했다. 한 곳은 아예 답변이 없었다. 출간 일정이 꽉 찼다거나 출판사의 방향과 맞지 않는다는 거절의 말은 팔릴 가능성을 확신할 수 없다는 뜻의 완곡한 표현이었다.

"일단 전체적인 스토리 라인은 좋아요. 단순히 사건을 해결하는 데 머물지 않고 사회적인 문제와 연결시킨 것도 좋았어요. 아쉬운 점이 있다면 전반적인 문체나 분위기가 좀 올드하다고 할까요? 노골적으로 표현하면 요즘 젊은 독자들의 입장에서는 나이 든 아저씨가 꼰대 짓 하는 것처럼 느껴질 수 있다는 거예요."

"그렇군요. 구체적으로 어떤 부분이 그렇게 보일까요?"

편집자는 몇 군데를 예로 들어서 보여줬다. 지금까지 별로 의식하지 않고 써오던 표현들이었다. 그 외에도 좀 더 영상화에 적합한 플롯이 필요하다든가, 캐릭터가 다른 매체로 이식되었을 때에도 살아 있을 정도로 입체적이었으면 좋겠다는 등의 의견을 말했다.

"추리소설보다는 원천 소스로서의 역할이 더 중요하다는 말씀인 것 같군요."

수첩에 한참을 메모하던 류삼이 말했다.

"그렇다고 볼 수 있겠죠. 안타깝지만 한국 출판 시장에서 추리소설은 출판으로만 생존할 수 있을 정도로 자생력을 갖고 있지 못합니다. 2차 저작권 판매나 해외 판권을 노릴 수밖에 없죠. 물론 작품에 따라 몇 만 부가 팔리는 경우도 있습니다만, 그런 경우는 정말 극소수입니다."

류삼도 모르지 않았다. 하지만 아는 것과 할 수 있는 것은 다른 법이다. 십수 년을 투자해서 익힌 스타일을 온전히 뜯어고치는 것은 쉬운 일이 아닐 것이다.

"저희가 제시한 방향대로 고치시는 것이 가능하면 계약 진행하시죠."

출판사에서 제시한 계약금을 집필 시간으로 나누니 한 달에 20만 원 정도의 수입이었다.

"며칠 생각해보고 결정해도 되겠습니까?"

"그러세요. 충분히 생각해보시고, 함께 좋은 작품 만들어보시죠."

류삼은 의욕을 보이는 출판사 편집자와 인사를 나누고 건물을 나왔다. 출근

길로 예보됐던 눈은 퇴근길로 미뤄졌는지 하늘이 짙은 회색으로 물들어 있었다.

망원역에서 합정역까지 걸었다. 곳곳에 문을 닫고 임대를 써 붙인 점포들이 많았다. 합정역에 있는 대형 서점에 들렀다. 입구에서 체온을 체크하고 안으로 들어갔다. 여전히 수없이 많은 책들이 쌓여 있었다. 일본 유명 작가의 추리소설이 한자리를 차지했고, 달콤한 제목을 단 그만그만한 에세이들도 더미를 이루고 있었다.

서점은 언제나 그에게 집처럼 친근한 곳이었다. 어린 시절 아르바이트를 해서 돈 몇 푼이 생기면 서점으로 달려가 좋아하는 작가의 신작을 구입하는 것이 유일한 낙이었다. 하지만 오늘은 숨이 막혔다. 진열된 수많은 책의 무게가 가슴을 짓누르는 것 같았다.

서적 코너를 벗어나 문구 쪽으로 이동했다. 노트를 뒤적거리고 볼펜으로 낙서를 끼적이며 시간을 보냈다.

"살 거 있어?"

이곳에서 만나기로 약속한 반 선배가 어깨를 두드리며 물었다.

"없어요."

"볼펜 하나 사줄까?"

"됐어요."

"볼펜 마니아가 웬일이야? 장비가 안 좋으면 글을 쓸 수 없다는 사람이."

"더 볼 것 없으면 나가죠."

두 사람은 서점을 나와 어디로 갈까를 묻기도 전에 약속이나 한 것처럼 단골집으로 발길을 옮겼다. 전에는 점심시간이 끝난 후 두 시간 동안 브레이크 타임을 갖더니 영업시간이 단축된 뒤로는 쉬는 시간이 없어졌다. 덕분에 손님은 그들뿐이었다.

적당한 안주를 주문하고 술을 시켰다. 서로의 안부를 묻고 이런저런 익숙한 이야기들을 나누었다.

반은 예전에 추리소설을 썼지만 아이가 생긴 뒤에는 경제적인 이유로 음식점을 차렸다. 다행히 꼼꼼한 성격과 막 인기를 얻기 시작한 프랜차이즈라는 부분이 맞아떨어져 10여 년 동안 상당한 수익을 올릴 수 있었다. 하지만 그 이후 시작한 다른 장사들이 고전하면서 노후 문제가 해결되면 다시 추리소설을 쓰겠다는 꿈은 조금씩 멀어지고 있는 실정이었다.

류삼은 출판사에서 들은 얘기를 꺼냈다.

"어쩌면 그것 때문에 다시 추리소설 쓰는 걸 망설이게 되는 건지도 몰라. 지금 독자들이 좋아하는 게 뭔지를 모르겠어. 내가 좋아하는 것을 지금의 독자들이 받아들일 수 있도록 전달해야 하는데, 너무 긴 시간 작가라는 직업에서 떠나 있었어."

반이 잔에 남은 소주를 털어 넣으며 말했다. 류삼은 반의 빈 잔에 소주를 따라주고 자신의 잔에도 술을 채웠다.

"아이는?"

반이 물었다.

"아직 없어요."

"안 낳을 생각이야? 너도 나이가 있는데. 더 늦으면 갖고 싶어도 힘들어."

류삼은 지금 수입으로는 고양이를 입양하는 것도 힘들다고 대답하려다 소주잔을 입에 무는 것으로 대신했다. 이야기는 다른 추리소설가들의 근황으로 넘어갔다. 해외에 소개되며 잘나가는 사람도 있었고, 인터넷 플랫폼에 취직했다가 그만두지 못하는 사람, 공모전에서 상을 탄 사람, 지병으로 갑자기 죽은 사람도 있었다. 소주병이 쌓일수록 목소리가 커졌다. 어느새 테이블에 손님들이 차기 시작했다.

"더 마시려면 이차 가고, 아니면 퇴근 인파 몰리기 전에 일어나지."

취기가 올라온 류삼은 밤에 아르바이트 가야 한다며 일찍 헤어지자고 말했다. 반은 계산을 하며 남은 안주를 싸달라고 하더니 류삼의 손에 들려줬다.

2호선 합정역에서 서로 다른 개찰구로 들어가기 전에 반이 말했다.

"인터넷에 있는 네 프로필 말이야. 한번 들어가봐. 오류가 있는 것 같던데?"

몇 줄 되지도 않는 프로필에 오류가 있어봐야 얼마나 있겠나 싶었지만 고맙다고 말하며 헤어졌다. 퇴근 시간까지는 아직 여유가 있었다. 단골집에서 들고 나온 봉지는 짐받이에 얹어두고 좌석 모퉁이에 자리를 잡고 앉았다. 따뜻한 전철 안에 있으니 취기와 함께 졸음이 쏟아졌다. 비몽사몽 중에 내릴 역을 확인했지만 전이거나 지나친 다음이었다. 그는 한동안 순환선에서 내리지 못했다.

류삼이 역을 나온 것은 순환선을 두 바퀴 반이나 돈 다음이었다. 시간을 확인하니 집에 가서 옷을 갈아입고 아르바이트를 가면 딱 맞을 것 같았다. 배차 간격이 벌어져 11분 후에야 버스가 도착한다는 안내가 정류장 표지판에 떴다. 드디어 눈이 오려는지 마을버스를 기다리는 그의 얼굴로 차가운 진눈깨비가 떨어졌다.

텅 빈 버스에 앉고 나서야 반이 들려준 봉지를 지하철 짐받이에 놓고 내렸다는 것이 떠올랐다. 차고지로 들어가기까지 봉지는 순환선을 따라 돌고 있을 것이다. 그리고 나면 아마 쓰레기통에 버려질 것이다.

"늦었네."

아내가 보고 있던 트로트 경연 프로그램에서 눈을 떼며 말했다.

"미안. 전철에서 깜박 졸았어."

"갔던 일은? 잘됐어?"

"응. 계약할 것 같아."

"계약금은 많이 준대?"

"그때 되어봐야 알지 뭐."

아내는 작게 한숨을 쉬더니 텔레비전 볼륨을 올렸다. 아홉 살짜리 여자아이 두 명이 한 명은 반드시 떨어지는 데스 매치를 벌이고 있었다. 핏대를 세우며 부르는 노래가 애절한지 심사위원 몇이 눈물을 훔쳤다.

옷을 갈아입고 편의점으로 향했다. 저녁 아르바이트를 하는 여학생과 인수인계를 하고 계산대에 앉았다. 막차에서 내리는 사람들이 집으로 종종걸음을 쳤다. 몇은 야식으로 먹을거리를 사 갔고, 몇은 맥주와 안줏거리를, 몇은 담배를 사 갔다. 그 사이 진눈깨비가 함박눈으로 바뀌었다.

기다란 빗자루를 들고 나가 눈을 쓸었다.

편의점 앞 인도를 다 쓸고 나자 땀이 나면서 그나마 남아 있던 취기가 모두 날아갔다. 그사이에도 눈은 쉴 새 없이 내렸다. 좀 더 쌓인 다음에 쓸기로 하고 온장고에서 캔커피를 하나 꺼내 계산하고 마셨다. 달달한 설탕이 기분 좋게 느껴졌다.

인적 끊긴 도로 위로 눈이 하염없이 쏟아졌다.

그는 헤어질 때 했던 반의 말이 떠올라 인터넷으로 자기가 쓴 작품을 검색해 보았다. 단편집에 실렸던 〈싱크홀〉과 잡지에 발표했던 〈탐정소설가의 사랑〉의 작가가 '한이'라는 이름으로 바뀌어 있었다. 처음 단편집을 낼 때 결원이 생겼다며 작품을 싣지 않겠느냐고 제안했던 녀석이다. 순간적으로 분노가 치밀어 올랐다. 한동안 교류가 없어서 몰랐는데 뒤에서 이토록 치졸한 짓을 하고 있는 줄은 몰랐다. 아무리

무명의 추리소설가라고 해도 작품을 빼앗길 이유 따위는 없었다.

처음 필명을 정할 때 놈이 했던 말이 떠올랐다.

"어차피 세상에서 볼 때 추리작가는 '삼류' 소설간데 앞뒤를 바꿔서 '류삼' 어때?"

당시에는 그럴듯해 보여 그렇게 하자고 했다. 하지만 가수가 노래 제목을 따라가는 것처럼, 그는 여전히 삼류 추리소설가를 벗어나지 못하고 있었다.

류삼은 계산대를 나와 편의점에서 파는 싸구려 노트와 볼펜을 결제하고 자리에 앉았다. 포장된 비닐을 거칠게 뜯어버리고 첫 장을 열었다. 놈이 뒤에서 이런 수작을 벌이고 있다면 응분의 대가를 치르게 해줘야 한다. 그는 놈이 벌이고 있는 짓을 죽여주는 추리소설로 쓸 작정이었다. 물론 소설에서 놈은 아주 비참한 결말을 맞게 될 것이다. 그리고 작품이 발표되었을 때, 놈의 더러운 행태를 공공연하게 밝힐 것이다.

손님의 발길이 끊긴 편의점 안은 노트를 빽빽이 채우는 볼펜 소리만 가득했다.

거리에는 함박눈이 수북이 쌓이고 있었다.

홍정기

네이버 블로그에서 '엽기부족'이란 닉네임으로 14년째 쉬지 않고 1300여 권의 장르소설을
리뷰하고 있는 리뷰어다. 추리와 SF, 공포 장르를 선호하며 장르소설이 줄 수 있는 재미를
좇는 장르소설 탐독가이다. 2020년 〈백색살의〉로 '계간 미스터리' 신인상을 수상했다. 단편
집 《이제 막 독립한 이야기》에 〈쓰쿠모가미〉와 〈미안해〉를 발표했다.

코난을 찾아라

그때를 생각하면 지금도 손끝이 떨려온다.
살아 있는 짐승의 배에 칼날을 쑤셔 넣을 때
손끝에 전해지던 미세한 근육의 떨림을
칼날을 타고 흘러 내 손을 적시던 따뜻한 혈액을
콧속을 파고드는 비릿한 피 냄새를.
죽어가는 짐승의 잦아드는 심장 박동에서
힘차게 펄떡이는 내 심장의 고동을 느끼며
나는 비로소 살아 있음을 느끼게 된다.

"엄마 일 나가니까 배고프면 냉장고에 있는 볶음밥 데워 먹어. 알겠지? 넉넉히 만들어놨어. 아마 두세 번 먹어도 모자라진 않을 거야. 오늘은 일 끝나는 대로 6시에 올 거야. 그때까지 잘 있어."

"응, 알았어. 어서 가."

은기는 현관 앞에 서서 서둘러 구두를 신는 엄마를 배웅했다.

"뭔 일 생기면 꼭 전화하고. 엄마 올 때까지 나가지 말고 집 잘 보고 있어."

어휴, 지겨워. 뭐가 그리 걱정인지 엄마는 현관문을 나서기 전까지 계속 잔소리를 늘어놓는다. 은기는 직접 현관문을 열고 엄마의 등을 떠밀었다.

"어머, 애가 왜 이래. 엄마 말 귓등으로 흘려듣지 말고. 둘이서 잘 있고 약 꼭 챙겨 먹여. 무슨 일 생기…."

쾅! 엘리베이터를 기다리며 잔소리하는 엄마를 뒤로하고 은기는 서둘러 현관문을 닫아버렸다.

"이제야 조용하네. 슬슬 준비를 해볼까."

서둘러 방으로 들어간 은기는 초등학교 1학년 때부터 쓰던 소풍용 배낭을 꺼냈다. 배낭 지퍼를 열어 거꾸로 쏟아붓자 수수깡 조각이며 색종이 조각들이 거실 바닥으로 나풀나풀 떨어져 내렸다. 현재 시각 8시 30분. 약속 시간은 10시니까 아직 여유가 있다. 은기는 다시 방으로 들어가 수첩과 연필을 가져왔다. 사건 조사에 없어서는 안 될 준비물이 바로 수첩과 연필이다.

"아! 플래시!"

갑자기 떠오른 듯 은기가 거실 TV장 서랍을 열었다. 온갖 잡동사니 틈에 소형 플래시가 끼여 있었다. 은기는 플래시를 배낭 안에 쑤셔 넣었다. 조사 중 출출하면 먹을 바나나 두 개와 과자 그리고 마실 물을 넣은 물통 역시 차곡차곡 배낭에 담았다.

얼마 넣지도 않았는데 벌써 배낭이 터질 듯 불룩해졌다.

이번 생일에는 엄마한테 큰 배낭 사달라고 해야지. 언제까지 유치원생처럼 코딱지만 한 배낭을 메야 하는 건지….

시험 삼아 배낭을 메고 거실 거울에 비친 모습을 살펴봤다.

영 모양새가 안 났다. 등 한복판에 혹이 달린 것 같았다. 언젠가 TV에서 봤던 노트르담의 꼽추가 거울 너머에 구부정하게 서 있었다. 하지만 배낭이라곤 이것밖에 없으니 어쩔 도리가 없다.

은기가 거울 앞에서 배낭을 이리 비추고 저리 비추는 사이 작은방 문이 벌컥 열렸다.

"진수기 배고파. 밥 줘."

진숙이 눈을 비비며 밥을 찾았다. 눈 뜨자마자 밥을 찾다니 역시 대단한 먹성이다. 보기에는 전혀 그럴 것 같지 않은데 말이다. 차라리 잘됐다. 괜히 조사 중에 배고프다고 보채면 골치가 아파지니 집에서 든든히 먹이고 나가는 게 좋을 듯싶었다.

일단 엄마가 말했던 볶음밥 두 그릇을 전자레인지에 넣고 타이머를 맞췄다.

잠시 후 종을 치는 띠링 소리가 들렸다. 진숙은 그새를 못 참고 식탁 위에 꺼내놓은 반찬들을 집어 먹었다. 식탁은 흘린 반찬들로 지저분했다. 다른 사람이라면 얼굴을 찌푸리겠지만 은기에겐 익숙한 풍경이었다. 은기는 괘념치 않고 따뜻하게 데운 볶음밥을 진숙 앞에 놓았다.

"뜨거울지도 몰라. 후후 불어서 천천히 먹어."

그러나 은기의 말이 무색하게 진숙은 숟가락으로 푹 떠서 김이 모락모락 나는 밥을 입안 가득 넣었다.

"앗뜨. 앗뜨. 앗뜨뜨."

외마디 비명에 이어 입안에 넣었던 밥을 도로 그릇에 뱉어냈
다. 이어서 혀를 쭉 내밀더니 손바닥으로 연신 바람을 부쳤다.

"아이고. 내가 식혀 먹으랬잖아."

은기는 머그컵에 미지근한 물을 따라 진숙 앞으로 밀었다. 진
숙이 허겁지겁 물을 마시는 사이 은기가 볶음밥 그릇을 가져와
입으로 후후 불어 식혔다. 어느새 진숙은 숟가락을 꼭 쥔 채 은기
를 뚫어져라 쳐다봤다.

"자, 내가 좀 식혔어. 이제 천천히 먹어."

다시 진숙이 볶음밥을 푹 떠서 입에 넣었다.

"아, 마시써!"

진숙이 밥숟가락을 입에 물고 함박웃음을 띠었다. 그제야 은기
도 자기 앞에 놓인 볶음밥을 입에 떠 넣었다.

"오늘 밖에 나갈 거니까 내 옆에 꼭 붙어서 잘 따라다녀야 해.
알았지?"

은기의 말에 진숙이 양 볼이 불룩한 채 고개를 세차게 끄덕였
다. 진숙은 기분이 무척 좋아 보였다.

한바탕 식사를 하고 외출 준비를 마치니 어느새 10시가 다 되
었다. 은기는 진숙에게 약을 먹이고 화장실에서 소변을 누인 뒤
에야 집을 나섰다.

"왔어?"

1층 엘리베이터에서 내린 은기를 충호가 반갑게 맞이했다.

"어, 벌써 와 있었네."

은기가 손을 들어 충호에게 화답했다.

"어?"

은기를 뒤따라 나오는 진숙을 본 충호가 살짝 눈살을 찌푸렸다. 충호의 시선을 알아챈 은기가 얼른 설명했다.

"집에 아무도 없어서 혼자 둘 수가 있어야지. 내가 최대한 돌볼 테니까 이해 좀 해주라. 오키?"

체념한 듯 충호가 고개를 흔들며 말했다.

"그렇담 어쩔 수 없지 뭐. 끄응."

은기가 뒤에서 우물쭈물하는 진숙을 돌아보며 말했다.

"충호 오빠 알지?"

진숙이 고개를 끄덕였다. 은기가 손으로 가리키며 다시 말했다.

"어, 충슨. 충슨이라고 부르면 돼. 괜찮지, 충슨?"

충호가 엄지와 검지로 동그라미를 만들어 오케이 사인을 보냈다.

"그래. 오키! 설기! 호호호."

"큭큭큭."

아파트 1층 복도에 웃음소리가 울려 퍼졌다.

은기가 한도아파트 101동 701호에, 충호는 같은 아파트 101동 101호에 살았다. 유치원 때부터 같은 아파트 친구였고 초등학교에 들어가서 찐친이 되었다. 평소 〈명탐정 코난〉에 심취해 있던 둘은 열 살이 되던 초등학교 3학년 때 같은 반이 되고 큰 결심을 했다. 바로 코난에 나왔던 소년 탐정단을 창설하는 것이었다. 그리하여 창설자인 은기는 셜록 홈스의 셜록과 자신의 이름인 은기에서 한 글자씩을 따 셜기로, 충호는 왓슨을 합성해 충슨이라는 닉네임을 지었다.

비록 어설픈 탐정단이지만 나름의 성과도 올렸다.

아파트 주민들의 골칫거리였던 쓰레기 무단 투기범을 소년 탐정단이 붙잡은 것이다. 의뢰인은 은기의 엄마였다. 언제부턴가 아파트 입구의 쓰레기장에 규정 쓰레기봉투가 아닌 일반 봉지에 담긴 쓰레기가 투기됐다. 그렇게 버린 쓰레기는 수거해 가지 않았다. 며칠이 지나자 일반 쓰레기가 쌓여갔다. 설상가상 찢어진 봉지 사이로 음식물 국물이 흘러나오기 시작했다. 일반 쓰레기 투기로도 모자라 음식물 쓰레기까지 넣은 것이었다. 6월의 햇살을 받으며 썩어가는 음식물 쓰레기는 부글부글 끓어오르며 지독한 악취를 풍겼다.

범인은 좀처럼 찾을 수 없었다. 인적이 뜸한 새벽에 몰래 버리는지도 몰랐다. 지어진 지 30년이 다 되어가는 낡은 아파트라 CCTV도 몇 개 안 되었다. 쓰레기장은 CCTV에 잡히지 않는 사각지대였다. 사실 CCTV가 있다 해도 화질이 안 좋아서 누가 누구인지 분간조차 할 수 없었겠지만.

첫 의뢰는 일을 마치고 돌아온 엄마가 무심코 아파트 입구에서 풍겨오는 악취 이야기를 은기에게 전했을 때였다. 정식 의뢰는 아니었다. 아니, 엄마는 탐정단의 존재조차 몰랐다. 하지만 은기는 정식 의뢰나 마찬가지라고 생각했다. 은기 역시 아파트 입구를 지날 때마다 코를 틀어막아야 했고, 탐정단의 첫 번째 임무로 적격이라 생각했기 때문이다.

다음 날부터 은기와 충호는 썩어가는 쓰레기봉투를 뒤지기 시작했다. 쓰레기를 뒤지는 와중에 엄습하는 악취를 막기 위해 코를 빨래집게로 집는 세심한 준비도 했다. 봉투를 바닥에 풀어 헤치며 이 잡듯 쓰레기를 뒤지던 끝에 마침내 은기가 범인의 흔적을 잡아냈다. 주소가 적힌 택배 송장 조각을 찾아낸 것이다. 장장 30분의 사투였다. 옷이 땀으로 흠뻑 젖어들던 때였다. 은기가 가까스로 찾아낸 증거로 분위기는 반전됐다. 은기와 충호는 다시금 초인적인 집중력을 발휘해 잘게 찢어진 송장 조각들을 거의 완벽하게 찾아냈다. 그리고 한 시간여 만에 송장 조각들을 이어 붙이는 데 성공했다.

범인은 101동 901호였다. 재작년 남편을 떠나보내고 혼자 사는 할머니의 집이었다.

소년 탐정단은 당장 조각조각 이어 붙여 너덜너덜한 송장을 들고 경비 아저씨를 찾아갔다. 경비 아저씨는 이내 결연한 얼굴로 인터폰을 집어 들었다.

그 후 901호의 쓰레기 무단 투기는 없었다.

탐정단의 노력으로 범인을 잡아낸 순간이었으며 그들의 손으로 이룩한 첫 번째 성과였다. 온통 파헤쳐놓아 난장판이 된 바닥은 온전히 그들의 손으로 치워야 했지만 말이다.

모두가 꺼리는 일을 나서서 해결한 것에 대한 성취감은 달콤했다. 기대 이상으로.

"하라는 공부는 안 하고 대체 뭐 하는 짓이니?"

엄마는 대놓고 은기를 나무랐지만 얼굴에 떠오른 웃음은 가시지 않았다.

그렇게 첫 번째 성공을 자축한 지 얼마 지나지 않아 여름방학이 시작됐다.

하루 종일 집에만 붙어 있어 몸이 근질거리던 차에 천금 같은 두 번째 의뢰가 들어왔다.

두 번째 의뢰인은 바로 은기의 절친이자 탐정단 조수인 충호였다.

"큰일 났어. 코난이 없어졌어. 청소하느라 잠깐 거실 창문을 열어놓은 사이에 집을 나가버렸어."

코난은 충호가 키우는 검정 얼룩 고양이였다. 사실 고양이가 집을 나가는 건 그리 특별한 일은 아니다. 고양이는 스스로 주인을 찾는다고 하지 않던가. 은기는 오른손으로 턱을 쓰다듬으며 셜록에 빙의한 듯 날카롭게 물었다.

"코난이 충슨 네가 싫어서 다른 주인을 직접 찾아 나선 거 아닐까?"

"얌마! 그럴 리가 없어. 내가 얼마나 잘 보살폈는데…."

"맞아. 코난은 그게 싫었던 거 아닐까?"

"뭐, 뭐라고?!"

심각했던 은기의 얼굴에 웃음이 번졌다.

"큭큭. 농담이야, 농담. 그렇담 우리 탐정단의 두 번째 사건은 이거야. 코난을 찾아라! 네가 공식적으로 사건을 의뢰한 거야. 오키?"

"그게 그렇게 되나. 아무튼 상관없어. 코난을 꼭 찾아줘."

그렇게 여름방학의 막바지에 소년 탐정단의 두 번째 임무가 시작됐다.

처음에는 금방 찾을 수 있을 거라 생각했다. 그러나 현실은 생각처럼 그리 호락호락하지 않았다. 아파트 주변을 돌며 목 놓아 코난을 외쳐도, 충호 집 1층 베란다에 코난이 좋아하는 육포와 통조림을 갖다놓아도 코난은 돌아오지 않았다. 온갖 잡새들만 몰려들어 흥겨운 만찬을 즐겼다. 덕분에 난간에 싸놓은 새똥으로 때 아닌 곤욕을 치러야 했다.

그러던 중 반드시 코난을 찾아야 할 충격적인 사건이 발생했다.

아파트에서 뒷산으로 통하는 후문 근처에서 끔찍하게 훼손된 고양이들의 사체가 발견된 것이다. 고양이 사체는 총 세 마리. 온몸이 상처투성이로 죽은 고양이는 하나같이 날카로운 흉기에 의해 배가 세로로 찢겨 있었다. 게다가 기괴하게도 내장이 전부 사라진 채였다. 주말 아침 산책하러 아파트 후문을 나서던 301호 대학생 누나의 찢어지는 비명소리가 아직도 은기의 귓가에 생생했다. 이 엽기적 사건으로 한도아파트는 발칵 뒤집혔다. 사건 직후 경비 아저씨가 아파트와 주변을 샅샅이 조사했지만 범인의 흔적조차 찾을 수 없었다.

한도아파트는 한 동짜리 15층 아파트였다. 뒤로 산과 면해 있고 앞에는 논을 낀 2차선 도로를 지나야 아파트로 들어갈 수 있는 구조였다. 허허벌판에 우뚝 선 아파트랄까. 위치나 접근성 같은 정황들로 미루어 범인은 외부인이 아닌 내부인일 가능성이 짙었다. 후문 부근에 설치된 CCTV에는 특별히 의심될 만한 장면이 찍히지 않았다. 최소한 사물을 분간할 수 있는 낮 시간에는 말이다. 20년도 더 된 구형 CCTV는 야간 적외선 기능이 탑재되지 않았다. 암흑천지인 야간에는 플라스틱 모형이나 다름없었다.

아파트 주민들이 신경을 곤두세우고 있는데도 불구하고 이후 한두 차례 더 고양이 사체가 발견됐다. 사체의 상태는 처음과 같았다. 아파트 주변을 배회하는 길고양이를 질색하던 입주민들도 고양이 사체가 연달아 발견되자 문제의 심각성을 깨닫기 시작했다. 아파트에서 몰래 고양이 먹이를 주던 캣맘들을 비롯해 아파트 입주민 전체가 엽기적 사건에 분노했다. 이후 경비 아저씨와 캣맘, 캣파파들이 자경단을 조직했으나 뾰족한 성과를 내지 못했다. 사건은 오리무중이었다. 다만 한 가지 특이 사항이 있었다. 사체가 발견되는 날이 금요일에서 일요일 사이에 몰려 있었다.

엽기적인 고양이 사체 사건 직후 충호의 걱정은 더욱 깊어졌다.

"이러다 우리 코난도 미치광이 고양이 살인귀의 손에 죽을지도 몰라!"

은기도 그런 충호의 걱정을 대수롭지 않게 넘길 수가 없었다. 분명히 범인은 내부인이었다. 은기는 같은 아파트에 살고 있으며 범인 가능성이 높은 용의자를 추려보기로 했다. 은근한 관찰, 심도 깊은 논의 끝에 세 명의 용의자가 탐정단의 레이더망에 걸려들었다.

첫 번째 용의자. 101동 901호 한옥자 할머니.

예의 쓰레기 투기 사건의 범인으로, 평소 신경질적이고 고양이를 포함한 동물을 몹시 싫어함. 옆집 902호에서 키우는 강아지 짖는 소리 때문에 분쟁 중. 성향상 고양이 우는 소리도 몹시 싫어했을 것임. 쓰레기 투기 사건 발각 등 그동안 쌓인 스트레스를 고양이에 풀었을지도 모름.

두 번째 용의자. 101동 402호 강철호 아저씨.

40대의 미혼 남성. 몇 년째 무직. 직장을 구하지 못해 스트레스가 상당할 것임. 거친 말투와 모난 성격으로 아파트 주민들의 기피 대상. 밤마다 고양이 울음소리가 난다며 경비실로 캣맘들이 아파트 내에 사료를 놓지 못하도록 항의한 적이 있음. 범인 가능성 높음.

세 번째 용의자. 101동 602호 김훈 형.

한도중학교 3학년. 고입 시험을 앞두고 학업 스트레스가 쌓여 있음. 엘리베이터에서 만나도 눈 한 번 마주치지 않고 내내 작게 욕설을 읊조림. 사회에 불만이 많아 보임. 얼마 전 버스 정류장에서 개미나 풍뎅이 등 곤충을 잔인하게 짓이겨 죽이는 것을 목격. 학업 스트레스를 고양이에게 풀수도 있음.

고양이 사체가 발견된 후문 부근에서 피 웅덩이 같은 것은 발견되지 않았다. 실질적인 범행은 다른 곳에서 벌어졌다는 말이다. 시야가 탁 트인 논을 배제한다면, 범행이 벌어질 만한 장소는 아파트 뒷산밖에 없다. 용의자 세 명을 내내 따라다니며 감시하

면 좋겠지만 소년 탐정단의 여건상 그건 무리였다. 어쩔 수 없이
금요일인 오늘 충호와 함께 범행을 저질렀을 것으로 보이는 아파
트 뒷산을 이 잡듯이 뒤지기로 한 것이다.

살육은 중독이다.
살아 있는 생명을 내 손으로 끊어내는 전능감.
신이 내린 생명을 오로지 나의 의지로 앗아가는 행위.
그 순간 나는 인간이 아닌 신이 된다⋯.

은기는 충호와 함께 아파트 1층 정문을 빠져나왔다. 문 밖 초
소 앞에서 901호 할머니와 이야기 중이던 경비 아저씨가 잠시 멈
추고 정문 앞에 서 있는 탐정단을 바라봤다. 경비 아저씨를 따라
할머니도 탐정단 쪽으로 시선을 돌렸다. 할머니가 굳었던 표정을
풀고 은기를 향해 고개를 살짝 숙였다. 은기도 할머니와 경비 아
저씨를 향해 허리 숙여 인사했다.
"어디 가니?"
경비 아저씨가 물었다.
"아, 친구랑 뒷산에서 곤충 채집하려고요. 여름방학 숙제거든
요."
머뭇거리는 충호 대신 은기가 순발력 있게 재빨리 둘러댔다.
"네, 맞아요."
충호도 서둘러 고개를 끄덕였다.
"아파트에 흉흉한 사건이 벌어지는 거 알지? 너무 깊이 들어가

지 말고 조심해야 한다."

"네!"

합창하듯 대답한 탐정단은 서둘러 아파트를 빙 둘러 뒤편으로 향했다.

"은기 오빠. 기다려. 같이 가!"

진숙이 헐떡이며 은기를 향해 손을 뻗었다.

"아, 미안 미안. 우리가 너무 빨랐지."

은기가 뒤처진 진숙의 속도에 맞춰 걸었다.

몇 분 뒤 뒷산으로 통하는 후문에 다다랐다.

높다란 담장 사이로 작게 뚫린 공간에 녹슬어가는 낡은 빗살 철문이 걸려 있었다. 철문 사이로 뒷산으로 통하는 오솔길이 보였다. 음침하게 그늘진 철문 안쪽과 달리 철문 밖 오솔길에는 8월의 태양이 이글이글 내리쬐고 있었다.

앞장선 충호가 철문 문고리를 잡았을 때였다.

"에잇, 씨발."

어디선가 작게 웅얼거리는 욕설이 들렸다.

"네가 욕했어?"

충호가 돌아서며 물었다.

은기는 재빨리 검지를 입에 대며 조용히 하라는 신호를 보냈다. 충호는 헙, 하며 손바닥으로 자신의 입을 틀어막았다.

"씨발 조또."

은기가 잠시 귀를 기울이더니 손가락으로 담장 밖을 가리켰다. 그리고 조용히 속삭였다.

"밖. 담장 바깥이야."

은기와 충호가 소리를 죽이고 담장 꼭대기를 향해 발꿈치를 들었다. 그러나 키가 담장 절반에도 닿지 않아 헛수고였다.

"에이 젠장. 안 보여."

"그러게. 헉. 헉."

"아랫집 오빠."

아래층이라면 602호 김훈 형이었다. 바로 고양이 사건의….

"유력 용의자?"

은기와 충호의 눈이 동시에 커졌다. 그러고 보니 중학교도 마침 여름방학 기간이던가. 아파트 밖에서 욕설을 내뱉는 중딩 형의 태도가 상당히 수상쩍어 보였다. 은기와 충호가 눈빛을 교환하곤 동시에 고개를 끄덕였다.

은기가 눈치 없는 진숙에게 다가가 조용히 해달라고 속삭였다. 진숙 역시 알았다는 듯 고개를 끄덕였다.

어느새 김훈 형이 내뱉는 목소리가 멀어졌다.

충호는 서둘러 빗장을 올리고 철문을 열었다. 은기가 고개를 쑥 내밀자 저 멀리 책가방을 메고 오솔길을 걸어가는 형이 보였다. 탐정단은 재빨리 밖으로 나가 우거진 수풀 사이로 몸을 숨겼다. 잡초들이 하늘 높은 줄 모르고 웃자라 있어 염탐에는 최적의 조건이었다. 아무래도 진숙 때문에 탐정단은 형과의 거리를 최대한 벌린 채 조심스럽게 뒤를 밟았다.

산길을 따라 5분쯤 걸었을까. 늦여름의 더위는 가혹했다. 정말 우라지게 더웠다. 천천히 걷는데도 이마에서 땀이 줄줄 흘러내렸다. 땀으로 흠뻑 젖은 티셔츠가 등짝에 달라붙어 불쾌했다. 충호도 지친 기색이 역력했다.

슬슬 발걸음이 무거워지고 처지던 찰나.

김훈 형이 갑자기 정상으로 향하는 오솔길을 벗어나 인적이 없는 산길로 방향을 틀었다. 예상치 못한 행동에 은기는 정신이 번쩍 들었다.

그동안 저 산속에서 일을 저질러왔던 걸까. 무거워 보이는 책가방 안에 이번에 작업할 고양이가 들어 있을까. 고양이는 잠들어 있을까. 아니면 이미 죽어 있을까. 칼을 든 형을 우리가 제압할 수 있을까. 이거 너무 위험한 거 아냐?

온갖 생각들로 은기의 머릿속이 복잡해졌다.

은기의 마음을 아는지 모르는지 형은 점점 깊은 산속으로 들어갔다. 높다란 나뭇가지들이 햇빛을 차단해 산속은 대낮인데도 어두컴컴했다. 구불구불 기괴하게 자란 나무들이 마귀의 손 같아 보였다. 어느새 스멀스멀 공포심이 차올랐다.

"오빠, 힘드러."

진숙이 손으로 이마의 땀을 훔치며 나지막이 말했다. 은기가 조용히 진숙의 손을 잡았다. 땅 위로 올라온 나무뿌리와 곳곳에 튀어나온 돌멩이 때문에 신경이 곤두섰다. 조용한 산속에 거친 숨소리가 가득했다. 멀리서 까마귀 우는 소리가 숨소리를 뒤덮었다. 이윽고 기분 나쁜 불안감이 엄습했다.

"이, 이대로 괜찮을까?"

충호가 한숨을 쉬며 말했다.

"우리가 뭘 어쩌자는 건 아니야. 그냥 저 형이 범인이면 증거 사진을 찍고 조용히 돌아가자."

은기가 주머니에 든 휴대전화를 꺼내들어 보였다.

"멀리서 줌으로 당겨 찍으면 될 거야."

충호는 납득한 듯 고개를 끄덕였다.

마침내 김훈 형이 인적이 없는 곳에서 발걸음을 멈췄다. 오솔 길에서는 절대로 보이지 않을 깊숙한 곳이었다. 탐정단은 50미터 쯤 떨어진 커다란 바위 뒤에 몸을 숨기고 고개를 빼꼼히 내밀었다. 형은 메고 있던 가방을 벗어 지퍼를 열고 안으로 손을 쑥 집 어넣었다. 잠시 후 가방 밖으로 빼낸 손에 시장에서 흔히 볼 수 있는 커다란 검은색 봉지가 들려 있었다. 안에 든 것이 무엇인지 는 몰라도 아래쪽이 불룩하니 꽤 묵직해 보였다. 멀어서 얼굴이 잘 보이진 않았지만 왠지 웃고 있는 것 같았다.

은기의 눈에는 고양이 사체가 담긴 봉지를 들고 있는 악마가 사 악한 미소를 짓고 있는 듯 보였다. 은기는 주머니에서 휴대전화를 꺼내 카메라 모드로 바꾼 뒤 엄지와 검지로 화면을 확대했다.

화면을 확대할수록 해상도는 낮아졌다. 하지만 이제부터 하려 는 일은 충분히 식별할 수 있을 것 같았다.

김훈 형은 들고 있던 봉지를 바닥에 툭 던졌다. 바닥에서 작은 흙먼지가 일었다. 최소한 새끼 고양이 정도는 됨직한 크기와 무 게였다. 형이 천천히 주변을 둘러봤다. 아무도 없는 산속인데도 저렇게 주의를 기울이는 건 아무리 봐도 수상쩍었다.

천천히 주변을 살피던 김훈 형의 얼굴이 바위를 향했다.

은기는 순간 형과 눈이 마주친 것 같았다. 깜짝 놀라 바위 뒤로 몸을 숨겼다. 그런 은기를 본 충호의 얼굴이 파랗게 질렸다. 진숙은 쪼그려 앉아 나뭇가지로 흙바닥에 낙서를 했다. 은기와 충호는 한참을 그 상태로 굳어 있었다. 귀를 기울였으나 발소리는 들리지 않았다.

잘못 본 것일까.

은기는 다시 천천히 바위 밖으로 고개를 내밀었다. 김훈 형은 여전히 그 자리를 지키고 있었다. 은기의 착각이었다.

김훈 형은 어느새 자리에 쪼그려 앉아 비닐봉지 속을 들여다봤다. 그런데 이상한 일이 벌어졌다. 형의 얼굴이 지나치게 봉지에 가까워지는 것이 아닌가.

"어? 어? 대체 지금 뭐 하는 거지?"

급기야 김훈 형의 얼굴이 봉지 속으로 사라졌다. 형은 얼굴에 닿은 봉지를 손가락으로 밀착해 바깥 공기를 차단했다. 그러자 봉지가 저 혼자 부풀어 올랐다 수축하기 시작했다.

"저 형 뭐 하는 거냐?"

충호가 호기심에 가득 차 물었다. 은기가 고개를 흔들었다.

"나라고 알겠냐? 이 깊은 산속에 와서 저게 무슨 미친 짓이냐."

"설마 봉지 속에서 죽은 고양이를 뜯어 먹는 건 아니겠지?"

"그, 그럴 리가."

말은 그렇게 했지만 은기도 자신이 없었다. 한여름인데도 오한이 밀려왔다. 충호의 말에 끔찍한 장면이 떠올라 온몸에 소름이 돋았다.

"휴대전화로는 뭐 보이는 거 없어?"

그제야 생각난 듯 은기가 손에 들고 있던 휴대전화로 김훈 형을 비췄다. 흔들리던 화면의 초점이 맞춰지면서 점차 상이 맺혔다. 크게 확대해도 기괴한 모습은 그대로였다.

검은 봉지가 형의 얼굴을 집어삼킨 채 여전히 팽창과 수축을 반복했다.

그때 쪼그려 앉은 형의 발아래 뭔가 번쩍이는 것이 눈에 들어왔다. 은기는 곧바로 휴대전화 카메라를 아래로 향하게 했다.

"오… 공… 본… 드…."

"본드?"

납작한 부탄가스통 같은 철제로 된 대용량 본드통이었다.

"본드라고? 그걸 저 봉지에 담았다는 거야? 대체 왜?"

충호는 도저히 이해할 수 없다는 표정을 지었다.

"나도 잘 모르겠어."

본드의 역한 냄새가 떠올라 은기는 얼굴을 찌푸렸다.

"일단 고양이 살인마는 아닌 것 같아."

실망감에 은기의 몸에서 힘이 쭉 빠졌다.

"허탈하구만. 쩝."

충호 역시 어깨가 축 늘어졌다.

형은 봉지를 썼다 벗었다 하는 짓을 한참 동안 몇 번이고 반복했다.

"일단 증거 사진으로 한 장 찍어두자."

사진이라도 건지자는 마음에 은기는 김훈 형 쪽으로 향한 휴대전화 카메라 버튼을 눌렀다.

뒤이어 정적을 깨는 소리.

"찰칵!"

아뿔싸! 카메라 셔터 음이 이렇게 큰 줄은 미처 몰랐다.

"누, 누구야?! 어떤 새끼야!"

하필이면 형이 봉지 밖으로 얼굴을 빼낸 타이밍이라니. 저 멀리서 그의 화난 목소리가 쩌렁쩌렁 울렸다.

"씨발! 빨리 안 나와? 어?"

고함소리가 빽빽한 나무에 반사되어 메아리처럼 울려 퍼졌다.

은기는 결연한 표정으로 진숙의 손을 잡고 일어섰다. 충호 역시 청바지 무릎에 묻은 흙을 털고 다리를 쭉 폈다.

"진숙아, 뛸 수 있지?"

은기가 오래도록 앉아 있던 진숙의 무릎을 주무르며 말했다. 이미 은기의 얼굴은 사색이 되어 있었다. 진숙은 진지한 얼굴로 고개를 끄덕였다.

"튀어!"

은기의 말이 신호탄이 되었다. 탐정단은 김훈 형을 피해 냅다 달리기 시작했다. 은기는 빨리 달리지 못하는 진숙의 손을 잡고 최대한 속도를 내려 노력했다.

"이 새끼들 누구야? 거기 안 서?"

그제야 바위 뒤로 도망치는 탐정단을 발견한 김훈이 크게 소리 쳤다. 거리가 있긴 해도 중딩 형의 달리기를 초딩이 이길 수는 없었다. 은기의 마음에 낭패감이 짙어졌다. 은기는 곳곳에 지뢰처럼 박힌 돌부리를 요리조리 피해 달리는 와중에 슬쩍 뒤를 돌아봤다.

바로 뒤에서 도끼눈을 뜬 형이 바짝 뒤쫓고 있을 거라 생각했던 은기는 깜짝 놀랐다. 그는 여전히 제자리에 있었기 때문이다. 아니, 오히려 탐정단 쪽이 아닌 다른 방향으로 가려 하고 있었다. 충호도 이상하다는 것을 눈치챘는지 멈춰 서서 몸을 휘청거리는 형을 지켜봤다.

그의 걸음이 이상했다. 마치 코끼리코 잡고 수십 바퀴 돈 것처럼 중심을 못 잡고 비틀거렸다. 몇 발자국 걷지도 못하고 이내 다리가 풀린 채 철퍼덕 넘어졌다. 길거리에서 술에 취해 주정을 부리는 아저씨들과 똑같았다.

"야, 이 개새끼들아. 거기 서라고!"

누운 채로 소리를 지르는 형은 일어서지도 못하고 허우적댔다.

은기와 충호는 조용히 서서 그 모습을 지켜봤다.

"저 형 갑자기 왜 저러냐? 본드통에 술을 담아 온 거 아니냐?"

"그러게. 완전 맛이 갔네. 잘됐지 뭐. 이 틈에 우린 도망가자."

탐정단은 재빨리 온 길을 되짚어 나왔다.

얼마나 지났을까. 은기는 슬며시 불안해졌다. 지금쯤이면 오솔길이 나와야 했지만 아무리 봐도 오솔길은 보이지 않았다. 수풀과 나무들이 끝도 없이 이어졌다. 마치 출구 없는 던전에 빠진 것 같았다.

"헉. 헉. 설기야. 우리 지금 몇 번째 같은 곳을 도는 것 같지 않냐?"

충호가 흙길 위로 튀어나온 바위를 가리키며 말했다.

"이 바위 세 번은 본 것 같은데…. 아닌가?"

"헉. 헉. 나도 모르겠어. 이거 어쩌지?"

진숙이 은기의 팔을 잡아끌며 말했다.

"오빠 나 배고파. 밥 줘."

은기의 손목시계가 가르키는 시간이 1시를 넘기고 있었다. 벌써 점심때가 지났나.

은기는 서둘러 배낭에서 바나나와 물을 꺼냈다. 물통 뚜껑을 열어 건네자 진숙이 받아 달게 마셨다. 은기는 그사이 바나나 껍질을 벗겨 진숙에게 건넸다.

"나도 물 좀 마시자."

충호가 물통을 받아 입으로 가져갔다. 이어서 은기도 차례로 물을 나눠 마셨다.

진숙이 바나나를 두 개째 먹어치우는 사이 은기는 심각한 얼굴로 휴대전화를 살펴봤다.

"젠장, 안테나가 안 떠."

"하하. 이거 진짜 심각한 거 아니냐?"

은기도 걱정이었지만 탐정단의 셜록으로서 마음 약한 소리를 할 순 없었다.

"괜찮아. 한참을 걸었으니 이제 거의 다 왔을 거야."

"그, 그렇겠지? 하아."

충호가 희미한 미소를 띠며 대답했다. 이런 곳에서 낙담한 모습을 보이면 분위기가 안 좋아질 거라는 걸 충호도 아는 듯했다.

"조금만 더 힘내보자. 진숙아, 괜찮지?"

"어."

과자를 나눠 먹고 잠시 휴식을 취한 탐정단은 힘을 내 걸음을 재촉했다.

다시 침묵의 행군이 시작됐다. 그동안 불평 없이 따라오던 진숙의 얼굴이 눈에 띄게 안 좋아졌다. 호흡이 거칠었다. 은기는 진숙의 안색이 걱정되기 시작했다.

"진숙아, 괜찮아? 좀 쉬었다 갈까?"

진숙이 고개를 끄덕였다. 탐정단은 다시 멈춰 섰다. 휴식을 위해 멈춰 서는 충호의 표정이 안 좋았다. 불만이 가득해 보였다.

"미안해. 우리 때문에."

"뭐 어쩔 수 없지…."

은기의 사과에 충호가 마지못해 대답했다.

아주 가끔,

처음으로 동물이 아닌 사람을 찔렀을 때가 떠오른다.

혼자 있는 방에 침입한 어설픈 강도였다.

잠에서 깬 나를 본 강도는 내 위에 올라타

들고 있던 칼을 내 목 언저리에 바짝 붙였다.

'쉿! 조용히 해!'

강도의 거친 입김에서 시궁창 냄새가 풍겼다.

난 겁에 질린 눈으로 작게 고개를 끄덕였다.

그때 멀리서 지나는 사이렌 소리가 들렸다.

긴장한 강도는 앰뷸런스 소리도 구분하지 못한 듯

고개를 돌려 안방 문을 주시했다.

내 목을 누르던 강도의 칼이 느슨해졌다.

난 조용히 베개 아래 묻어둔 칼을 잡았다.

기회는 단 한 번뿐.

칼을 쥔 강도의 손을 밖으로 쳐내고

재빨리 과도를 강도의 목에 쑤셔 넣었다.

칼끝이 살갗을 뚫고 딱딱한 목뼈에 닿았을 때

내 손에 전해지던 쾌감.

그 쾌감이 내 인생을 송두리째 바꿔놓았다.

"오빠… 나 쉬 마려."

"쉬? 오줌 마려워? 어… 저기 저 수풀 뒤에서 보고 와. 혼자서 괜찮겠어?"

"어."

진숙이 느린 걸음으로 숲 뒤로 사라졌다.

"하아. 너도 참 힘들겠다."

은기가 고개를 돌리자 충호가 측은하게 바라보고 있었다.

'뭔 일 생기면 꼭 전화하고. 엄마 올 때까지 나가지 말고 집 잘 보고 있어.'

아침에 신신당부하던 엄마의 말이 떠올랐다. 그 말을 하던 엄마의 엄숙한 표정이 그려졌다. 이대로 산에서 길이라도 잃으면 정말 큰일이었다. 셜록처럼 번뜩이는 수를 떠올려야 했다. 하지만 위기를 벗어날 방법이 떠오르지 않았다. 머릿속이 꽉 막힌 것처럼 멍하기만 했다.

그런데 진숙이는 왜 이렇게 안 오지?

벌써 한참이 지났다.

"진숙아! 아직도 오줌 싸?"

은기가 진숙이 사라진 숲 쪽을 향해 소리치며 다가갔다. 충호도 은기의 뒤를 따랐다.

돌아오는 대답은 없었다. 은기는 덜컥 겁이 났다. 어떤 상황에서든 진숙과 함께 있었어야 했는데. 후회가 파도처럼 밀려왔다. 은기의 발걸음이 빨라졌다. 어느새 숲을 향해 달리고 있었다. 한 치 앞도 보이지 않을 만큼 빽빽하게 우거진 수풀이 은기를 가로막았다.

은기는 거침없이 수풀 사이를 헤치고 안으로 들어갔다.

"헉!"

은기는 한동안 말을 이을 수 없었다. 수풀 너머로 나오자 햇빛이 비추는 널따란 구릉지가 은기를 맞이했다.

"여긴…."

뒤따라온 충호도 깜짝 놀란 듯했다.

"그래. 산 중턱 언덕배기야. 여기선 집으로 갈 수 있어. 하하. 진숙이 덕에 살았어."

"휴. 진짜 다행이다. 사실 이러다 길을 잃고 우리 다 죽는 건 아닌가 걱정했거든."

충호가 진땀을 닦으며 말했다.

"그나저나 진숙인 어디 갔지?"

은기는 손차양을 만들어 완만한 골짜기를 이리저리 둘러보았다. 저 멀리 언덕 아래 작은 꽃분홍색이 보였다. 분홍 셔츠를 입은 진숙이였다. 은기는 진숙을 향해 달려갔다.

"진숙아, 그렇게 사라지면 어떡해. 심장 떨어지는 줄 알았잖아."

은기가 원망 섞인 목소리로 말했지만 진숙은 꼼짝 않고 언덕 너머를 주시했다. 뭔가 이상했다. 은기는 진숙의 시선을 따라 언덕 너머를 바라봤다.

"셜기, 진숙이 찾았으면 이제 집에 가자! 흡!"

돌아선 은기가 충호의 말이 끝나기도 전에 입을 틀어막았다.

"쉿!"

분위기를 눈치챈 충호가 고개를 끄덕였다. 그제야 은기가 충호의 입에서 손을 뗐다.

언덕 너머 커다란 떡갈나무 아래 웬 남자가 쪼그려 앉아 손가방을 뒤지고 있었다. 남자의 벗어진 머리에서 햇빛이 반사돼 은기의 눈을 부시게 했다. 멀리 있어 얼굴은 잘 보이지 않았다. 두툼한 상체로 보아 어느 정도 몸집이 있어 보였다. 402호 강철호 아저씨일까? 그동안은 가발을 쓰고 다닌 건가? 남자는 손가방에서 수건으로 동여맨 무언가를 꺼냈다. 이어서 수건을 천천히 풀어냈다. 그러자 과도의 날카로운 칼날이 모습을 드러내며 햇빛을 받아 번쩍였다.

진짜다. 이번엔 진짜다.

은기는 직감했다.

칼날을 싸고 있던 흰색 수건 안쪽이 온통 검붉게 물들어 있었다. 칼날을 쓰다듬는 남자의 어깨가 들썩였다. 웃고 있는 듯했다.

은기는 자기도 모르게 침을 꿀꺽 삼켰다. 분위기가 심상치 않았다. 은기는 충호를 향해 조용히 속삭였다.

"충슨. 너한테 중요한 임무를 줄게. 일단 이 휴대전화를 갖고 내려가서 경찰에 신고해. 그리고 아파트 경비 아저씨랑 어른들 데리고 와. 얼른!"

"괜찮겠어?"

충호가 걱정스러운 얼굴로 힐끗 바라봤다. 이내 마음을 다잡은 듯 은기가 건넨 휴대전화를 움켜쥐고 반대편 등산로로 달려갔다. 점점 멀어지는 충호를 바라보던 은기는 한순간 위화감을 느꼈다.

왠지 옆구리가 허전하다….

위화감의 정체를 알아챈 은기는 경악했다. 진숙이! 옆에 있던 진숙이 사라졌다.

"설마…."

급히 고개를 돌려 언덕 너머를 본 은기는 까무러칠 뻔했다. 어느새 진숙이 수상한 남자 근처에 다가갔던 것이다.

젠장맞을. 은기는 두 손으로 마른세수를 하고 심호흡을 했다.

"뭐야?"

멀리서 남자의 날카로운 목소리가 들렸다. 그와 동시에 은기가 괴성을 지르며 번개처럼 달려갔다.

"으아아아아아! 기, 기다려!"

순식간에 진숙의 앞을 막아선 은기는 허리를 숙여 숨을 골랐다. 온 힘을 다한 달리기에 숨이 턱까지 차올랐다. 땅바닥에 그늘이 드리웠다. 은기는 슬며시 고개를 들었다. 그늘을 만든 남자를 본 은기는 다리에 힘이 풀리는 것 같았다.

"아, 아저씨?"

"너냐? 701호 꼬맹이."

"아저씨가 왜 여기서…."

은기는 충격에 말을 잇지 못했다. 과도를 들고 광기에 휩싸인 눈으로 비릿한 웃음을 짓는 남자는 다름 아닌 경비 아저씨였다. 그동안 모자 쓴 모습만 봐서 아저씨가 대머리였다는 사실은 미처 몰랐다.

놀란 눈으로 쳐다보는 은기를 향해 그가 입을 열었다.

"내가 왜 여기서 이러고 있냐고? 다 네 덕분이지, 이 새끼야!"

"저, 저요? 제가 뭘 어쨌다고요."

"네놈이 쓰레기를 무단 투기한 망할 노인네를 잡아내는 바람에 내 신세가 아주 좆같아졌어. 왜 그런지 알려줄까? 그 노인네가 나한테 앙심을 품었지 뭐야. 사람들 앞에서 개쪽을 줬다나? 아파트에 소문이 퍼지니 지도 쪽팔렸겠지. 스트레스도 받았을 거야. 근데 말이야, 웃긴 게 뭔지 알아?"

입을 꾹 다문 은기를 바라보며 경비 아저씨가 말을 이었다.

"그 스트레스를 나한테 푸는 거야. 아주 집요하게 말이야. 씨발. 그 망할 노인네가 그때부터 되지도 않는 이상한 이유를 붙여가며 날 괴롭히기 시작하더라고. 분리수거가 제대로 되지 않는다느니, 인터폰이 이상하다느니 하면서 시도 때도 없이 괴롭히더니 언제부턴가는 새벽에 느닷없이 불쑥 경비실에 들어와 내가 졸고 있는 걸 보고 근무가 해이하다고 지적질을 해서 밤새 괴롭히지, 밤마다 아기 우는 소리가 들린다고 오라 가라 하질 않나. 사람을 미치도록 들들 볶는 거야. 그것도 내가 근무 서는 날에만 말이야. 더군다나 그 망할 노인네가 아파트 입주자 대표라 내 마음대로 막 대할 수도 없어. 오늘도 근무 서고 퇴근하려고 하는데 날 붙잡고 얼마나 잔소리를 해대던지…. 내가 요 몇 달 동안 살이 얼마나 빠졌는지 알아?"

경비 아저씨가 두 손바닥을 쫙 펴며 소리쳤다.

"10킬로야 10킬로. 이러다 내가 죽겠다고 생각했는데 밤마다 울어대는 아기 울음소리를 찾아냈지 뭐야. 씨발. 망할 고양이 새끼들이더구먼. 그래서 잡아다 쳐 죽였어. 근데 이게 묘하게 기분이 좋아지더라고. <u>흐흐흐.</u>"

순간 경비 아저씨의 눈에 광기가 서렸다.

은기의 다리가 후들후들 떨렸다. 오줌이 나올 정도로 무서웠다. 아저씨의 사나운 얼굴을 피해 고개를 숙였다. 그러자 그의 발 아래 쓰러져 있는 고양이가 보였다. 등 쪽에 박혀 있는 한국 지도 같은 검은 반점. 충호가 그렇게 찾아 헤매던 코난이었다. 벌써 죽인 건가? 낙담하려는 순간 미세하게 코난의 배가 오르내리는 것이 보였다. 잠든 것 같았다.

"캣맘들이 주는 사료에 몰래 약을 탔어. 동물용 마취제를. 그러면 배불리 처먹고 얼마 안 가 픽픽 쓰러지더구먼. 그걸 여기로 가져와서 배를 따면 그 안의 따뜻하고 축축한 내장들이 얼마나 감촉이 좋던지…. 흐흐흐. 간혹 마취가 풀리기라도 하면 째어놓은 배때기 사이로 내장을 질질 끌고 도망치는데, 얼마나 귀여운지 너는 모를 거다. 큭큭큭."

은기는 눈물이 왈칵 쏟아졌다.

"그, 그런 거 몰라요. 아저씨, 이제 이런 짓 그만하고 보내주세요, 네? 아무에게도 말하지 않을게요. 정말이에요."

"미안하지만 그건 안 될 것 같아. 고양이 배를 가르면서 느낀 건데 너처럼 어린 애새끼 배를 가르면 어떤 느낌이 들지 궁금해 미칠 것 같단 말이지. 큭큭."

경비 아저씨가 과도를 혓바닥으로 날름 핥았다. 그의 눈과 표정은 이미 정상이 아니었다. 은기의 머릿속에서 사이렌 소리가 미친 듯이 울려댔다.

이대로 있으면 죽는다. 도망쳐야 한다.

은기는 발아래 있는 커다란 돌을 집어 그를 향해 냅다 던졌다. 그리고 곧바로 뒤돌아 진숙의 손을 잡고 뛰었다. 돌은 허망하게 포물선을 그리며 크게 빗나갔다.

"이 새끼야, 거기 안 서!"

아저씨가 히죽 웃으며 과도를 들고 걸어왔다. 당황한 은기는 얼마 안 가 튀어나온 돌을 잘못 밟고 발목을 크게 접질렸다. 은기의 손을 잡고 있던 진숙도 함께 땅바닥을 굴렀다.

투툭.

발목이 끊어지는 소리가 난 것 같았다. 은기는 접질린 발목을 부여잡고 데굴데굴 굴렀다. 너무 고통스러워 신음소리가 절로 터져 나왔다.

"끄으으으윽."

감겼던 눈을 억지로 뜨려던 은기는 이내 깜짝 놀라 저절로 눈이 크게 떠졌다. 아저씨가 은기 몸 바로 위에서 과도를 높이 쳐들고 있었다. 날카로운 칼날이 당장이라도 가슴팍에 꽂힐 것 같았다.

이렇게 죽는 건가.

순간 몸을 옆으로 굴렸다. 내리꽂힌 칼날이 땅바닥과 부딪쳐 소름 끼치는 소리를 냈다.

"이 새끼가."

그는 약이 올랐는지 몸부림치는 은기의 몸에 올라탔다. 은기는 그의 몸에 짓눌려 움직일 수 없었다. 그는 다시 과도를 번쩍 들었다.

이제 다 틀렸다.

체념한 은기는 눈을 질끈 감았다. 그리고 마음속으로 숫자를 셌다. 하나, 둘, 셋…. 그러나 죽음의 카운트다운이 끝나고 몇 초를 더 기다려도 통증은 느껴지지 않았다. 뭔가 이상했다.

뭐지?

그때였다.

"아야!"

경비 아저씨의 쇳소리에 이어 둔탁한 소리가 들렸다. 은기는 살며시 실눈을 떠봤다. 은기 몸에 올라탄 아저씨가 과도를 잡지 않은 손으로 머리를 짓누르고 있었다. 손가락 사이로 핏줄기가 흘러내렸다. 고개를 돌려보니 아저씨 옆으로 진숙이 쓰러져 있었다. 진숙은 어디서 주웠는지 주먹만 한 돌멩이를 손에 쥐고 있었다. 돌멩이 끝에 피가 약간 묻어 있었다. 진숙은 넘어지면서 머리를 찧었는지 두 손으로 머리를 감싸 쥐었다.

아저씨의 두 눈이 분노로 이글이글 타올랐다.

한눈을 팔고 있는 아저씨를 두 손으로 밀치려 했으나 은기는 다시 제압당했다. 이제 정말로 옴짝달싹할 수 없었다.

"흐흐흑."

은기의 눈에서 눈물이 터져 나왔다.

"아저씨, 이러지 마세요. 제발요."

"그래그래. 지금 당장 죽여주마!"

그는 칼을 쥔 손을 높이 들어올렸다. 그의 칼이 다시 은기의 얼굴에 길게 그림자를 드리웠다. 한순간 그와 눈이 마주쳤다. 눈빛에 깃든 냉기에 뼛속까지 얼어붙는 것 같았다.

"흐아아아악!"

은기는 처절한 비명을 질렀다.

그 순간 거미가 먹이를 움켜쥐듯 아저씨의 얼굴에 가녀린 손가락이 감겼다. 그리고 이내 목이 뒤로 홱 꺾였다.

"진, 진숙아…."

땅바닥을 구르던 진숙이 어느새 일어나 뒤에서 아저씨를 잡아챘다. 은기는 힘겹게 상체를 일으켜 세웠다. 뒤로 넘어간 아저씨와 진숙이 서로 엉겨 붙어 있었다. 평소에는 그렇게 비실비실하던 진숙이의 몸 어디에서 그런 힘이 나왔는지 알 수 없었다. 팽팽하게 대치하며 땅바닥을 구르던 아저씨가 마침내 재빨리 진숙의 몸 위에 올라탔다.

"안 돼!"

은기가 서둘러 일어서려 했지만 퉁퉁 부어오른 발목 때문에 일어설 수가 없었다. 발목에 불이 난 것 같았다. 바늘로 쑤셔대는 듯한 통증에 정신이 아득해졌다. 하지만 정신을 놓을 수 없었다.

이대로 두면 진숙이 죽는다.

은기는 진숙을 향해 힘겹게 기어갔다. 손톱에 흙이 끼고 손바닥에 자갈들이 박혔다.

"그러지 마…! 흐흐흑."

진숙은 힘이 빠진 듯 축 처져 있었다. 아저씨는 진숙의 목을 조르기 시작했다.

"이제 지긋지긋해! 다 죽어버려!"

진숙의 목을 죄는 아저씨의 팔뚝에 시퍼런 힘줄이 불거졌다.

이렇게 무력하다니.

은기는 진숙이 죽어가는 모습을 차마 지켜볼 수가 없었다. 고개를 돌린 은기의 입에서 터져 나온 처절한 비명이 언덕에 울려 퍼졌다.

"으아아아아아아!"

이제는 오래된 기억 속에 희미해진,

그동안 내 손에 희생된 사람들의 얼굴이 파노라마처럼 스쳐 지나간다.

생의 마지막 순간에 삶의 궤적이 스쳐 지난다는 건 사실이었다.

아직까지 들키지 않고 살 수 있었던 건 순전히 운 대문일까.

아주 오랫동안 깨어날 수 없는 악몽 속을 헤매던 느낌이다.

숨을 쉴 수가 없다.

왼쪽 옆구리에 불에 댄 듯한 통증이 밀려온다.

머리가 몹시 조여온다.

온몸의 근육들이 비명을 질러댄다.

낯익은 시궁창 냄새가 콧속을 찌른다.

그 익숙한 냄새가 나를 기나긴 꿈속에서 현실로 끌어냈다.

살짝 눈을 떠보니 햇빛을 등져 그림자 진 얼굴이 나를 내려다본다.

강도다. 그때 그⋯.

오래전 그 강도가 내 목을 조르고 있다.

어떻게 된 걸까. 환상일까.

강도의 얼굴에서 떨어진 땀방울이 내 얼굴 위로 떨어진다.

불쾌하다.

죽여야겠다.

현실이건 환상이건 상관없다.

한 번 더 죽이면 되니까.

　은기는 정신을 잃었던 진숙이 자신의 목을 조르고 있는 경비 아저씨를 향해 천천히 오른손을 뻗는 것을 목격했다.

"아악! 이 미친년이!"

　진숙의 허리 위에 올라탔던 경비 아저씨가 비명을 지르며 몸을 뒤로 빼려 했다.

은기는 깜짝 놀랐다. 진숙의 오른손이 아저씨의 아랫도리를 힘껏 움켜쥐고 있었다. 진숙은 그 상태로 재빨리 왼손을 자신의 옆구리로 가져갔다. 그리고 망설임 없이 옆구리에 깊이 꽂혀 있던 과도 손잡이를 움켜쥐었다. 조금 전 아저씨와의 몸싸움 중에 찔렸던 것이리라.

"음!"

진숙은 낮은 신음소리를 냈다. 곧이어 피에 흠뻑 젖은 칼끝이 진숙의 몸에서 쑥 빠져나왔다. 이후 벌어진 일은 은기로서는 직접 눈으로 보고도 믿을 수가 없었다.

진숙이 칼날을 아래쪽으로 재빨리 고쳐 잡았다. 그사이 주먹으로 얼굴을 내려치려는 아저씨의 팔을 잡아채고서는 그의 겨드랑이 사이로 과도를 찔러 넣었다. 그는 겨드랑이에서 오는 통증에 얼굴을 일그러뜨렸다. 왼쪽 겨드랑이의 상처를 오른손으로 막으려던 그는 두 번째 비명을 질렀다. 진숙이 하반신을 단단히 감아누르고 있던 아저씨의 팽팽한 양 허벅지에 순식간에 과도를 찔러 넣었던 것이다. 여전히 진숙의 허리 위에 올라탄 그가 휘청거리며 고꾸라지듯 엎어졌다.

그 순간 공기를 가르는 날카로운 소리와 함께 수직으로 세운 과도의 칼끝이 아저씨의 목과 턱 사이의 부드러운 살을 파고 들었다. 이내 아저씨의 눈동자가 빛을 잃고 하늘로 말려 올라갔다.

"끄으으으윽."

마침내 아저씨의 거대한 상체가 커다란 포물선을 그리며 뒤로 넘어갔다.

한동안 언덕에는 정적이 감돌았다.

조잘대던 새소리도 멈췄다.

한참을 멍하니 있던 은기의 등에 누군가 손을 얹었다. 은기는 화들짝 놀라 고개를 돌렸다.

충호였다. 뒤에서 다급하게 달려오는 아저씨들이 보였다.

"충. 충슨. 왔구나. 사람들을 데리고 와줬구나. 흐흑…."

충호의 눈에서도 눈물이 흘러내렸다.

"어. 산을 내려가는 도중에 산나물을 캐러 나온 아저씨들을 만났어."

"다행이다…. 다행이야…."

은기는 충호의 부축을 받아 서둘러 진숙이 있는 곳으로 절뚝거리며 걸어갔다.

진숙의 옆에 쓰러진 경비 아저씨는 끔찍한 얼굴로 죽어 있었다. 은기는 경비 아저씨를 지나쳐 진숙 옆에 털썩 주저앉았다.

"피, 피가…! 아흐흑. 엉엉."

힘없이 누워 있는 진숙의 꽃분홍색 셔츠 옆구리 쪽이 점점 붉게 물들어갔다. 은기는 진숙의 머리를 무릎에 받치고 진숙의 손을 꼭 잡았다.

"눈 좀 떠봐. 흑흑. 제발, 눈 좀 떠봐…. 응?"

은기의 울음 섞인 목소리에 진숙의 손이 움찔거렸다. 진숙이 감았던 눈을 천천히 떴다.

"진숙아! 흑흑."

이제 좀 쉬려고 했는데, 손주 녀석이 쉴 틈을 주질 않네.

치매 판정을 받고, 이제는 기억하는 시간보다 기억하지 못하는 시간이 훨씬 길어졌다.

생의 촛불이 힘을 잃고 흔들거린다.

이제 얼마 남지 않았구나.

그래도 죽기 전에 다시 한번 이 살육의 감각을 느낄 수 있었으니 만족한다.

여한은 없다.

진숙이 눈물범벅이 된 은기를 보며 희미하게 웃음을 지었다.

"할미한테 진수기라니. 내가 니 친구냐."

은기가 깜짝 놀라 말을 더듬었다.

"진숙… 아니, 하… 할머니, 정신이 들었어? 괜찮은 거야? 피가 이렇게 나는데…. 아프지? 모두 나 때문이야. 엉엉."

은기는 미안한 마음에 목놓아 울었다. 진숙은 힘겹게 말을 이었다.

"우리 손주는 괜찮지? 그럼 됐어. 이 할미는 살 만큼 살았으니까 말이여. 사실은 때때로 정신이 돌아왔을 때도 내색하지 않았어. 우리 손주랑 노는 게 좋았거든."

진숙은 고통으로 얼굴을 찡그리면서도 입가의 미소를 지우지 않았다. 벌어진 입 사이로 듬성듬성 이가 빠진 곳이 보였다.

"할머니, 죽지 마. 알았지? 절대로 죽지 마. 꼭이야. 우리 또 같이 놀러 다녀."

은기의 눈물이 진숙의 얼굴 위로 떨어져 굴곡진 주름을 타고 흘러내렸다.

어느새 진숙의 곁으로 다가온 충호도 말했다.

"그래요. 꼭 나아서 은기랑 같이 놀아요."

진숙은 힘겹게 고개를 끄덕이고 천천히 눈을 감았다. 그리고 금세 잠이 들었다.

잠든 할머니의 입가에 희미한 미소가 떠올랐다.

할머니는 지금 무슨 꿈을 꾸고 있을까.

"이야옹."

어느새 정신을 차린 코난이 다가와 진숙의 손을 핥았다.

"여기예요, 여기!"

진숙의 주변에 서 있던 아저씨 하나가 멀리서 다가오는 사람들을 향해 소리쳤다.

저 멀리서 경찰들과 간이침대를 든 구급요원들이 달려오고 있었다.

은기는 피에 흠뻑 젖은 진숙의 손을 물끄러미 바라봤다.

오직 은기만이 목격한 진숙의 행동들이 뇌리를 스쳐갔다. 이내 은기는 고개를 세차게 흔들었다. 그런 건 아무 상관이 없다는 듯이….

은기는 나뭇가지처럼 앙상한 진숙의 손을 마주 잡은 손가락에 힘을 꼭 주었다.

홍선주

2020년 《G선상의 아리아》로 '계간 미스터리' 신인상을 수상하며 등단했다. 2019년 크라우
드 펀딩으로 《나는 연쇄살인자와 결혼했다》를 독립출판하며 소설가로서의 꿈을 접으려 했
으나, 독자들의 폭발적 반응과 응원으로 신인상 공모전을 준비할 수 있었다. 현재 독립출판
했던 위 소설을 업그레이드한 버전의 장편소설을 준비 중이다.

푸른 수염의 방

2020년 1월 24일, 긴 설 연휴가 시작되던 새벽.

연수는 식은땀에 흠뻑 젖은 채 번뜩 눈을 떴다. 온몸이 축축했고 손은 바르르 떨려서 제어할 수 없을 정도였다. 연수는 두 손으로 양팔을 감싸 안았다. 본능적으로 자신과 쌍둥이인 은수가 위험하다는 것을 느꼈다.

은수가 실종된 지 석 달이 되어가던 때였다.

-2020년 2월 19일, 사고 1일 전

분명히 죽었다. 아니, 죽였다.

숨이 끊어진 것을 확인했는데, 차갑게 식은 시체를 확인했는데, 왜 자꾸 은수가 눈에 보이는 건지, 남자는 이해할 수 없었다.

은수는 이전에 그와 지냈던 여느 여자들과는 달랐다. 누구보다 살가운 성격이었다. 아마 어린 나이에 길바닥에 나와 생활하는 동안 의지할 사람이 없어서였을 거라고, 그래서 자신의 존재가 그 어린 여자에겐 더 의미가 있었을 거라고 남자는 생각했다.

어쩌면 그래서 남자도 은수에겐 조금 더 시간을 주었던 것일지도 모른다.

하지만 이미 끝난 일이었다. 약속을 어기면 그 대가로 벌을 받기로 약속했고 은수는 그 약속을 어겼다. 그게 그녀의 잘못이든 아니든 상관없었다. 사실 이곳에 와서 지내는 여자들이 결국 마주하게 될 끝은 이미 처음부터 남자가 설계해두었으니까.

남자는 이제 은수의 시체도 처리할 때가 되었다고 생각했다.

−2020년 2월 2일, 사고 18일 전

일요일 아침. 남자는 평온한 분위기를 만끽하며 거실에 서 있었다. 잔잔한 클래식 선율과 바람에 흔들리는 창밖 나무들의 리듬감이 묘하게 맞아떨어졌다. 따라란 딴. 따라란 딴. 남자는 기분이 좋은 듯 얼굴에 미소가 피어올랐다.

그런데 갑자기 남자가 깜짝 놀라 뒤를 돌아봤다. 뭔가를 보았기 때문이다. 눈을 동그랗게 뜨고, 자신의 뒤편과, 뒤편이 반사된 앞쪽 창을 빠른 동작으로 번갈아 가며 살폈다.

하지만 아무것도 없었다.

남자는 눈살을 찌푸리며 방금 본 창문을 다시 주시했다. 분명히 무언가가 창에 비쳤었다. 남자는 그럴 리가 없다고 확신하면서도, 이상하게 불안한 마음이 들어 다시 천천히 몸을 돌려 뒤를 보았다. 그제야 현관 입구 쪽에 걸린 하얀 셔츠가 눈에 들어왔다.

저게 창에 비쳤던 걸까? 그래, 저걸 흰 옷을 즐겨 입던 은수라고 착각했을 거다. 그런 거겠지.

벌써 몇 년째 해오던 일인데, 새삼 이런 경험이 흥미롭다고 생각했다. 그간 한두 명이 아닌데, 이런 적은 처음이었다. 하긴 은수가 이곳에서 가장 오래 머물렀던 여자이긴 했다.

남자는 다음부터는 너무 오래 시간을 끌지 말아야겠다고 생각했다. 그러곤 피식 콧방귀를 뀌며 커피를 내리기 위해 부엌으로 향했다.

−2020년 2월 3일, 사고 17일 전

퇴근이 늦어진 저녁이었다. 남자는 아일랜드 식탁에 앉아 생각에 잠긴 채 홀로 식사를 하고 있었다. 벽시계의 시침은 숫자 10에 가까워져 있었다. 그때 남자의 등 뒤에서 작은 인기척이 느껴졌다. 남자는 황급히 몸을 돌려 눈으로 그 존재를 쫓았다.

그러나 아무도, 아무것도 없었다.

남자는 이마를 찌푸리며 왼손으로 관자놀이를 눌렀다. 그러곤 천천히 다시 식탁으로 몸을 돌렸다.

요즘 회사 일 때문에 너무 스트레스를 받아서 예민해진 거라고 생각했다. 대표로 있는 벤처 회사에서 새로운 투자를 유치하기로 했는데, 오늘 만난 투자자들이 꽤나 까다로운 조건을 제시해서 골치가 아픈 상황이었다.

남자는 서둘러 식사를 마치고 식기세척기에 그릇을 넣었다. 그리고 침실로 가다가 멈칫 걸음을 멈추었다. 아까 인기척을 느꼈던 거실 바닥에 뭔가 떨어져 있는 것이 얼핏 보였기 때문이다. 남자는 눈을 가늘게 떠 초점을 맞췄다. 그렇게 물건의 정체를 확인하자, 얼굴색이 바뀌었다.

옷이었다. 은수의 하얀색 블라우스가 그곳에 떨어져 있었다.

−2020년 2월 4일, 사고 16일 전

"오빠."

익숙하면서도, 낮고 힘이 없어서 생경한 여자의 목소리에 모골이 송연해지며 잠에서 깼다. 침대에 누워 있던 남자는 재빨리 팔을 뻗어 더듬거리며 휴대전화를 찾았다. 화면을 터치해 보니 새벽 2시가 조금 넘은 시각이었다. 휴대전화를 쥔 손이 바르르 떨렸다.

남자는 가위에 눌렸다고 생각했다. 며칠 전 처음 은수의 허상을 봤다고 생각한 그날부터 컨디션이 계속 좋지 않았다.

회사 일 때문이야. 투자 유치 스트레스 때문일 거야. 전에 없던 일이라 신경이 더 곤두서고 피곤해진 거겠지. 그렇다고 이젠 환청까지 듣다니, 아무래도 보양식이나 영양제를 챙겨 먹어야겠어.

남자는 휴대전화의 이메일 앱을 열어서 비서에게 이를 지시하는 내용의 메일을 급히 작성했다. 메일을 전송하고 곧바로 다시 침대에 누웠다. 내일 중요한 회의가 있어서 푹 자두어야 했다.

하지만 그는 날이 샐 때까지 뒤척이느라 선잠을 자야 했다. 겨우 잠이 들라 치면 은수의 목소리가 들리는 것 같았다.

남자가 지친 몸을 끌고 집에 들어섰다. 결국 회의를 망치고 말았다. 집중이 안 돼서 투자자들의 질문에 제대로 답변할 수가 없었다.

남자가 심란한 마음으로 입구를 지나 거실로 들어서는데, 뭔가 이상했다. 거실 탁자 위에 여자 화장품 몇 개가 놓여 있었다. 그 옆엔 슬리퍼 한 쌍. 모두 은수의 것이었다. 아니, 한때 은수의 것이었던 물건들이었다.

또다시 나타난 은수의 물건에 남자의 얼굴은 사색이 되었다. 그와 동시에 시선에 걸린 뭔가의 존재를 알아챘다. 남자는 겁에 질린 표정으로 침을 꿀꺽 삼켰다.

아니겠지. 설마, 아닐 거야.

남자는 자기도 모르게 혼잣말을 중얼거리며, 천천히 고개를 돌려 식탁 위의 그것을 바라봤다. 김이 모락모락 피어오르고 있는 컵이었다. 은수가 즐겨 사용했던, 자신이 제주도 여행에서 사다 준 컵이었다. 거기서 피어오른 커피 향이 이미 집 안 곳곳을 채워 놓은 상태였다.

"누구야? 뭐야! 나와! 나오라고!"

남자는 이 방 저 방을 돌아다니며 소리를 지르기 시작했다. 하지만 집 안에는 그의 목소리만 울려 퍼질 뿐, 아무도, 어떤 것도 답을 하지 않았다.

남자가 회사만 다녀오면, 같은 일이 반복됐다. 은수의 물건들을 아무리 상자에 담아 봉해둬도, 다시 하나둘, 자신의 자리는 거기가 아니라는 듯 밖에 나와 있었다.

남자는 며칠 동안 집을 비운 사이에 외부인이 드나든 적은 없는지 경비실에 확인도 해봤다. 하지만 택배기사조차 건물 출입을 허가하지 않고 경비실에서 받아두었다 전달하는 레지던스 규정에 따라 외부인의 출입은 불가능하다고 했다. 남자는 혼란스러웠다.

밤에는 신경이 너무 곤두서서 두통에 시달리느라 잠들지 못했다. 약국에서 두통약과 수면제를 사 와서 복용해보았지만, 오히려 정신만 더 혼미해질 뿐 잠들기엔 실패했다. 결국 남자는 한동안 집에서 회사 업무를 보면서 집을 지키기로 했다.

이런 결정은 그의 선택처럼 보였지만, 실상은 이제 그는 밖으로 나갈 수가 없게 된 것이었다. 남자의 신체적 에너지도 정신도 모두 정상의 범주를 벗어나 있었기 때문이다.

–2020년 2월 9일, 사고 11일 전

남자는 방에서 일하다 말고 갑자기 현관으로 뛰어나갔다. 디지털 도어록의 비밀번호를 바꾸기 위해서였다.

은수가 이곳에서 지내는 동안 외우기 쉬운 번호로 한다며 자기 생일로 지정해놓았던 것을 이제야 깨달았던 것이다. 남자는 사무실 직통 전화번호로 비밀번호를 바꿨다.

처음부터 이걸 제일 먼저 지워버렸어야 했는데, 나답지 않았어.

비밀번호 설정을 완료하며 남자는 자조적인 콧방귀를 뀌었다. 이러면 은수의 망령이 더 이상 이 집에 들어오지 못할 거라 믿는 자신이 한심하다는 생각이 들어서였다.

—2020년 2월 11일, 사고 9일 전

남자는 슈퍼마켓에서 맥주와 식재료를 사 왔다. 아무 생각 없이 집에 들어서자마자 부엌에서 냉장고를 정리하는데, 퍼뜩 뭔가 이상하다고 느끼곤 손을 멈췄다. 놀란 표정의 남자는 냉장고 문을 열어둔 채 곧바로 현관으로 뛰어갔다.

남자는 곧장 현관문을 열고 밖으로 나간 후 문을 닫았다. 그리고 빠른 속도로 도어록 비밀번호를 눌렀다.

삐삐삐삐.

경고음이 울렸다. 비밀번호가 틀린 것이다. 남자의 얼굴빛이 창백해졌다. 그는 도어록 덮개를 내렸다 올려서는 다시 비밀번호를 눌렀다.

삐삐삐삐.

마찬가지였다.

남자는 떨리는 손으로 다시, 천천히, 네 자리의 숫자를 하나하나 꾹꾹 힘줘가며 눌렀다. 마지막 별표를 누르자 정상적인 경쾌한 소리가 들렸다.

띠릿.

비밀번호가 은수의 생일로 다시 바뀌어 있었다.

－2020년 2월 13일, 사고 7일 전

남자는 불안한 마음을 진정시키기 위해 독한 술의 힘을 빌리기 시작했다. 그 덕분인지 잠도 잘 수 있었다. 그렇게 주말 동안엔 계속 술을 마시며 정신을 놓고 잠에 빠져들었다.

남자는 이날 느지막한 시간이 되어서야 눈을 떴다. 간만에 조금 쉬었다는 느낌에 가뿐하게 침대에서 일어났다. 그래도 여전히 거실로 나가는 발걸음은 한없이 조심스러웠다. 이번에 또 은수의 물건이 나와 있다면, 정말 미쳐버릴지도 모른다는 생각에 두려웠기 때문이다.

하지만 없었다. 이전처럼 깔끔한 상태 그대로였다.

그래도 남자는 여전히 조심스레 부엌, 베란다, 그리고 한때 은수가 사용했던 방까지 들어가 봤다. 모든 게 흐트러짐이 없었다. 남자는 기분이 좋아서 빙그레 미소를 지었다.

내가 잠깐 이상했었나봐. 그러면 그렇지, 말이 안 되는 일이었잖아?

오랜만에 상쾌한 기분으로 욕실에 들어갔다. 욕조에 물을 받으면서 스트레스를 풀어줄 심산으로 입욕제도 풀었다. 남자는 블루투스 스피커로 좋아하는 음악까지 틀어놓고 반신욕을 즐겼다. 오랜만에 맛보는 평화였다. 자연스레 음악에 맞춰 콧노래도 나왔다. 다시 기분이 좋아지니, 다음 계획에 대해서도 생각해보게 됐다.

이번에는 은수처럼 잔상이 남을 만한 살가운 애 말고, 좀 더 거리감을 두는 여자를 선택해야겠어. 쓸데없이 피곤해졌잖아.

어차피 곧 떠나보낼 존재이니, 정을 붙일 필요 없는 여자가 남자의 계획엔 더 들어맞았다. 생각을 정리하니 더 가벼워진 기분이었다. 남자는 욕조에서 몸을 일으켰다. 내친 김에 오늘 저녁에 밖으로 나가볼 생각이었다. 기대감으로 남자의 얼굴에 절로 미소가 떠올랐다. 하지만 욕조에서 나와 세면대 거울 앞에 섰을 때, 그의 얼굴빛은 순식간에 다른 색깔로 바뀌었다.

보고 싶어.

욕실을 가득 채운 뜨거운 김이 누군가의 손길을 피해 거울 위에 만들어낸 글씨였다.

남자는 턱을 덜덜 떨면서 거울로 다가갔다. 가까이에서 한참 글자를 관찰하던 남자의 얼굴이 공포와 분노가 뒤섞인 표정으로 우악스럽게 일그러졌다. 남자의 머릿속엔 말도 안 되는 생각들이 아우성치기 시작했다.

너야? 정말 또 너야? 어떻게 이럴 수가 있어! 이건 불가능하다고!

"으아아아악! 으아! 으아아아아아아!"

그 아우성들은 비명으로 쏟아져 나왔다. 남자는 두 손으로 머리를 움켜쥔 채 욕실에서 소리를 질렀다. 무언가를 떨쳐내려는 듯 발작적으로 소리를 내고 있었다.

그러다 결국 무너져 내렸다. 벌거벗은 몸을 웅크린 채 차가운 욕실 바닥에 붙었다. 그리고 흐느끼기 시작했다. 자신이 정말로 미쳐가고 있다는 생각이 들었다.

이제 남자는 은수를 실체로 보기 시작했다. 창문에 반사되어 비친다거나 하는 방식이 아니었다. 은수는 진짜 존재하는 것처럼 보였다. 그렇게 된 지도 이틀이 지나고 있었다.

은수는 거실 한쪽에 말없이 서서 남자를 뚫어져라 바라봤다. 텅 빈 눈빛으로, 남자가 그곳에 있지만 있지 않은 것처럼 바라보고 서 있었다. 남자는 그 눈빛을 견딜 수 없어 가까운 아무 방으로 들어섰다.

하필 은수의 방이었다. 은수의 체취가 가장 많이 남아 있는 그곳에, 은수가 또 보였다.

남자는 다시 거실로 나왔다. 그곳에도 여전히 은수가 있었다.

침실로 향했다. 은수가 천천히 슬로모션 같은 움직임으로 그를 따라 들어왔다.

남자가 힘없이 침대로 올라가 눕자, 그의 곁으로 가까이 다가왔다. 침대에 누운 남자를 바라보며 그렇게 다시 아무 말 없이 서 있었다.

결국 남자는 은수가 존재한다는 사실을 인정했다.

"정말… 너야? 은수야?"

하지만 은수는 답하지 않았다. 그저 멍한 눈빛으로 그를 계속 바라볼 뿐이었다.

남자는 자다 깨다를 반복했다. 시간이 어떻게 가는지도 인식할 수 없었다. 자신의 의지로 잠이 드는 건지, 그냥 정신을 잃어버리는 건지 분간할 수 없었다. 그저 눈을 떠보면 거실 소파에 앉아 있다거나, 침대에 누워 있다거나 하는 식이었다. 그전까지의 기억을 더듬어보면, 눈앞에 은수가 있었던 게 마지막 기억이었거나, 멍한 상태로 밥을 먹었다거나 하는 게 다였다.

남자는 이제 은수와 다시 함께 살게 되었다. 아니, 엄밀히 말하자면, '사는' 건 아니었다.

−다시, 2020년 2월 19일, 사고 1일 전

또다시 며칠 동안 잠을 자지 못했다. 남자의 신경은 극도로 날카롭게 곤두서 있었다.

이대로 지낼 수 없다는 생각에 정신을 차리려 부엌으로 나와 커피를 내렸다. 남자는 식탁에 앉아 김이 오르는 커피를 눈앞에 둔 채, 두 엄지손가락으로 관자놀이를 세게 누르며 생각했다.

은수는 분명히 죽었다. 아니, 내가 죽였다.

분명히 그때 숨이 끊어진 것까지 확인했다. 차갑게 식어가는 시체의 온기를 두 손으로 직접 확인했다. 그런데 어떻게 눈앞에 은수가 계속 나타나는 것인지, 이해할 수 없었다.

은수가 자신을 원망하고 있어서일까. 하지만 그 방은 들어가지 않기로 약속하지 않았던가. 약속을 어기면 벌을 받기로 남자와 약속했었다. 그 벌이 어떤 것이든지 간에. 남자는 그 약속을 이행한 것뿐이었다. 그러니 은수가 남자를 원망할 자격은 없다.

은수가 지겨워져 이제 끝내고 싶었든, 그래서 남자가 일부러 그 방의 문을 살짝 열어놓았든, 그 방에 고깃덩이를 두어서 은수의 개가 그곳에 들어가게 유인했든, 아무 상관없는 일이었다. 약속은 '무슨 일이 있어도 그 방에 들어가지 않는 것'이었으니까.

결국 약속을 어긴 건 은수였다. 그 결정을 한 게 은수였으니까, 남자가 은수에게 벌을 내린 건 마땅하다고 생각했다.

남자는 다른 여자의 시체로 교체하기 전까지는, 이전 여자의 시체를 그 방의 테이블 냉동고에 보관해왔다. 은수의 시체도 마찬가지였다. 원래대로라면 다음 여자가 와서 또 규칙을 어기고, 은수의 시체를 발견하고, 죽음이 임박했다는 공포를 느끼는 눈을 바라보며 죽이는 게 남자의 루틴이었다.

하지만 이미 죽어버린 은수가 남자의 곁을 계속 맴도는 게, 어쩌면 냉동고 안에 은수를 너무 오래 두었기 때문인지도 모르겠다는 생각이 들었다. 살아서 살가웠던 은수의 영혼이, 죽어서는 자신에게 집착하고 있는 건가 싶었다.

결국 남자는 자신의 루틴에서 벗어나는 선택이었지만, 오늘 은수의 시체를 처리하기로 결심했다.

그사이 식어버린 커피를 모두 들이켠 후, 남자는 자리에서 일어났다. 그리고 이 집에서 가장 안쪽에 자리한 그 방으로 향했다. 은수를 죽인 후에는 한 번도 발을 들여놓지 않았던 은밀한 방.

문을 여는 순간, 남자가 방바닥에 깔아놓았던 붉은 가루가 사방으로 흩어졌다.

여자들이 호기심에 못 이겨 방문을 여는 순간, 가루가 흩날려 흔적을 남기게 하려고 남자가 만들어낸 함정이었다. 안으로 들어서는 순간 문이 자동으로 닫혀서 잠겨버리는 것이 먼저긴 했지만, 혹시 문이 닫히기 전에 빠져나올 경우를 대비한 것이었다.

붉은 가루가 흩어지면 여자들은 당황해서 어떻게 해보려고 손을 댄다. 하지만 가루는 닿는 순간 피부에 녹는 듯 스며들어버린다. 그렇게 붉은 흔적을 남기면 최소한 3일 정도는 어떤 것으로도 씻기지 않았다. 그래서 약속을 어긴 여자들은 남자에게 걸릴 수밖에 없었고, 그러면 가차 없이 그 방으로 끌려가서 목이 졸렸다.

남자는 방구석에 있던 냉동고로 향했다. 저 안에 은수를 두었다. 태아처럼 몸을 웅크린 채, 남자가 넣어놓은 그대로 은수는 그곳에 있을 터였다. 남자는 마지막으로 보았던 은수의 모습을 상상하며 냉동고 문을 열었다.

하지만 거기엔 아무것도 없었다.

남자는 놀라서 두 눈을 비볐다. 그렇게 다시 봐도 그곳은 여전히 텅 비어 있었다.

진짜로, 은수가 죽은 게 아니었던 건가? 그럴 리가….

남자는 혼란스러워 머리가 빙빙 도는 것 같았다. 두 눈을 질끈 감고 휘청거리다가 겨우 정신을 차리며 고개를 들었다. 그 순간, 남자의 눈앞에 은수가 나타났다. 즐겨 입던 하얀색 홈드레스를 입은 채, 창백한 얼굴로, 긴 머리를 늘어뜨리고, 남자의 눈을 뚫어버릴 것 같은 시선으로 바라보고 있었다.

남자가 놀라서 숨을 훅 들이켜자, 은수가 한 걸음 그에게로 바짝 다가왔다. 차가울 거라 생각했던 은수의 숨이 뜨겁게 남자의 목덜미에까지 미쳤다. 남자는 그게 더 끔찍했다.

살아 있다! 은수가 죽지 않고 살아 있어!

남자는 바로 몸을 돌려 뒤쪽으로 도망치려 했다. 하지만 뒤돌아선 그의 앞에, 다시 똑같은 은수가 있었다. 같은 하얀색 홈드레스를 입고 같은 눈빛을 한 채, 그를 마주 보고 서 있었다.

그 은수가 곧장 두 손을 앞으로 뻗어 남자의 목을 움켜쥐었다.

"컥!"

남자는 자신도 모르게 신음소리를 냈다. 자신이 여자들의 목을 조일 때 많이 들었던 익숙한 소리였다. 하지만 직접 내뱉을 때의 느낌은 너무도 달랐다. 남자는 자신의 목을 움켜쥔 은수의 손을 잡아 풀어내리려고 해봤다. 하지만 그의 손은 남자 뒤편에 서 있던 다른 은수의 손에 의해 저지당했다.

남자의 눈이 공포로 물들기 시작했다. 자신이 그동안 죽였던 여자들의 눈에서 보였을 죽음의 공포였다. 하지만 그의 공포가 더 깊었다. 자신을 죽이려 드는 알 수 없는 존재에 대한 공포가 한 단계 깊게 가중되어 있었다.

이미 정신적으로도 신체적으로도 허약해져 있던 남자는 반항도 제대로 하지 못한 채 은수들의 손끝에서 악마로서의 생을 마감했다. 공포로 가득한 눈을 미처 감지도 못한 채 순식간에 숨이 끊어졌다.

은수들은 이를 감지한 듯, 네 개의 손에 넣고 있던 힘을 풀어 남자를 바닥에 떨어뜨렸다.

바닥에 쓰러진 남자의 껍데기를, 두 명의 은수가 담담한 눈빛으로 내려다보고 있었다.

은수가 사라진 후 연수가 걱정을 하지 않았던 건 아니었다.

하지만 쌍둥이는 서로의 안위를 공명하듯 직감할 수 있었다. 연수는 그동안 특별히 컨디션이 나쁘지 않았기 때문에, 은수가 어디선가 잘 지내고 있으리라 믿었다.

가끔 연수가 카카오톡 메시지를 보내면 은수는 내킬 때만 답장을 했다. 원래도 은수는 그런 식이었다. 그래서 별다른 의심 없이 그녀의 행동을 이해했다. 은수는 혈육에게서도 자유를 갈망하던 아이였다.

그런데 그날, 새벽에 식은땀을 흘리며 깨어났던 그날만은, 은수에 대한 강한 불안감이 연수의 마음을 잠식했다. 새벽이었지만 혹시 몰라 은수에게 전화를 걸었다. 하지만 은수는 전화를 받지 않았다. 연수는 곧바로 카카오톡 메시지를 남기고 문자 메시지도 남겼다. 그래도 아무런 회신이 없었다. 메시지를 읽었다는 표시도 확인되지 않았다. 연수는 결국 은수에게 생사가 갈리는 큰일이 생겼다는 걸 인정해야 했다.

설 연휴였지만 연수는 자신이 할 수 있는 최선을 다해 은수를 찾아 헤매기 시작했다. 자신과 똑 닮은 사진을 들이대며 사람들에게 본 적 있냐고 물을 때면, 웬 미친 여자가 자신의 사진을 보여주며 사람을 찾느냐는 의아한 눈빛을 보내는 사람도 많았지만 괘념치 않았다. 그것보다 연수의 고민은 은수를 목격한 사람이 전혀 없다는 것이었다.

마침내 긴 연휴 기간이 끝나자, 연수는 통신사 고객센터에 전화를 걸었다. 혹시나 은수 휴대전화의 기지국 접속 기록을 확인할 수 있는지 묻기 위해서였다. 역시나 통신사 쪽에서는 경찰의 정식 요청 없이는 확인이 불가한 사안이라며, 실종 신고를 하도록 권했다.

연수는 그 말에 재빨리 전화를 끊었다. 실종 신고는 할 수 없었다. 은수는 물론 연수도 경찰의 수배가 내려진 상태였다. 어린 나이에 집을 나와 가출팸 생활을 하며 빈집을 털어왔기 때문이다. 처음에 왜 집을 나오게 되었는지는 이제 기억에도 없었다. 밖에서의 생활이 자연스럽게 그들의 인생이 되었다. 그게 몇 년이 지나자 팸의 아이들은 성인이 되었고, 빈집털이 실력과 함께 범죄 전과도 쌓였다. 그러니 경찰과 엮이는 것은 최대한 피해야 했다.

사실 은수는 그런 생활이 싫어서 팸을 떠났다. 어느 날 갑자기 카카오톡 메시지 하나만 남긴 채, 혈연관계까지 버리고 자취를 감췄다. 남은 팸 아이들은 은수가 혼자 경찰에 자수하고 자신들에게 덤터기를 씌우는 거 아니냐고 걱정하며 은수를 찾아내려 했다. 하지만 그런 아이들을 말리고 모든 걸 책임지겠다고 했던 게 연수였다. 그만큼 은수가 사라지고 싶어 했던 감정에 공감할 수 있었다. 한날한시에 태어난 자매였으니까.

그러나 이제는 찾아야 했다. 은수의 온기가 전혀 느껴지지 않아서 무서웠지만, 그래서 더욱 자신을 다그쳐 은수를 찾아 헤맸다. 연수는 은수와 같은 얼굴을 이용해서, 은행으로, 통신사로, 흔적을 좇을 수 있는 곳은 어디든 찾아가 또 다른 자신의 존재를 찾으려 했다. 그래도 은수를 찾지 못하자, 연수는 주고받았던 메시지에서 은수가 있을 만한 곳에 대한 정보를 추려내기 시작했다.

'걸어서 5분이면 S마트 갈 수 있어.' '2호선이랑 1호선 둘 다 가까워서 서울 어디나 편하게 가.' '오늘은 동네 공원에서 산책했어!' 이런 내용들을 토대로 은수가 머물고 있을 만한 지역을 좁혀 나갔다.

그렇게 찾은 한 동네를 둘러보고 있을 때, 우연찮게 은수의 흔적을 만나게 됐다.

"어? 아가씨 오랜만이네요. 그사이 머리를 잘랐나보네. 오늘은 강아지 안 데리고 나왔어요?"

어느 고급 주택가에서 누군가 아는 체하며 연수에게 말을 걸었다. 출입문을 통제하는 고급 레지던스 입구를 지키던 경비였다.

연수는 그가 자신을 은수로 착각하고 있다는 것을 알아챘다. 단발머리를 고수하는 연수에 비해, 은수는 언제나 긴 생머리를 즐겨했었다.

"아, 네, 안녕하세요. 오랜만에 뵙네요. 네, 머리는 얼마 전에 잘랐어요."

혹여 말실수를 해서 경비가 자신의 정체를 알아챌까봐, 연수는 최대한 말을 아끼면서 눈치껏 경비의 말을 받았다.

은수는 예전부터 강아지를 키우고 싶어 했다. 하지만 팸 생활을 하느라 엄두도 못 냈던 것을, 어떻게 된 일인지 모르겠지만 이 곳에서 생활하면서 이뤘던 모양이다. 연수는 은수가 얼마나 좋아했을까 상상이 되어서, 잠시나마 행복한 기분을 느꼈다.

"오빠 분이 아가씨 몸이 안 좋아서 밖에 못 나온다고 하던데, 이젠 다 나은 모양이네. 예전보다 더 건강해 보여서 좋구먼!"

오빠라.

은수는 팸을 떠난 후 어떤 남자에게 의탁한 모양이었다. 연수는 그 남자의 집을 찾아야겠다고 생각했다. 어쩌면 몸이 안 좋아서 요즘 안 보인다는 은수가 아직 그곳에 있을지도 모른다는 작은 희망이 연수의 머릿속에서 몽글거렸다.

"고맙습니다. 저, 아저씨 죄송한데, 제가 집에 뭘 좀 가져다놔야 해서요. 금방 가져올 건데 도와주실 수 있으세요?"

"어? 내가 가서 옮겨줄게요. 어디 있는데?"

"아, 아니에요! 제가 금방 가서 가져오면 돼요, 잠시만요!"

경비가 따라나서려 하자, 연수는 서둘러 자리를 뜨며 그에게 웃어 보였다. 그리고 부리나케 어디론가 달려갔다. 오는 길에 보았던 슈퍼마켓으로 향한 것이었다.

"혹시 빈 상자 큰 거 있을까요?"

손에 잡히는 아무 주전부리나 집어 계산대에 올리며 연수가 묻자, 슈퍼 주인은 말없이 손가락으로 바깥쪽에 쌓아둔 상자 무더기를 가리켰다. 연수는 계산을 마치고 바로 그쪽으로 향했다. 자신이 안았을 때 안정적으로 들 수 있는 크기의 상자를 골라 재조립하고 그 안에 작은 상자를 몇 개 넣었다. 너무 가벼워 보이는 것도 막고, 혹시 오늘 밤 필요할지도 모를 상황에 대비하기 위해서였다.

경비는 연수가 상자를 들고 오는 것을 보고 들어주겠다며 뛰어왔지만, 연수는 괜찮다고 사양했다. 다만 물건을 들고 있어 불편

하니 집까지 들어가는 것만 도와달라고 부탁했다.

경비는 별다른 의심 없이 연수를 출입문 안으로 데리고 들어가서 자연스레 엘리베이터 버튼까지 눌러주며 물었다.

"근데… 아가씨는 여자 형제가 몇이에요?"

"네?"

갑작스러운 경비의 질문에 연수가 조금 당황해서 되물었다. 혹시 은수가 자신들에 대해 뭔가 이야기한 걸까?

그때 엘리베이터 문이 열렸다. 머릿속에서 복잡한 생각이 돌아가고 있었지만, 연수는 일단 엘리베이터를 탔다. 경비가 엘리베이터 안으로 손을 뻗어 층 버튼을 눌러주며 멋쩍게 말했다.

"아니, 요즘엔 이런 거 물어보면 안 되지만, 몇 달에 한 명씩, 와 있는 여동생이 계속 바뀌니까 궁금해서…. 허허."

연수는 자신들의 이야기가 아닌 것에 안도하며 웃음으로 얼버무렸다.

"하하. 저희가 좀 많죠? 그동안 몇 명이나 보셨을까요…."

엘리베이터 문이 닫히면서 연수를 빤히 바라보고 있던 경비의 얼굴도 사라졌다. 연수는 곧바로 경비가 눌러준 버튼을 확인했다. 불이 켜진 버튼은 13층, 꼭대기 층이었다. 연수는 속으로 잘됐다고 생각했다. 혹시 몸을 숨기고 있어야 한다면 꼭대기 층이 유리했다.

도착 벨소리와 함께 엘리베이터 문이 열렸다. 연수는 일단 바깥을 살폈다. 한 층에 한 세대만 있는 곳이었다. 살기에 안전하면서 위험하기도 한 곳이라는 얘기였다. 외부인과 부딪칠 일이 없겠지만, 그만큼 여기서 무슨 일이 벌어져도 누군가 알아차리는 데 시간이 필요했다.

연수는 엘리베이터에서 내려 짧은 복도를 지나 조심스레 문 앞으로 다가갔다. 들고 있던 상자를 옆에 내려놓고 디지털 도어록을 살폈다. 덮개를 밀어 올려 버튼을 누르는 구형이었다. 요즘엔 비밀번호를 훔쳐볼 수 있어서 랜덤 숫자가 표기되는 방식으로 많이 바뀌었지만, 다행히 이 도어록은 그 이전 버전이었다. 그렇다면 숫자만 먼저 알아낸 후 누르는 패턴을 훔쳐보는 것으로 숫자 조합을 알아낼 수 있을 터였다.

연수는 가방을 뒤져서 화장품 파우더를 꺼냈다. 양이 많이 남아 있지 않았지만, 번호판 위에 살짝 뿌려놓기엔 부족하지 않았다. 뭉쳐지면 티가 날 수 있으므로 최소한의 양으로 버튼을 살짝 덮는 게 중요했다.

연수는 도어록 앞에 파우더 케이스를 댄 후 약한 바람으로 숨을 천천히 내쉬었다. 연수의 피부 빛깔보다 창백한 가루가 먼지처럼 공중에 흩어졌다가 번호판 위에 보일 듯 말 듯 내려앉았다.

그 결과를 잠시 살펴본 연수는 만족스러운 표정으로 덮개를 조심스레 내렸다.

연수는 다시 상자를 들고 옥상으로 가는 계단을 올랐다. 옥상 문 앞쪽에 상자를 내려놓은 뒤, 안에 넣은 작은 상자들을 꺼내서 찬바람을 막을 간단한 은신처를 만들었다.

이제 그 오빠라는 남자가 돌아오길 기다리기만 하면 된다.

깜빡 잠이 들었던 모양이다. 연수는 엘리베이터 소리에 퍼뜩 눈을 떴다. 재빨리 정신을 차리고 소리 나지 않게 움직여 아래층 문이 보이는 계단 구석에 몸을 밀착했다. 구두 발자국 소리가 복도에 울렸다. 곧이어 말끔하게 정장 코트를 입은 젊은 남자의 뒷모습이 보였다. 그는 기분이 좋은 듯 콧노래를 흥얼거리며 문 앞으로 다가갔다.

남자는 연수의 존재를 전혀 눈치채지 못했다. 연수는 좀 더 안심하고 고개를 내밀어 남자가 덮개를 열고 번호를 누르는 모습을 확인했다. 지그재그로 움직이는 손놀림. 그것의 대략적인 위치를 확인한 연수는 몸을 숨기며 입술을 깨물었다. 저 패턴이면 어쩌면 숫자 조합이 쉽지 않겠다는 생각에 이마에 주름이 생겼다.

남자가 문을 열고 안으로 들어서는 소리가 들리고 이어 문이 잠기는 소리도 들렸다.

연수는 바로 움직이지 않고 남자가 잠들 시간까지 기다리기로 했다. 혹여 괜히 조바심을 냈다가 모든 걸 망칠지도 모르니까. 이제까지 은수를 기다렸던 것처럼 이번에도 기다리자고 다짐했다.

밤이 깊어질수록 더욱 차가워진 공기가 몸을 파고들었지만, 이상하게도 춥지 않았다. 상자 덕분만은 아닐 거라고 생각했다. 어쩌면 이미 세상을 떠난 은수가 자신을 품어주고 있을지도 몰랐다. 연수가 은수의 죽음을 확인한 건 아니었지만, 남자의 모습을 본 순간 그냥 알 수 있었다. 은수는 죽었다. 저 남자 손에 죽은 거다.

훅, 찬바람이 어디선가 불어와 연수의 얼굴을 스치자, 눈에서 눈물이 흘러내렸다. 연수는 손바닥으로 야무지게 눈물을 닦아낸 후 휴대전화로 시간을 확인했다. 새벽 1시. 이 시간이면 비밀번호를 확인해도 될 것 같았다.

연수는 조심히 아래 계단으로 발을 뻗어 내딛었다. 오랫동안 웅크리고 있어서인지 근육에 살짝 경련이 일었지만 발끝을 움직여주니 괜찮아졌다. 발소리를 죽여 현관에 다가간 연수는 디지털 도어록 덮개를 천천히 밀어 올렸다. 휴대전화 플래시를 비스듬히 비춰 번호판에서 사라진 파우더의 흔적을 확인했다. 긴장감에 입이 말랐다.

2, 6, 0.

네 자리 비밀번호에 숫자가 세 개라는 것은, 저 숫자 중 하나는 두 번 눌렀다는 뜻이다. 이런 경우 비밀번호 조합을 테스트하는 것은 거의 불가능한 일이었다. 하지만 연수의 얼굴에는 절망보다는 희망의 빛이 퍼졌다. 세 개의 숫자를 확인한 순간 이미 비밀번호의 조합을 알 수 있었다. 남자의 손놀림 패턴 따윈 중요하지도 않았다.

비밀번호는 0602. 6월 2일.

은수의 생일이자, 연수의 생일이기도 한 그 날짜였다.

연수는 임무를 다한 파우더를 입으로 불어서 날려버린 후, 조심스럽게 도어록 덮개를 닫았다.

다음 날 아침 계단 위에서 밤을 지새운 연수는 남자가 출근하는 것을 확인한 후 그 집에 들어섰다.

집을 나서는 그의 행동을 관찰했을 때 집 안에 아무도 없을 거라는 걸 짐작할 수 있었지만, 최대한 조심해서 움직였다. 이런 고급 주택에는 방범장치나 CCTV가 있을 가능성이 높다는 걸 연수는 오랜 경험으로 알고 있었다.

하지만 집 안을 둘러본 연수는 그런 걱정을 할 필요가 없었다는 걸 깨달았다. 남자는 굉장히 비밀스러운 사람이었다. 문이 잠겨서 확인하지 못한 방 두 개를 제외하고는, 전체적으로 개인적인 물건이 별로 없고 지나칠 정도로 깔끔했다. 상당한 크기만 아니라면, 호텔 같다는 생각까지 들 정도였다.

남자의 집은 입구에 들어서면 채광이 좋은 커다란 거실을 중심으로 좌우로 공간이 나뉘어 있었다. 좌측엔 욕실이 딸린 꽤 큰 침실과 서재로 꾸며진 방, 그리고 심플한 드레스룸이 있었다. 우측엔 안쪽으로 고급 소재로 마감된 부엌이, 그 옆으로 문이 잠겨 있는 방이 하나, 외부 욕실 하나, 그리고 잠겨 있는 방이 하나 더 베란다에 맞닿아 있었다.

연수는 잠긴 두 개의 방 중 바깥쪽 방을 먼저 열었다. 집을 털고 다니던 연수에게 기본적인 방문 잠금장치는 머리핀 두 개만 있으면 해결되는 문제였다.

문이 열리자 익숙한 향기가 났다. 은수의 체취였다. 은수가 좋아했을 물건들이 방 안에 가득했다. 화려한 화장대 위에는 귀여운 소품과 화장품들이 주인을 기다리는 듯 놓여 있었다. 침대 위엔 누군가 방금 일어난 듯 정돈되지 않은 아이보리색 이불과 은수가 평소 즐겨 입었을 하얀색 잠옷이 놓여 있었다.

연수는 주위를 둘러보며 뭔가를 찾기 시작했다. 그간 은수의 행적을 알려줄 수 있는, 언제나 은수와 함께했던 중요한 물건 하나를 찾고 있었다.

연수는 옷장 문을 열었다. 옷장 안도 은수의 취향 그대로였다. 흰색 옷을 좋아하는 은수를 팸 아이들은 대놓고 싫어했다. 밤에 움직일 때 너무 눈에 띄는 데다 얼룩이 쉽게 묻어서 세탁에도 신경 써야 하는 그런 색을, 가출팸 무리에 있는 은수가 왜 즐겨 입는지 모르겠다며 질색했었다.

옷의 촉감을 손으로 훑으며 은수를 그리워하고 있을 때, 옷장 구석에서 뭔가가 눈에 띄었다. 은수의 일기장이 그곳에 숨겨져 있었다.

연수는 다급히 그것을 펼쳐서 내용을 훑어보기 시작했다.

처음엔 이상한 사람일지도 모른다고 생각했는데, 따라오길 잘했다는 생각이 든다.

이렇게 좋은 집에서 좋은 음식 먹으면서 행복하게 살 수 있을 거라곤….

오빠도 나를 믿게 되면, 그땐 휴대전화도 맘대로 사용할 수 있게 해주겠지?

다른 건 다 괜찮은데, 휴대전화 퍼즐 게임 못하게 된 건 넘 아쉽당. 심심해!

오빠한테 슬쩍 친구를 데려오면 안 되냐고 물어봤는데, 굉장히 화난 얼굴이 되었다.

역시 모든 걸 얻을 순 없나보다.

일단은 오빠에게 충실해야지. 지금이 난 좋으니까.

서재에서 뭔가를 보고 있던 오빠는 분명 얼굴은 웃고 있었는데… 묘하게 표정이 무서웠다.

문틈으로 살짝 보여서 그런가. 잘못 봤나 싶기도 하고.

오빠는 다 좋은데, 가끔 섬뜩할 때가 있다.

오빠가 강아지를 키우게 해줬다! 드디어 내 삶에 강아지가 들어왔다!

엄청 훈련 잘 시켜서 오빠에게 혼나는 일 없게 해야지!

오빠 최고다! 야호!

왜 오빠가 그 방에 그렇게 집착하는지 모르겠다.

난 사실 궁금하지도 않다.

이전에 있던 여자들이 왜 그 방을 궁금해했는지 모르겠지만,

이 집과 생활이 이미 만족스러운데 왜 굳이?

아무튼 오빠는 그 방엔 절대 들어가지 말라고 했다. 들어가면 벌을 받게 될 거라고.

근데 이 나이에 무슨 벌…? 조금 웃기다. ㅋㅋㅋ

눈여겨볼 내용은 그게 마지막이었다. 날짜는 1월 17일. 이때까진 확실히 은수가 살아 있었을 거다.

연수는 은수가 써놓은 서재 이야기에 묘하게 신경이 쓰였다. 아까 집 안을 확인할 때 그곳엔 남자의 노트북이 열린 채로 있었다. 혹시 그 안에 은수의 흔적을 쫓을 수 있는 단서가 있을지도 모른다는 생각에 연수는 서둘러 방을 나와 서재로 향했다.

노트북은 전원이 켜진 상태로 모니터 화면만 꺼져 있었다. 혼자 지내서 노트북 보안도 따로 걸어놓지 않은 모양이었다. 연수에게는 무척이나 다행스러운 일이었다.

드라이브의 구성은 깔끔했다. 남자는 이 노트북으로는 업무를 처리하지 않는 모양이었다. 기본 오피스 프로그램조차 깔려 있지 않았다. CCTV를 확인하고 저장된 동영상을 재생할 수 있는 프로그램만이 바탕화면 바로가기로 설치되어 있었다.

연수는 이상하다고 생각했다. 처음 집에 들어왔을 때 CCTV의 존재 유무를 확인했지만, 그 어디에도 카메라는 없었기 때문이다. 그래서 연수는 이 동영상 파일들이 아직 열지 않은 마지막 방과 관련되어 있을 가능성이 높다고 판단했다. 거기에 은수의 흔적도 있을 거라고 확신했다.

"미친…!"
연수는 영상 속 남자를 바라보며 자신도 모르게 소리를 내뱉었다.

남자는 어떤 여자의 목을 벨트로 조이고 있었다. 벽에 눌린 채 살기 위해 발버둥 치는 여자의 얼굴을 바라보며, 그는 만족스럽게 입꼬리를 올리고 있었다. 정상이 아닌 사람의 얼굴이었다. 아니, 그건 악마였다.

더 이상 그 장면을 볼 수 없었던 연수는 급히 재생창을 닫았다. 잠시 충격을 가라앉히느라 숨을 골랐다. 그렇게 몇 분이 지난 후에야 다시 정신을 차리고 파일들을 살펴볼 수 있었다. 연수는 파일이 생성된 날짜를 기준으로, 은수가 사라졌던 시기에서부터 마우스로 긁어보았다. 총 세 개. 그중에 은수도 있을지 모른다는 생각이 들자, 뒷목이 서늘해졌다.

먼저 열어본 두 개의 영상에는 다른 여성들의 마지막 모습이 담겨 있었다. 영상은 모두 여자가 방문이 열릴 때 흩어진 가루에 놀라 허둥지둥하는 모습으로 시작했다. 뭔가를 해보려다 손에 묻고 옷에 묻는다. 그런데 그녀의 뒤로 문이 닫힌다. 여자는 놀라서 문을 열어보려고 하지만 소용없다. 여자는 체념한 채 잠시 방을 둘러본다. 자신이 어떤 판도라 상자를 열었는지 확인하고 싶었을 것이다. 그러다 구석에 있는 냉동고를 발견한다. 천천히 그쪽으로 다가간다. 긴장한 손길로 냉동고를 여는 것과 동시에 여자는 비명을 지르기 시작하고 얼굴은 공포에 휩싸인다.

영상에 소리는 녹음되지 않았지만, 얼마나 큰 소리로 비명을 지르고 있는지는 표정만으로도 알 수 있었다. 그녀들의 공포가, 두려움이, 시공간을 넘어서까지 느껴졌다. 그걸 보고 있는 연수의 표정도 괴로움으로 일그러졌다.

연수는 두 번째 여자가 냉동고의 시신을 확인하는 장면을 보고 나서 영상을 닫았다. 첫 번째 영상 속의 여자처럼, 그녀도 결국 방에 들어선 남자에게 목이 졸려 살해되었을 것이다.

이제 마지막 영상이 남아 있었다. 연수는 확인하고 싶은 마음과 미루고 싶은 마음이 충돌하는 것을 느꼈다. 하지만 어떤 선택을 해야 하는지 알고 있었다. 마우스를 쥔 손이 떨렸지만, 결국 파일을 두 번 클릭했다.

이번 영상은 앞의 두 영상과 시작이 달랐다. 방 안으로 작은 강아지 하나가 빠르게 뛰어들어왔다. 은수가 문을 열고 들어온 게 아니었다. 은수는 조금 뒤늦게 강아지를 쫓아 방으로 들어온 것 같았다. 그녀가 들어와서 강아지를 붙잡느라 애쓰고 있을 때, 그녀의 뒤로 문이 닫혔다. 예상치 못한 상황에서도 은수는 태연해 보였다. 몰티즈로 보이는 흰 강아지는 가루를 뒤집어써서 얼룩져 있었고, 은수는 앞으로 벌어질 일을 상상도 하지 못한 채 그런 강아지의 모습을 보며 웃음을 터뜨렸다. 은수의 웃음에, 연수의 눈에서는 눈물이 흘렀다.

은수는 그저 강아지를 안고 남자를 기다리는 것 같았다. 가루로 강아지와 장난을 치면서 시간을 때우고 있었다. 앞의 여자들과 달리 냉동고 근처에는 가지도 않았다. 은수는 아무것도 궁금해하지 않았다.

은수는 방 안의 CCTV를 발견하곤 카메라 앞으로 다가왔다. 얼굴엔 가루를 잔뜩 묻힌 채로 희극배우처럼 웃긴 표정을 지어 보였다. 그걸 바라보는 연수의 눈에서 눈물이 볼을 따라 흘러내렸다. 은수가 천진하게 웃을수록, 연수의 심장은 타들어가는 것 같았다.

잠시 후 남자가 방에 들어섰다. 은수는 그를 두려워하지도 않은 채, 남자를 향해 웃으며 뭔가를 설명하고 있었다. 하지만 남자는 은수의 말을 듣지도 않은 채 그녀의 목에 벨트를 걸며 벽으로 밀어붙였다. 강아지가 남자에게 달려들었다. 하지만 그의 거센 발길질에 작은 강아지는 맥도 못 춘 채 그대로 방구석으로 나가 떨어졌다.

은수는 그제야 남자의 의도를 알아차린 것 같았다. 강아지를 향한 은수의 시선에서 슬픔과 아픔이 동시에 느껴졌다. 그리고 자신이 곧 죽으리라는 걸 안 것 같았다. 화면에서 잘 보이지 않았지만, 남자를 바라보는 은수의 눈빛이 공포보다는 슬픔에 차 있다는 걸, 연수는 알 수 있었다. 하지만 반대로 은수를 바라보는 남자의 눈빛은 광기로 번뜩이고 있었다. 그는 기쁨과 희열에 사로잡혀 있었다. 마치 이 순간만을 위해 평생을 존재한 것처럼 보였다.

그때 은수가 남자에게서 시선을 돌려 CCTV 카메라를 응시했다. 마치 그 너머에서 연수가 지켜보고 있다는 것을 아는 듯, 그녀와 눈을 맞췄다. 연수는 숨이 턱 막혀왔다. 은수는 남자의 손아귀에서 벗어날 수 없다는 것을 알았다. 죽음을 예감한 듯했다. 그래서 건너편의 연수에게 말하고 있었다.

너희가, 복수해줘.

연수는 더 이상 참지 못하고 재생창을 닫았다. 손이 바르르 떨렸다. 얼굴은 눈물로 범벅이 되어 있었다. 연수는 넋이 나간 채 한참 동안 그렇게 앉아 있었다. 놈에 대한 분노와 은수의 죽음에 대한 슬픔으로 머릿속이 뒤죽박죽된 것 같았다. 그러다 멍해 있던 시선이 파일 생성 날짜에 멈췄다.

1월 23일 21시 19분. 자신이 식은땀을 흘리며 잠을 깨기 몇 시간 전이었다.

연수는 경찰에 신고하는 것도 잠시 생각했다. 하지만 그건 너무 쉬운 응징이었다. 이 정도 재력과 능력을 갖춘 놈이라면 어쩌면 비싼 변호사 하나 사서 빠져나갈지도 모른다고 생각했다.

그렇게 쉽게 끝내게 할 순 없었다. 놈에게도 똑같이 되갚아줘야 했다.

연수는 은수와 다른 여성들이 겪었던 죽음에 대한 공포를 놈도 맛보게 해주고 싶었다. 가능하다면 더 지독하게 느끼도록 만들어야 했다.

연수는 놈을 응징할 계획을 세운 뒤 약을 구했다. 덱스트로메토르판, 카리소프로돌, 야바, 그리고 GHB까지. 구할 수 있는 향정신성 의약품들을 최대한 모았다. 그리고 남자와의 보이지 않는 동거를 시작했다.

그가 마시는 물, 음식, 커피, 술에 번갈아가며 약품들을 섞었다. 덱스트로메토르판은 남자를 몽환적인 상태로 만들어 현실감을 떨어뜨렸다. 야바는 잠을 이룰 수 없게 만들어서 남자의 정신 상태를 악화시켰다. 카리소프로돌과 GHB는 나중에 술에 타서 정신을 잃게 만드는 데 썼다.

은수의 물건을 활용해 그를 혼란에 빠뜨리는 것도 잊지 않았다. 하나둘 눈에 띄게 집 안 곳곳에 두거나, 은수의 옷으로 그를 놀라게 하기도 했다.

그가 현관문의 비밀번호를 바꾸자, 다시 되돌려놓았다.

은수를 흉내 내 그를 부르기도 하고, 거울에 메시지도 남겼다.

그 모든 일을 되풀이하고 또 되풀이했다.

그리고 마침내 그의 정신이 온전치 못한 상태가 되었다는 확신이 들자, 은수의 옷을 입고 남자 앞에 섰다. 남자는 처음엔 헛것을 봤다고 생각하는 듯했다. 하지만 자꾸만 나타나는 은수의 모습에 남자는 서서히 은수가 유령이 되어 자신의 주변을 맴돈다고 믿기 시작했다.

그리고 그가 마침내 은수의 시체를 처리하려고 했을 때, 은수의 손으로 죽였다.

자신이 죽였다고 믿었던 은수의 손에 죽어가는 남자의 눈에 어린 공포를 확인하는 순간, 죽은 쌍둥이와 살아 있던 쌍둥이의 영혼은 마침내 위로받을 수 있었다.

"아, 아가씨, 어디 멀리 가나봐요?"

모든 일을 마치고 주차장에서 떠날 준비를 할 때, 연수를 알아본 경비가 다가오며 말했다. 연수는 차 트렁크 문을 닫곤 뒷좌석 창 앞으로 나서며 반갑게 답했다.

"안녕하세요! 네, 이제 여기 볼일이 다 끝나서요. 고향에 내려가려고요."

"아, 그럼 오빠 분이 데려다… 아, 여자 분이시네."

경비는 운전석을 들여다보며 인사를 하려다. 선글라스 쓴 여성을 발견하곤 고개를 까닥이며 인사를 건넸다. 운전석의 여성도 싱긋 웃으며 고개를 숙였다.

"진짜 여자형제분이 많으시구나!"

"네, 그동안 고마웠습니다. 다음에 들르게 되면 또 인사드릴게요!"

경비의 말에 연수는 밝게 웃으며 고개 숙여 인사했다. 경비는 연수의 웃음에 기분이 좋아진 듯, 웃어 보이곤 차단기를 열어주기 위해 재빨리 출구로 뛰어갔다.

연수는 조수석에 앉아 안전벨트를 매면서 뒷자리를 넘겨다보았다. 푸른 피부의 은수가 운전석의 혜수와 마찬가지로 선글라스를 쓴 채 앉아 있었다. 은수 옆에는 담요에 싼 강아지 사체도 있었다.

경비가 열어준 차단기 아래로 혜수의 차가 미끄러지듯 주차장을 빠져나왔다.

세련된 물결 모양의 풍성한 머리카락을 목덜미 옆으로 내려뜨려서 전혀 다른 분위기를 냈지만, 얼굴은 자신과 똑같이 생긴 혜수를 향해 연수가 물었다.

"은수는, 어디에 묻어줘야 할까?"

"언제나 자유롭고 싶어 했잖아. 그러니까 어느 한곳에 묻히는 것보단 화장을 원할 거야."

혜수가 단호한 어투로 답했다. 고작 몇 분 차이지만, 셋 중에 가장 먼저 세상에 나온 그녀이기에 언제나 맏언니 역할을 해왔다.

같은 배에서 같은 날에 태어나 같은 얼굴을 가졌던 세 사람 중

이제 두 사람만이 남았다. 하지만 혜수와 연수는 둘이 함께 있을 때, 은수도 여전히 그들 곁에 있다고 느꼈다.

세 사람이 탄 차가 레지던스에서 어느 정도 멀어졌을 때, 거센 폭발음과 함께 13층에서 불길이 치솟았다.

혜수와 연수는 백미러에 비치는 붉은 불길을 확인하곤 마주 보며 싱긋 웃었다.

같은 거울에 비친 은수의 입가에서도 미소가 피어나는 걸, 연수는 본 것 같았다.

김세화

2019년에 〈붉은 벽〉으로 '계간 미스터리' 신인상에 당선되었다. 〈어둠의 시간〉은 2020년 한국추리문학상 황금펜상 후보에 올랐다.

엄마와 딸

1

   엄마와 딸은 떨어져 앉아 있었다. 두 사람 모두 손과 셔츠, 바지에 피가 묻었다.

   딸은 열여섯 살이라고 했다. 어른스러워 보였지만 얼굴은 하얗고 귀여웠다. 딸은 안방과 거실을 오가는 형사들을 호기심 어린 표정으로 관찰했다. 오지영 과장은 청소년 심리를 이해하는 것이 어렵다고 생각해왔다. 그렇더라도 딸의 표정만 보면 의붓아버지를 흉기로 찔렀다는 생각은 할 수 없을 것 같았다. 물론 그런 상황에서 얼굴의 모든 근육을 찡그려야 한다는 법이 있는 것은 아니다.

   엄마는 정면을 바라보고 있었다. 하지만 그 시선이 머무는 곳은 어떤 피사체가 아니라 텅 빈 공간일 것 같았다. 어떻게 될지 모르는 불안감에, 의지할 곳을 찾는 엄마들이 무엇인가를 잡는 것처럼 두 팔로 자신의 가죽 가방을 꼭 안고 있었다. 살인자가 된 딸 옆에 바짝 붙어 앉아 눈물짓거나 위로하는 모습을 예상한 오 과장은 의외라고 생각했지만, 모든 살인 사건의 당사자는 예외 없이 일반성에서 벗어났음을 상기하면서 그들 심리를 탐구하고 픈 생각을 지웠다.

안방은 피로 얼룩졌다. 침대 위에는 뚱뚱한 남자가 하얀 시트를 피로 물들인 채 엎드린 모습으로 쓰러져 있었다. 바닥에도 피가 흥건했다. 과학수사팀 형사가 핀셋으로 침대 위에 떨어진 머리카락을 조심스럽게 집어 비닐봉지에 넣고 있었고, 또 한 명은 가구 서랍을 열어보고 있었다. 다른 한 명은 그들 사이에서 카메라 셔터를 계속 눌렀다. 형사1팀장과 과학수사팀장이 문 앞에서 그들의 작업을 지켜보고 있었다. 그들 옆에 있는 콘솔 위에는 피 묻은 주방용 칼과 세 개의 휴대전화가 각각 다른 비닐봉지 속에 든 상태로 놓여 있었다. 형사1팀장이 오 과장을 보자 칼을 손으로 가리켰다.

"피의자가 사용한 칼입니다. 이 칼로 복부를 찔렀습니다. 그리고 피해자가 돌아서서 방에서 나가려고 할 때 등을 한 번 더 찔렀습니다."

"흉기는 어디서 구한 건가요?"

"주방에 있던 겁니다. 이 칼로 고기를 썰고 있는데 의붓아버지가 뒤에서 자신을 안았답니다. 그래서 밀어내고 안방으로 피신했는데 쫓아와서 성폭행하려고 했답니다."

"통화 내용은?"

"엄마 휴대전화에 당시 상황이 녹음되어 있습니다."

"녹음이요?"

"결정적인 증겁니다."

"그런가요?"

"들어보시겠습니까?"

형사1팀장이 고개를 끄덕이자 과학수사팀장이 엄마 휴대전화를 비닐봉지에서 꺼냈다. 형사1팀장은 오 과장과 과학수사팀장을 맞은편 방으로 안내해 들어가서는 방문을 닫았다. 엄마와 딸이 보이는 곳에서 이야기하는 것이 적절치 않다고 생각했기 때문이다.

'엄마, 엄마! 아연아! 엄마! 안 돼!'

딸의 비명과 전화를 받는 엄마의 다급한 목소리다.

'저리 가! 엄마가 곧 올 거야. 안 돼! 아연아 무슨 일이야?'

딸은 울부짖었다. 엄마는 숨이 막혔다.

'아연아, 아연아, 가만, 가만, 가만히 좀 있어봐.'

의붓아버지의 목소리는 작지만 분명하게 들렸다.

'세림이는 11시가 넘어야 온다고.'

'저리 가!'

녹음은 거기서 끝났다.

"녹음을 어떻게 한 거죠?"

오 과장이 묻자 형사1팀장이 설명했다.

"아연이가 안방으로 도망가면서 엄마에게 전화를 한 겁니다. 엄마는 운전하면서 딸의 전화를 받았는데 평소 모든 통화가 녹음되도록 해놓았답니다."

"세림이 엄마 이름인가요?"

"네."

"왜 세 사람이 함께 오지 않았죠?"

"엄마는 식당을 하고 있어서 따로 왔습니다. 의붓아버지와 딸이 8시쯤 펜션에 도착했고 엄마는 식당에서 7시에 출발해서 8시가 좀 넘어 도착했답니다. 비명소리를 듣고 전속력으로 달려왔지만, 도착해보니까 남편이 숨져 있었답니다."

"남편은 저런 상태로 쓰러져 있었나요?"

"방바닥에 쓰러져 있었는데 딸과 함께 들어서 침대에 올려놓은 뒤 경찰에 신고했답니다."

"의붓아버지라고 하셨죠?"

"네, 이름은 장거육이고 쉰 살입니다. 엄마 말로는 부동산업자라고 하는데 돈을 많이 번 것 같습니다. 김세림 씨는 마흔네 살입니다. 미혼모로 딸을 키웠는데 어렵게 살았나봅니다. 김세림 씨는 장거육 씨 사무실 근처 식당에서 종업원으로 일하다가 6년 전에 손님으로 자주 들른 장씨를 만나 결혼했습니다. 장씨는 세 번째 결혼이었고요. 결혼 뒤 장씨는 그 식당을 매입해서 지금은 김세림 씨가 운영하고 있답니다."

"딸 이름이 아연인가요?"

"김아연이라고 하는데 고등학교 1학년 학생입니다. 의붓아버지 집에 들어가 살 때부터 성추행을 당했답니다. 결국 여기서 폭발한 거죠."

"그런가요?"

"마무리는 제가 알아서 하겠습니다. 이렇게 직접 안 나오셔도 되는데…. 먼저 서에 들어가시죠. 저희가 딸을 연행해서 들어가겠습니다."

형사1팀장의 말은 자신을 믿지 못해 직접 현장에 나온 것이 아니냐는 항변처럼 들렸다. 자신보다 나이가 어린 여자 상관이 사건이 발생할 때마다 직접 지휘하겠다고 나서면 기분 좋을 형사는 없을 것이다.

"집이 근처라서 나와 봤어요. 현장을 먼저 보고 경찰서로 가려고요."

오 과장은 변명처럼 말했다. 형사1팀장은 그 말을 듣자 살짝 미소를 지었다.

"결론은 분명합니다. 딸이 자신을 성폭행하려는 의붓아버지를 살해한 겁니다."

오 과장이 현장에 온 이유가 바로 이것이다. 미성년자 딸이 의붓아버지를 살해한 사건이 발생했다는 팀원의 전화를 받자마자 앉아서 보고만 받을 수 없다고 판단했다. 이런 사건은 예민한 부분이 있다. 겉만 보면 피해자와 가해자를 단순 분류하는 데 그치는 오류를 범할 수 있다.

"엄마 가게는 어딥니까?"

"여기서 한 시간 거리에 있습니다. '○○집밥'이라고 합니다."

"현관 천장에 CCTV가 있더라고요. 그거 확보하시고, 부엌에 있는 칼들도 모두 수거하시는 게 좋을 거 같아요. 펜션 주인하고 식당 종업원 진술도 필요하고요. 시신은 부검하라고 검사 지휘가 떨어질 겁니다. 서장님께는 피의자를 검거했다고 보고하겠습니다."

오 과장은 방에서 나와 주방으로 갔다. 삼겹살과 채소, 집에서 가져온 반찬 그릇들이 식탁 위에 어지럽게 흩어져 있었다. 칼꽂이에는 작은 칼 한 개가 꽂혀 있었고 큰 칼이 꽂혀 있을 자리는 비어 있었다. 오 과장은 허공을 바라보는 엄마와 자신을 좇는 딸의 시선을 의식하며 현관 밖으로 나왔다.

폴리스라인 밖에는 동네 주민들이 걱정스러운 표정으로 안쪽을 기웃거리고 있었다. 불경기에 타격을 입지 않을까, 염려하는 것 같았다. 오 과장은 경비를 서고 있는 지구대 순경 두 명에게 다가갔다.

"혹시 신고받고 처음 출동하신 분 있습니까?"

"둘이 함께 출동했습니다. 지구대장님은 조금 전에 복귀하셨습니다."

그들 중 한 명이 말했다.

"신고는 엄마가 했다고 했죠?"

"상황실에서 그렇게 얘기해줬습니다."

"도착하니까 어땠습니까?"

"안으로 들어가 보니까 엄마와 딸은 소파에 앉아 있고 남편은 안방 침대 위에 앞으로, 이렇게 대자로 쓰러져 있었습니다."

지구대 순경은 양팔을 벌리며 앞으로 쓰러져 있는 모습을 시연했다.

"칼은 남편 옆에 있었습니다. 저희는 일단 엄마와 딸의 신병을 확보하는 것이 우선이라고 생각해서 그분들 옆에 있었습니다."

"얘기를 해봤나요?"

"어떻게 된 일이냐고 묻자 딸이 자기가 찔렀다고 했습니다. 자기를 성폭행하려고 해서 정당방위를 했다고 했습니다. 정당방위를 여러 차례 강조했습니다. 어렸을 때부터 성추행을 당했다고 하면서."

그때 중년 남자가 다가왔다.

"아이고, 어떻게 해야 합니까, 저희들은?"

오 과장은 그가 펜션 주인임을 알 수 있었다.

"사건이 곧 마무리될 겁니다. 조만간 다시 영업하실 수 있습니다."

"여기서 사람이 죽었는데 어떻게 영업을 계속하겠습니까? 소문이 날 텐데요."

오 과장은 딱히 할 말이 없었다. 화제를 돌릴 겸 주인에게 질문했다.

"누가 예약을 했나요?"

"예약이요? 아주머니가 했어요."

"어떻게 했습니까?"

"인터넷으로요."

"혹시 특이하거나 이상하다고 느끼신 점은 없습니까?"

"글쎄요. 예약 확인 전화는 그저께하고 어제 두 번 왔습니다만."

"확인 전화요? 전화로도 예약을 확인해야 하나요?"

"하시는 분들이 더러 있습니다. 두 번 하시는 분은 드물죠."

오 과장은 그들을 뒤로하고 자신의 승용차에 올랐다. 평소 성추행을 일삼던 의붓아버지가 급기야 성폭행하려고 하자 딸이 정당방위 차원에서 칼로 찔렀…? 오 과장도 형사1팀장이 내린 결론이 거의 확정적이라고 생각했다. 그렇다면 실증적으로 증명해야 한다. 배경이 되는 퍼즐도 맞춰야 한다.

오 과장은 전조등을 켰다. 전조등 불빛이 겨울밤의 짙은 어둠 속에서 멀리까지 퍼졌다. 마을 쪽에 여러 개의 펜션이 한곳에 모여 있는 것을 볼 수 있었다. 유독 이 펜션만 숲 속에 외따로 떨어져 있다. 오 과장은 경찰서로 차를 몰았다.

2

요즘 성폭행 가해자는 구제받지 못한다. 의붓아버지가 딸을 성폭행하려 했다면 비난은 커지고 처벌은 가중된다. 아연이는 그런 자의 공격으로부터 자신을 방어했다. 게다가 미성년자다. 정당방위가 인정되면 아연이는 보호감호 처분조차 받지 않을 것이다. 오지영 과장은 보고서를 읽어 내려가며 생각을 정리했다. 보고서는 일목요연하게 잘 정리되어 있었다. 형사1팀이 밤새 고생한 결과다.

벌써 아침 8시다. 오 과장은 조사 내용을 확정하기 전에 아연이와 좀 더 이야기를 나누고 싶었다. 엄마의 진술도 듣고 싶었다. 아연이의 정당방위를 확인하고 싶었고, 인과관계가 다소 허술한 부분도 제대로 맞추고 싶었다. 사소한 것처럼 보이는 단편들이 전체 줄거리를 완성한다.

조사실 문밖 의자에 김세림이 앉아 있었다. 가방을 두 팔로 꼭 끌어안은 채 정면을 보고 있었다. 오 과장은 그녀를 지나쳐 조사실 문을 열었다. 아연이와 김 형사가 배달된 밥을 먹은 뒤 그릇을 치우고 있었다. 김 형사는 형사1팀의 유일한 여성이다. 여성 경관이 담당하는 것이 적합할 것 같아 김 형사에게 아연이 조서를 작성하도록 지시했다. 아연이 옆에는 처음 보는 여성이 앉아서 서류를 읽고 있었다. 오 과장은 그 여성이 변호사임을 직감했다.

"일요일 새벽 조사실에 변호사님이 계실 줄은 몰랐습니다. 형사과장입니다."

"그러신가요? 과장님도 수고가 많으시네요. 김 형사님이 요청해서 새벽에 뛰어왔습니다. 얘기를 들어보니까 아연이를 돕지 않으면 안 되겠다는 생각이 들었어요."

"김 형사는 어떻게…."

"아연이 엄마가 변호사를 구할 수 없느냐고 물어보셔서 잘 아는 황 변호사님께 연락했습니다."

오 과장은 김 형사 옆에 앉았다.

"아연이한테 물어볼 게 있습니다."

"저는 아연이 옆에 있겠습니다."

황 변호사가 오 과장에게 말했다. 오 과장은 고개를 끄덕였다.

"아연아, 식사는 맛있게 했어?"

"저는 형사님께 다 말했어요. 또 물어보실 게 있나요?"

처음 듣는 아연이 목소리다. 누가 들어도 똑똑한 아이라는 것을 알 수 있을 정도로 또렷하고 힘이 있었다.

"참고로 알아야 할 부분이 있어서…. 열 살 때부터 의붓아버지가 성추행했다고 했는데 좀 더 많은 얘기를 들었으면 해."

아연이는 잠시 주저하며 변호사에게 눈길을 돌렸다. 변호사가 고개를 끄덕였다.

"그 남자… 자꾸 저를 안았어요. 귀엽다고 했지만 저는 싫었어요."

"엄마가 있는데?"

"엄마는 식당 일 때문에 밤 11시가 되어야 집에 들어왔어요."

"그럼 매일 저녁 의붓아버지와 단둘이 보냈어?"

"처음에는 그랬어요."

"처음에? 엄마에게 얘기 안 했어?"

"했지만… 엄마는 그 남자가 저를 귀여워해서 그런 거라고 했어요."

오 과장은 조사실 밖에 앉아 있는 김세림의 멍한 얼굴이 떠올랐다.

"엄마에게 학원 보내달라고 해서 저도 밤 11시가 넘어서 집에 들어왔어요. 어쩔 수 없이 일찍 들어오는 날엔 제 방에 들어가서 문을 잠갔어요. 그럴 땐 그 남자가 이거 먹어라 저거 먹어라 하면서 방문을 노크했어요. 저는 무시했어요. 문을 세게 두드린 적도 있어요. 그러면 겁이 나서 저도 모르게 문을 열었어요."

아연이의 표정이 어두워졌다.

"과장님, 장거육 씨에 대해 조사가 필요할 것 같습니다. 성범죄 전력이 있을지도 몰라요."

황 변호사가 흥분하며 말했다. 아연이는 그 말을 듣자 봇물이 터지듯이, 하지만 일정한 양의 물줄기를 끊임없이 뿜어내듯이 이야기를 이어나갔다.

"한번은 방문을 발로 차서 어쩔 수 없이 문을 열었는데… 그 남자가 제 속옷을 개서 들고 들어와 옷장 서랍에 넣었어요. 엄마는 늦게 들어와 피곤할 거라면서 자기가 빨래를 걷었다는 거예요. 그리고 다가와서 제 어깨를 감싸고 등을 두드렸어요. 저는 거실로 나가려고 일어섰는데 제 어깨에 있던 그 남자의 손이 등을 쓰다듬으며 엉덩이로 내려왔어요."

"정말 나쁜 사람이야!"

김 형사가 분하다는 듯 화를 냈다. 황 변호사는 그 말에 동조하듯이 김 형사에게 고개를 끄덕여 보였다.

"그러더니 저를 뒤에서 안았어요. 저는 소리쳤죠. 그때 엄마가 들어와서 살았어요."

"엄마에게 얘기했어?"

"했어요. 그런데 그때도 엄마는 아빠가 저를 귀여워해서 그런 거라고만 했어요. 할아버지도 엄마한테 그랬다면서요. 저는 집에서 나가겠다고 했어요."

"그게 몇 살 때였지?"

"중학교 1학년이요."

"도대체 엄마는 왜 그러셨을까?"

"가장 견디기 힘든 게 아빠 얘기를 꺼낼 때였어요."

"아빠?"

"진짜 아빠가 누구냐고, 엄마가 왜 미혼모가 됐냐고 저한테 가끔 물어봤어요."

세 사람은 머리가 마비되는 것 같았다.

"한번은 엄마를 데리러 가야 한다고 해서 그 남자 차에 탔는데 가면서 아빠에 관해 물었어요. 저는 아무 말도 하지 않았어요. 그 남자는 손바닥으로 제 허벅지를 툭툭 치면서 말했어요. 처자식을 버린 사람하고 자기는 다르다면서요. 끝까지 엄마와 저를 돌봐주겠다면서요. 다른 집 아빠와 딸처럼 친하게 지내자고 했어요. 그러면서 손으로 더 안쪽을 만졌어요."

침묵이 흘렀다.

"집에서 나가야겠다고 생각했어요. 엄마한테 말했어요. 엄마는 조금만 참으라고 했어요. 참기 힘들었어요. 그 남자가 위험하다고 생각했어요. 엄마가 집에 있을 때도 기회만 생기면 저를 만졌어요. 엄마도 봤는데 못 본 척했어요."

"그건 언제였어?"

"올해, 고등학교 1학년이 되면서요. 그리고… 그 일이 있고 난 뒤부턴 완전히 지옥이었어요."

"그 일?"

"밤에 자다가 갑자기 인기척을 느껴 눈을 떴는데 그 남자가 저를 내려다보고 있었어요."

"뭐라고?"

"비명을 질렀어요. 엄마를 불렀어요. 엄마가 달려왔죠. 그런데 그 남자가 엄마를 밀어내며 소리쳤어요. 딸아이가 예뻐서 귀여운 얼굴을 보려고 했는데 그것도 안 되냐고 했어요. 여름에 한 번 그랬고 2주쯤 전에도 그랬어요."

"문을 어떻게 열고 들어왔지?"

"젓가락을 구멍에 넣어 누르면 문이 열려요."

"나쁜 새끼!"

김 형사가 혼잣말로 중얼거렸지만 모두가 들을 수 있었다. 오 과장은 자리에서 일어섰다.

3

오지영 과장은 김세림을 자신의 방으로 안내했다. 그녀는 아무 말 없이 들어와 책상 옆에 있는 작은 소파에 조용히 앉았다.

"우리 딸 어떻게 되나요? 정당방위니까 괜찮겠죠?"

목소리는 작고 떨렸다. 얼굴에는 혈색이 없었다. 극도의 불안감으로 밤새 떨었기 때문일 거라고 오 과장은 생각했다.

"걱정되시나요? 아연이의 말을 새겨들었어야죠. 이제 와서 후

회하면 뭐합니까?"

그녀는 울음을 터뜨렸다. 어깨가 흔들렸다. 소리 없는 울음이었다.

"아연이는 구속되나요? 감옥에 가나요? 변호사가 잘하고 있나요? 도와주세요, 형사님."

"검찰이 기소할 겁니다."

"너무 불쌍한 아이예요. 혼자서 잘 자라주었는데."

"그렇게 생각하세요? 불쌍하지만 혼자서 잘 자랐다고요? 장거육 씨는 어떻게 만나셨나요?"

오 과장은 휴지를 빼서 김세림에게 주었다. 그녀는 눈물을 닦았다.

"그 사람은 저한테 잘해줬어요. 제가 일하는 식당에 자주 왔어요. 저에게 계속 만나자고 했어요. 그래서 일이 끝난 뒤 잠깐 보거나 일요일에 밥을 같이 먹었어요."

"결혼은 어떻게 하시게 된 겁니까?"

"저도, 아연이도 자기가 책임지겠다고, 식당을 사서 저한테 주겠다고 했어요."

"그랬나요? 성격은 어땠습니까?"

"거칠 때가 있었지만, 그런 거 가릴 형편이 아니었어요."

"장거육 씨도 가정이 있었죠?"

"두 번 이혼했다고 들었어요. 아들이 하나씩 있는데 각자 자기 엄마하고 산다고 했어요."

"아연이는 엄마에게도 책임이 있는 것처럼 말하고 있어요. 엄마가 자신의 어려움을 몰라주고 장거육 씨를 너무 믿었다는 거예요."

김세림은 대답하지 않았다.

"아연이 전화를 받았을 때 바로 경찰에 신고할 생각은 없었나요?"

"아연이 비명을 듣고 정신이 없었어요."

"장거육 씨 시신은 왜 침대 위로 올려놓으셨죠?"

그녀는 질문을 이해하지 못하는 것 같았다. 잠시 오 과장의 눈을 쳐다보다가 알겠다는 듯 설명했다.

"방바닥에 두는 것보다는 그래도 침대 위로 옮겨놓아야 한다고 생각했어요."

"아연이가 순순히 따르던가요?"

"저 혼자서는 불가능하니까 아연이도 거들었어요. 아연이는 강한 아이예요."

오 과장은 '혼자서 잘 자라주었다'는 말과 마찬가지로 '강하다'는 말에도 거부감이 일었다.

"학교 공부는 어떻습니까?"

"혼자서 잘했어요. 학원도 자기가 알아서 등록하고요. 성적은 중상위권이에요."

"취미활동이나 운동도 하나요?"

"취미요? 모르겠어요. 운동 신경은 좋아요. 죽은 친아빠를 닮은 거 같아요."

오 과장은 아연이가 엄마를 닮은 구석이 있다는 느낌을 받았다.

김세림은 처음에 보았던 모습과는 달리 이성적이고 강한 면이 있었다.

"펜션은 직접 예약하셨죠? 가족 여행을 계획하게 된 이유가 있나요?"

"다른 가족이 하는 걸 우리도 하고 싶었어요."

"남편과 아연이가 동의하던가요?"

"네? 동의요? 네. 그 사람은 좋다고 했고, 아연이는 제가 옆에 있으니까…."

오 과장은 김세림의 얼굴을 뚫어지게 보았다.

"그런가요? 세 사람이 함께 펜션에 가셨다면 좋지 않았을까요?"

"저는 식당에 있었기 때문에 저녁 8시쯤에 펜션에서 만나자고 했어요. 토요일 저녁에는 아연이 학원 수업이 없으니까 독서실 가지 말고 집으로 가라고 했어요. 집에서 그 사람과 함께 펜션으로 가면 엄마도 같은 시각에 도착할 거라고 했어요."

오 과장은 물을 끓여 녹차를 만들었다. 일요일 아침이라 경찰서 밖은 조용했다. 두 사람은 말없이 차를 마셨다. 오 과장은 형사를 불러 김세림을 형사팀으로 데려가도록 했다. 김세림은 가방을 안고 사무실 밖으로 나갔다. 오 과장은 그 모습을 보면서 한 가지 더 확인할 것이 생각났다. 형사1팀장에게 전화했다.

"팀장님, 'ㅇㅇ집밥' 종업원 진술을 들은 사람 있습니까?"

"네, 박 형사가 전화로 물어봤습니다."

"혹시 김세림 씨가 보통 몇 시에 퇴근하는지, 그리고 어제 7시에 나갔는지 확인했답니까?"

"네, 평소에는 밤 10시에 식당 문을 닫고 퇴근하는데, 어제만 펜션에 가야 한다면서 7시에 나갔다고 했답니다."

"그렇군요."

오 과장은 엄마와 딸의 진술이 서로에게 없는 부분을 보완하면서 하나의 사실을 완성시킨다고 생각했다. 형사1팀장과 지구대 순경의 진술은 엄마와 딸의 말에 의존한 것이다. 오 과장은 보고서를 다시 꼼꼼하게 읽었다. 펜션 주인의 진술도 읽었다. 현관 CCTV 화면을 여러 차례 되돌려 보면서 분석했다. 증거물도 다시 살폈다.

4

"김세림 씨가 잠시 집에 갔다 오겠답니다. 아연이 옷을 챙겨야 한다고 합니다. 보낼까요?"

김 형사가 문을 열고 오지영 과장에게 물었다. 오 과장은 순간 당황했다. 김세림은 피의자 신분이 아니지만, 그렇다고 자유롭게 놓아주면 안 된다고 판단했기 때문이다. 오 과장에게 한 가지 아이디어가 떠올랐다.

"그분 차는 아직 펜션에 있죠?"

"네."

"차를 가지러 가야겠네요?"

"네, 그럴 수도 있을 것 같습니다."

"내가 직접 모시고 가죠."

"네?"

"김세림 씨와 함께 펜션으로 가봐야겠어요."

김세림은 펜션으로 가는 동안 말없이 앞만 바라보았다. 오 과장도 말을 걸지 않았다. 펜션 마을은 조용했다. 승용차 두 대가 폴리스라인 안에 있었다. 김세림과 장거육의 승용차다. 현관 앞에는 의경 두 명이 경비를 서고 있었다.

"저와 함께 안으로 잠깐 들어가시죠."

"안으로요?"

김세림은 주저하다가 오 과장의 말에 따랐다. 두 사람은 엄마와 딸이 앉았던 소파에 앉았다. 아연이가 앉았던 자리에 오 과장이 앉았다. 김세림은 가방을 끌어안고 불안한 모습으로 앞을 응시했다.

"이 펜션은 어떻게 찾으셨나요? 전에 오신 적이 있습니까?"

"네? 전에요? 그건 왜요?"

오 과장은 김세림을 보며 말해달라고 눈짓했다.

"전에 한 번 왔어요."

"실례지만 누구와 함께…."

"그 사람하고요."

"그러셨군요. 펜션에 예약 확인 전화를 두 번이나 하셨더군요. 세림 씨는 성격이 매우 꼼꼼하고 치밀한 거 같아요."

"그거는 그냥, 가족 모임을 꼭 하고 싶어서 그랬던 거 같네요."

"통화 내용을 전부 녹음하시나요?"

"네? 네. 식당에서 배달 주문을 받으면서 그렇게 했어요."

"그런데 아연이 전화를 계속 녹음하지 않고 중간에 끊은 이유가 뭡니까? 그대로 두었으면 더 많은 내용이 녹음됐을 텐데요."

"그건… 일부러 끊은 건 아니에요. 아연이 비명소리를 듣고 빨리 펜션으로 가야겠다는 생각에…. 저는 운전에만 몰입했어요. 아마도 휴대전화는 조수석에 던진 거 같아요. 저절로 꺼졌겠죠."

"그런데 그런 긴박한 순간에 휴대전화를 다시 집어 들고 이 펜션으로 뛰어올라오신 건가요?"

"왜 그런 걸 묻는 거죠? 무슨 일로."

"그냥 하는 겁니다. 조금이라도 앞뒤 연결이 매끄럽지 않은 부분이 있으면 이유를 파악해서 인과관계를 완성해야 하거든요. 아연이는 요리를 해본 적이 있나요?"

"요리요?"

"어제 펜션에 도착해서 삼겹살을 썰었다고 했어요. 아연이는 매일 밤 늦게 집에 들어온다고 했는데 요리를 할 기회가 있었을까, 하는 생각이 들더라고요. 일요일에도 독서실에 가거나 집에 있더라도 의붓아버지가 보기 싫어서 주방에는 나오지 않았을 텐데요."

"일요일엔 가끔 저와 요리할 때도 있어요."

"무슨 요리를 하죠?"

"그냥… 라면을 끓이거나 비빔밥을 하거나…."

"고기를 썰어본 적이 있나요?"

"기억은 안 나지만 누구든 썰 수 있지 않나요?"

"그런가요? 식당 일을 하는 엄마가 곧 올 텐데 아연이가 뭐하러 직접 삼겹살을 썰었을까요? 엄마가 피곤할 거라고 생각해서 그랬을까요?"

"네?"

"이 펜션에 어젯밤 8시에 모이기로 하지 않았습니까?"

"네."

"장거육 씨에게도 8시에 도착한다고 했습니까?"

"네. 말씀드렸지만 저는 7시에 식당에서 출발하고, 그 사람과 아연이는 집에서 출발하고, 그래서 8시에 이곳에 모이기로 했죠."

"하지만 장거육 씨는 김세림 씨가 11시에 도착하는 줄 알고 있었습니다. 적어도 세 시간의 여유가 있다고 생각해서 아연이를 성폭행하려고 한 겁니다. 안 그런가요?"

"왜 그런 생각을 하시는 거죠?"

"김세림 씨가 녹음한 내용에는 장거육 씨 음성도 있습니다. 아연이가 곧 엄마가 온다고 하니까 장씨는 밤 11시가 되어야 도착할 거라고 했죠. 장거육 씨한테는 11시쯤 도착할 거라고 얘기하신 게 아닌가요?"

"그 사람이 제가 11시에 도착한다는 말을 했나요? 저는 8시에 도착할 거라고 분명히 말했어요."

"그렇다면 왜 장거육 씨가 아연이한테 그렇게 말했을까요? 엄마가 곧 도착하는 줄 알았으면 딸아이를 성폭행하려고 했겠어요?"

"몰라요. 제가 그걸 어떻게 알겠어요? 근데 그게 무슨 상관인 가요? 제가 무슨 잘못이라도 했나요?"

"장거육 씨를 찔렀죠."

"네?"

"아연이가 아니라 세림 씨가 남편을 살해한 겁니다."

"제가요? 어떻게?"

"그 가방 좀 열어봐주시죠."

"네? 가방을요?"

"열어보세요."

김세림은 입을 다물지 못한 채 놀란 눈으로 오 과장을 바라보았다. 마치 정지된 화면 속의 인물 같았다. 오 과장은 그 모습에 확신을 가졌다.

"남편을 찌른 칼이 그 가방 안에 있죠?"

김세림의 큰 눈이 점차 작아졌다. 그녀는 천천히 고개를 떨어뜨렸다.

"어떻게…?"

"사실대로 말씀하세요."

"…"

"장거육 씨와 아연이가 탄 승용차는 어제 저녁 7시 57분에 펜션에 도착했죠. 두 사람은 음식을 담은 상자를 들고 이 펜션으로 들어왔어요. 세림 씨는 8시 정각에 도착했죠. 하지만 펜션에서 사오십 미터 떨어진 곳에 정차를 했어요. 차에서 내리지는 않았어요. 그러다가 8시 10분에 다시 차를 운전해 장거육 씨 승용차 옆에 주차한 뒤 뛰어서 현관문을 열고 들어왔어요."

"그걸 어떻게…?"

"현관 CCTV 화면에 모든 것이 찍혔죠. 8시에 멀리서 차량의 전조등 불빛이 다가오다가 어느 정도 거리를 둔 상태에서 멈췄어요. 전조등도 꺼졌죠. 10분 뒤에 그 전조등 불빛이 다시 켜지더니 펜션에 가까워졌고 김세림 씨의 승용차가 화면에 나타난 겁니다. 세림 씨는 차 안에서 기다리고 있다가 아연이의 다급한 전화를 받고 펜션 안으로 들어온 겁니다. 아연이 전화가 녹음된 시각도 이 사실을 뒷받침하고 있어요."

김세림은 아무 말 없이 오 과장 쪽으로 얼굴을 돌렸다.

"세림 씨가 밤 11시에 펜션에 도착할 거라 남편이 믿었던 것은, 세림 씨가 남편에게 그렇게 얘기했기 때문입니다."

"…."

"흉기로 쓴 주방용 칼의 손잡이에는 아연이가 오른손으로 바르게 잡았을 경우의 지문만 남아 있습니다. 달려드는 사람의 배를 찌른 뒤, 돌아서서 나가는 사람의 등에 또 꽂았다면 칼을 거꾸로 잡았을 때의 손잡이 위치에도 지문이 있어야 하는데 그렇지 않았습니다. 장거육 씨가 칼에 찔린 등의 위치는 팔을 높게 들고 내려찍어야 하는 부분이죠. 그러니까 현장에서 발견된 주방용 칼에 묻은 지문과 피는 묻은 게 아니라 묻힌 겁니다."

김세림은 계속 침묵했다.

"가장 결정적인 것은 심리적인 부분인데, 아무리 아연이가 강한 아이라고 해도 자신이 죽인 사람의 시체를 엄마와 함께 침대 위에 올려놓는다는 건 상상하기 힘들죠. 불가능한 일은 아니지만, 보통은 그 공간에서 벗어나고 싶어 합니다."

"……."

"세림 씨는 남편을 계획적으로 살해한 겁니다. 펜션을 예약한 뒤 남편한테만 11시에 도착한다고 말했습니다. 아연이를 성폭행할 것을 예상한 거죠. 그리고 8시에 도착해 기다리고 있다가 아연이한테서 다급한 전화를 받자 펜션으로 뛰어들어간 겁니다. 성폭행 순간을 포착한 거죠. 현관에 들어서자 세림 씨는 미리 준비한 칼을 꺼내서 안방으로 들어가 아연이를 성폭행하려는 장거육의 등을 내려찍은 겁니다. 칼을 뽑은 뒤 돌아서는 장거육의 배를 한 번 더 찔렀죠. 그는 침대 위로 쓰러졌어요. 쓰러지면서 엎어졌는지 아니면 뒤로 쓰러진 시체를 세림 씨가 뒤집었는지는 모르겠습니다만."

"칼을 준비한 건 어떻게 아셨어요?"

"계획적이라면 칼을 준비하는 것이 당연하겠죠. 식당에는 칼이 많지 않습니까? 긴박한 순간을 예상하면서 펜션 주방에 있는 칼을 사용하겠다는 계획을 세울 수 있을까요? 주방의 칼은 장거육 씨가 숨진 뒤 가져와서 아연이의 지문과 피를 묻히고 침대 위에 떨어뜨렸습니다. 실제 사용한 칼은 숨길 곳도, 숨길 여유도 없어서 가방에 도로 넣은 것이고요. 세림 씨가 그 가방을 부둥켜안고 있는 모습이 저에게 강한 인상을 주었습니다."

김세림은 천천히 고개를 끄덕였다.

"문제는 아연이가 어디까지 공모했을까 하는 것입니다."

김세림은 그 말에 눈을 크게 뜨고 강하게 부인했다. 마치 아연이에게 해가 가도록 한다면 가만히 있지 않을 것처럼 보였다.

"아연이는 아무것도 몰라요. 저는 아연이에게 무슨 일이 생기면 엄마에게 꼭 전화하라고 당부했어요. 단축키만 누르면 제가 들을 수 있으니까요."

"그런가요?"

"그자는 괴물이었어요. 한밤중에 아연이 방에 들어가 성폭행하려고 했어요. 저는 알고 있었어요. 이제는 그자를 막을 수 없게 되었다는 것을요. 그래서 계획한 거예요. 아연이와 둘이 있게 하면 아연이를 건드리려 할 거라는 점을 이용했어요. 펜션을 예약하고 칼을 가져가서 기다리고 있다가 그자가 그 짓을 하려고 할 때 찌른 거예요. 무서웠지만, 그렇게 하지 않고는 아연이를 지킬 방법이 없었어요. 저 혼자 계획한 거예요."

"그런데 왜 아연이가 죽인 것처럼 한 겁니까?"

"그 부분만 아연이의 생각이었어요. 아연이는 강한 아이라고 했죠? 짐승 같은 인간한테 단 한 번도 굽힌 적이 없어요. 아연이는 자기가 죽인 것으로 하면 정당방위를 인정받을 거라고 했어요. 저는 딸을 지키기 위해 죽였다고 해도 정상참작이 될 거라고 했지만, 아연이는 자기가 찔렀다고 하는 편이 훨씬 더 안전하다고 했어요. 최악의 경우 보호처분만 받을 거라고 했어요. 유능한 변호사를 쓰면 바로 석방될 수도 있다고 했어요. 그래서 제 칼을 가방에 숨긴 뒤 주방용 칼을 꺼내 고기를 썰고 아연이 지문과 피를 묻힌 거예요. 아연이 칼에 찔렸다면 방바닥에 쓰러져 있을 그자를 침대 위로 옮겨놓은 것으로 하자고 말도 맞추었고요."

"그래도 딸을 끌어들이는 건 아니지 않나요? 그동안 딸을 제대로 보호하지 못한 엄마로서는 더더욱…."

"모두 제 잘못이에요. 하지만 저도 무진 애를 썼어요. 그자가 아연이에게 접근하지 못하도록 경고도 하고 위협도 해봤죠. 아연이가 혼자 집에 있지 않게 하고요. 하지만 그자는 집요했어요. 마치 습관처럼 아연이를 건드렸어요."

"아연이는 엄마가 자신의 말을 무시했다고 진술했어요. 엄마와 딸 사이가 먼 것 같았어요. 아연이 말로는."

"아니에요. 아연이가 칼로 찌른 것처럼 한 뒤 경찰에 그렇게 진술하기로 약속한 거죠. 마치 제가 딸아이의 말을 흘려들었던 것처럼 말이죠. 저는 무관심한 엄마 역할을 한 거예요. 엄마의 도움을 제대로 받지 못했다고 해야 아연이의 정당성이 더 인정받을 수 있다고 생각했어요. 저도 그자를 증오한다는 사실을 숨겨야 경찰의 의심을 받지 않을 거라고 예상했어요. 사실 저는 그자를 끊임없이 감시했어요. 그자는 제 눈을 피해 끊임없이 아연이를 괴롭혔고요. 그래서 없애기로 결심한 거예요."

"장거육 씨와 결혼할 때 어떤 사람인지 모르셨나요?"

"전에 이 펜션에 와봤다고 했죠? 그자하고 사귈 때 왔었어요. 현관에 들어서자마자 저를 겁탈했어요. 아니다 싶었지만 식당을 사주고 아연이 공부를 끝까지 시켜주겠다는 말을 믿었어요. 그동안 너무 어렵게 아연이를 길렀죠. 아시잖아요, 미혼모가 아이를 키운다는 게 어떤 건지."

그녀는 말을 잇지 못했다. 굵은 눈물방울이 흘러내렸다. 오 과장은 그녀가 꼭 끌어안고 있는 가방을 조심스럽게 자기 쪽으로 당겼다.

"한 가지만 더 묻겠습니다. 혹시 장거육 씨한테 아연이를 입양하라고 제안하신 적은 없나요?"

오 과장의 질문에 김세림은 고개를 천천히 흔들었다.

"간단하게 식만 올리고 혼인 신고는 하지 않았어요. 식당도 그자 이름으로 매입했어요. 제가 운영했지만요. 아연이와 저는 그자 집으로 들어가 살았을 뿐이에요. 그는 전처들에게서 낳은 아들 둘에게만 재산을 물려줄 생각이었어요."

오 과장은 한숨을 내쉬며 김세림의 가방을 들고 천천히 일어섰다. 밖에서 경비를 서고 있는 의경들을 불러 김세림을 자기 차로 데려가도록 했다. 김세림을 뒷자석 가운데에 앉게 하고 의경들이 양옆에 앉았다. 오 과장은 형사1팀장에게 전화했다. 팀장의 목소리가 들렸다.

"아연이 엄마와 함께 나가셨다면서요?"

"네, 함께 펜션 현장에 왔는데… 김세림 씨가 딸을 지키기 위해서 남편을 찔렀다고 털어놨어요. 지금 경찰서로 들어가고 있습니다."

"네?"

"보고서는 제가 도착하면 수정한 뒤에 시경에 올리죠. 그리고 황 변호사님이 아직도 형사팀 사무실에 계시면 나가지 말고 기다리라고 해주세요."

오 과장은 시동을 걸었다. 그러면서 혼자 중얼거렸다.

'처음에는 엄마가 딸을 지키려고 했어. 다음엔 딸이 엄마를 보호하려고 했고. 도대체 언제까지 자기방어를 하며 살아야 하는 거야?'

한이

2001년 장편소설 《아스가르드》로 데뷔했으며, 《조선 하드보일드-나는 백동수다》, 《소년 명탐정 정약용》, 《추리천재 추리희》, 《트레저 가디언즈》 등의 장편소설과 〈공모〉, 〈체류〉, 〈피가 땅에서부터 호소하리니〉, 〈싱크홀〉, 〈유실물〉, 〈야수들의 땅〉, 〈탐정소설가의 사랑〉, 〈화성연쇄살인사건〉 등의 단편소설을 썼다. 2017년 〈귀양다리〉로 한국추리문학상 황금펜상을 수상했다. 2019년부터 한국추리작가협회 회장으로 일하고 있다.

긴 하루

1

어머니는 죽어가고 있었다.

어머님이 오늘은 정신이 맑으시네요. 종이와 펜을 달라고 하셔서 뭘 적기도 하셨어요.

정신이 들면 연락을 달라고 특별히 부탁해둔 조선족 간병인으로부터 온 전화였다. 나는 죽어가는 어머니를 만나기 위해 15만 킬로미터도 넘게 탄 낡은 SUV 자동차에 올라 중청시로 향했다.

평일 오전이었지만 내부순환로는 어김없이 막혔다. 한참을 지나 동부간선도로로 접어든 뒤에도 정체는 풀릴 줄 몰랐다. 낡은 에어컨은 소리만큼 찬 기운을 내뿜지 못했고, 차 안은 바깥이나 다름없이 달아올랐다. 담배를 빼어 물고 창문을 열었다. 끓어오른 지열이 담배 연기에 섞여 아지랑이처럼 일렁였다.

여동생의 다급한 전화를 받은 것이 작년 봄이었다.

오빠, 엄마가 실종됐어.

언제?

몰라. 일 갔다 돌아와 보니 차가 없어서 마트 가셨나보다 했지. 가끔 저녁거리를 사다놓으셨거든. 근데 아무리 기다려도 안 오셔. 휴대전화도 두고 나가셨어.

사고 난 거 아냐?

인근 경찰서에 전화해서 다 물어봤는데 우리 차로 사고 접수된 건 없대.

지금 바로 갈 테니까 기다려.

전화를 끊은 나는 오늘과 같은 경로를 지나 경기도 광주의 여동생 집으로 달렸다. 퇴근 시간이 지난 도로는 한산했다. 여동생과 매제는 내가 도착하기도 전에 아파트 주차장에 나와 서성이고 있었다.

나는 실종 신고를 하기 위해 경찰서로 향하면서 여동생에게 최근에 어머니가 달라진 것은 없었는지 물었다.

치매기가 있으신 것 같습니다.

망설이는 여동생 대신 매제가 대답했다.

다른 동에 가서 무턱대고 문을 여시려고 했다가 관리소에서 방송이 나온 적이 있습니다. 아내를 몰라볼 때도 있으셨고요.

왜 얘기 안 했어?

일단 병원에 가보고 확실해지면 얘기하려고.

여동생이 시무룩한 표정으로 대답했다.

경찰서에 가서 실종 신고서를 작성했다. 백년은 공무원으로 근무한 것 같은 얼굴의 담당자가 어머니의 실종 신고서를 낚아채가며, 하루 이틀이면 돌아오실 거라고 심드렁하게 말했다.

담당자의 말처럼 다음 날 중청시의 경찰서에서 연락이 왔다. 예전 달동네가 있던 곳에서 이집 저집을 두드리고 다니는 모습을 수상하게 여긴 주민이 신고를 한 거였다. 그곳은 내가 아버지와 함께 어린 시절을 보낸 곳이었다.

2

나는 혀를 굴려 이빨을 더듬었다. 송곳니 옆에서 흔들거리는 썩은 이빨의 법랑질은 다 떨어져나가고 커다랗게 구멍이 뚫려 있었다. 혀로 밀어대니 치주가 떨어지는 느낌이 들면서 바깥으로 조금 더 밀려났다. 엄지와 검지로 이빨을 잡고 입안과 바깥쪽을 향해 흔들었다. 찌걱찌걱 소리가 나면서 흔들리는 범위가 점점 커졌다.

한참을 흔들던 나는 찌릿한 통증이 눈알 안쪽을 찌르자 손을 멈추었다. 손등으로 눈가에 맺힌 눈물을 훔쳤다.

연단 위에 선 목사의 설교가 계속되고 있었다.

목사는 교회 안에서 가장 키가 작은 어른이었다. 학급에서 내 짝인 여자아이보다 작을 것이다. 한 살 위인 짝은 반에서 가장 큰 아이였다.

목사는 작은 몸에 붙은 팔을 연신 흔들면서 격렬하게 설교를 이어갔다. 입가에는 침이 허옇게 올라왔고, 땀에 젖은 이마는 불빛에 반사되어 번들거렸다.

"예언자 스가랴는 '예루살렘을 친 모든 백성에게 여호와께서 내리실 재앙이 이러하니 곧 섰을 때에 그 살이 썩으며 그 눈이 구멍 속에서 썩으며 그 혀가 입속에서 썩을 것'이라고 예언하셨습니다. 그렇습니다! 우리를 적대하는 자들의 처지가 그러할 것입니다! 저 사탄의 무리들은 자신들의 살이! 눈이! 혀가! 썩는지도 모르게 멸망할 것입니다!"

목사의 어조는 가파르게 정점을 찍었고, 능숙하게 멈추었다.

잠시 정적이 흐른 후, 교회 안에 모인 50명 남짓한 사람들은 손바닥이 부서져라 박수를 쳐댔다. 예전에는 일요일 오전 예배면 100명 정도가 참석했는데 최근에는 사람이 눈에 띄게 줄어들었다. 근처에 새로 생긴 교회 때문인 것 같았다. 어쩌면 목사가 말하는 사탄의 무리는 신도들을 빼가는 신흥 교회 사람들인지도 모르겠다. 어린 내가 보기에도 목사의 말과 표정은 사탄의 무리를 실제로 마주친 사람처럼 결연해 보였다.

나는 힐긋 옆에 앉은 엄마의 표정을 살폈다. 엄마는 연단에 시선을 고정한 채 기계적으로 박수를 치고 있었다. 나는 연단 위에 서 있는 목사의 얼굴을 올려다보았다. 목사는 짐짓 겸손한 표정으로 사람들의 박수를 받고 있었지만, 만족감으로 치켜 올라간 입매는 어쩔 수 없었다.

혀를 굴려 썩은 이빨을 바깥으로 밀어냈다.

아까보다 더 잇몸이 벌어진 것 같았다.

입안에서 비릿한 쇠 맛이 느껴졌다.

"엄마, 나 잠깐만…."

"왜? 어디 가? 이제 곧 기도하는데."

엄마가 몸을 기울이며 속삭였다.

나는 살짝 입을 벌렸다. 입안에는 피가 침과 함께 섞여 있었다.

"화장실?"

엄마의 물음에 나는 고개를 끄덕였다.

"얼른 다녀와."

내가 몸을 뒤틀어 낡은 장의자를 빠져나올 때 목사가 "다 함께 기도하자"고 말했다. 나는 부산스럽게 고개를 숙이는 사람들 틈을 얼른 빠져나왔다.

이 순간을 위해서 엄마를 졸라 맨 뒷자리에 앉은 것이다. 밖으로 나가기도 편하고, 누가 나갔는지도 관찰할 수 있기 때문이다. 예배 중에 종종 화장실에 다녀오는 건어물 가게 할머니도 조금 전에 어기적거리며 자리로 돌아왔다.

"하늘에 계신 우리 아버지…."

스피커에서 나오는 목사의 절절한 목소리를 뒤로하고 예배실 문을 조심스럽게 닫았다. 나오면서 안내를 보고 있는 아저씨에게 이빨이 아프다는 시늉으로 볼을 감싸 쥐면서 인사를 하는 것도 잊지 않았다.

예배실 바깥 문 바로 옆 벽에는 나무로 만든 헌금함이 달려 있었다. 헌금함은 경첩으로 뚜껑을 여닫게 되어 있었고 자물쇠가 걸려 있었다.

내가 경첩이 헐겁다는 걸 알게 된 것은 얼마 전의 일이었다.

우연히 늦게까지 교회에 남아 있던 날, 헌금을 걷는 아저씨가 열쇠를 잃어버린 모양이었다. 아저씨는 주머니 이곳저곳을 뒤지더니 주변을 쓱 살펴보고는 뚜껑에 달린 경첩을 잡아당겼다. 그러자 경첩이 나사를 매달고 헌금함 뚜껑에서 빠져나왔다. 나는 자신도 모르게 몸을 숨기고 그것을 지켜보고 있었다. 아저씨는 헌금을 수거한 후 나사를 다시 구멍에 끼워 넣었다.

나는 통로에 아무도 없다는 것을 확인한 후 실수인 척 경첩을 잡아당겼다. 내가 목격한 이후로 수리를 했을 수도 있기 때문이다. 만약 누군가가 뭐 하냐고 묻는다면 그냥 천진한 표정으로 장난이라고 대답할 생각이다. 하지만 오늘밤에는 기회가 없었다. 마침 여동생이 외할머니 댁에 가지 않았다면 반드시 뒤따라 나왔을 것이다.

심장이 거칠게 쿵쾅거렸다.

달칵.

예상대로 경첩이 열렸다.

나는 살그머니 손을 안으로 집어넣었다.

예배 보러 오자마자 헌금을 하는 아주머니와 할머니들이 넣고 간 지폐와 동전이 손에 잡혔다. 우선 손에 잡히는 대로 지폐를 주머니에 쑤셔 넣었고, 소리 나지 않게 조심하면서 동전도 한 움큼 집었다.

손을 휘저어 지폐와 동전이 남아 있는지 확인했다. 헌금함 속의 돈이 모두 없어진다면 누군가 훔쳐갔다는 것을 즉각 알게 될 것이다.

어림잡아 3분의 2 정도 남은 것 같았다.

주위를 살피고는 서둘러 경첩을 제자리에 꽂았다.

나는 주머니 속에서 동전을 소리 나지 않게 꽉 쥐고 화장실로 달려갔다.

화장실에 쪼그리고 앉아 준비해 간 손수건으로 동전을 싸서 꽉 묶은 다음 주머니에 넣었다. 바지주머니가 축 늘어졌다. 지폐는 네 번 접어서 양말 속에 넣고 신을 신었다.

나는 그제야 입안의 피 섞인 침을 아직도 머금고 있다는 것을 깨달았다.

변기에 침을 뱉고 수도를 틀어 입을 헹궜다. 그리고 주머니가 늘어지지 않게 동전 꾸러미를 움켜쥔 채 잰걸음으로 예배실로 돌아왔다.

그때까지도 사람들은 고개를 숙이고 자신들을 구원해달라고 울부짖고 있었다.

나는 그들이 무엇으로부터 구원받기를 원하는 것인지 궁금해하면서 발바닥을 꼼지락거렸다. 까끌까끌한 지폐의 감촉이 느껴졌다.

3

그날 이후로 어머니의 병증은 갈수록 심각해졌다.

비 오는 날 우산도 없이 광주 뒷산을 헤매고 있는 것을 이웃 주민이 발견해 데리고 오기도 했고, 온몸을 청테이프로 칭칭 감고 돌아다니는 것을 간신히 붙잡아 오기도 했다. 더 큰 문제는 자꾸 운전을 해서 나가려고 한다는 것이다. 차 열쇠를 숨겨놓으면 온 집안이 떠나가라 역정을 냈다.

굵은 장맛비가 내리는 여름밤, 여동생이 감춰놓은 차 열쇠를 들고 나간 어머니는 아파트 담벼락을 들이받아 쇄골이 부러졌다.

그날 여동생은 퇴원하면 내가 어머니를 모셨으면 좋겠다고 말했다.

그래도 오빠는 혼자 살잖아. 그이가 아무리 좋은 사람이라고 해도 눈치가 보이고, 애들도 이제 고등학교 올라가니까 공부도 해야 하고.

내가 아무 말이 없자 동생이 쐐기를 박듯 덧붙였다.

오빠는 집에서 일하니까 늘 같이 있을 수 있잖아.

동생의 말투에는 늘 술에 절어 지내며 집안을 내팽개쳤던 아버지에 대한 원망이 담겨 있었다.

하던 일이 안 되어 문을 닫게 된 아버지는 평소에 마시던 술의 양을 넘어서기 시작했다. 그나마 사람들 앞에 나서야 하는 일이 있었을 때는 낮부터 마시지는 않았다. 직업의 제약이 없어지자 눈을 뜨면 술부터 찾았다. 당연히 생활비를 버는 일은 어머니의 몫이었다. 그때부터였다. 어머니가 아버지에게 큰소리를 치기 시작한 것은. 어머니는 낡은 승용차 한 대를 장만해서 건강식품이나 화장품을 팔러 다녔다. 화장기 없는 얼굴에 색을 먹였고 옷차림도 세련돼졌다.

어머니는 그렇게 번 돈으로 꼬박꼬박 아버지의 술을 사다줬다. 일을 하러 나갈 때도 소주 몇 병은 늘 밥상 위에 놓아두었다. 폭음이 폭음을 불렀다. 소주를 견디지 못하자 막걸리로 바꿔 마셔댔다. 음식을 먹는 양은 점점 줄어들고, 술을 마시는 양은 갈수록 늘어났다. 원체도 작은 체구의 아버지는 왜소증 걸린 아이처럼 조금씩 쪼그라들었다. 그러다 어느 날 밤, 어머니는 나를 깨워 자고 있는 아버지의 허리춤으로 손을 넣어보라고 시켰다.

사람이 죽으면 허리가 내려앉아서 손이 안 들어가.

아버지의 허리는 바닥에 달라붙어 있었다.

손이 안 들어가요.

그래?

어머니는 묘하게 후련한 표정이었다.

4

엄마가 다른 사람들하고 인사하는 동안 얼른 방으로 돌아왔다.

손수건을 펼쳐 오늘 쓸 동전을 적당히 챙기고 지폐 한 장도 접어서 주머니에 넣었다. 나머지 동전은 잘 싸서 책가방 가장 아래

쪽에 감췄고, 지폐는 책장에 꽂혀 있는 낡은 성경책 속에 감췄다. 한문과 여백이 잔뜩 있고 지퍼까지 달린 커다란 성경책을 들춰보는 사람은 집안에 아무도 없었다.

나는 성경책을 펼쳐 돈을 끼워 넣고는 지퍼를 잠그고 반대쪽으로 돌려 책장에 꽂아두었다.

"형제자매님들한테 인사도 좀 하고 그러지 왜 이렇게 빨리 왔어?"

책장에서 몸을 돌리기 무섭게 엄마가 방으로 들어오며 물었다.

"화장실 때문에요."

"아까 다녀왔잖아."

"그건 침 뱉으러 간 거고요. 이번에는 배가 아파서요."

"많이 아프니?"

"아니에요. 지금은 괜찮아요."

"그럼 아빠 오면 점심 먹자."

"저, 그냥 나갔다 오면 안 돼요? 점심 석호네서 먹을 건데요."

"그래? 그럼 얼른 다녀와. 너무 늦게까지 놀지 말고."

나는 서둘러 인사를 하고 밖으로 나왔다. 주머니에 돈이 있으니 뭔가 든든한 느낌이 들었다.

나는 천천히 석호 집을 향해 비탈길을 걸어 내려갔다.

석호는 학교에서 사귄 유일한 친구였다. 2학년 때 시골에서 올라온 나는 한동안 도시 생활에 적응하지 못했고, 잦은 결석으로 기피 대상이 되었다. 4학년이 되어 같은 반이 된 녀석과는 우연한 기회에 친구가 되었다.

녀석은 이빨 사이로 바람을 내보내 휘파람을 불 수 있었고, 텔레비전에서 하는 만화영화 주제가를 그럴듯하게 연주할 수도 있었다. 나는 풀잎으로 피리를 불 수 있었다. 우리는 서로의 기술에 감탄하며 상대를 가르쳐줬다.

녀석의 집으로 가는 내 발걸음은 언제 긴장했느냐는 듯 가벼웠다. 아니, 일종의 성취감까지 느끼고 있었다. 머릿속은 녀석과 군것질을 할 것인지, 아니면 거하게 짜장면을 먹을 것인지 분주하게 움직였다. 어쩌면 모든 것을 하고도 만화방에 갈 돈이 남을지도 몰랐다.

나는 거의 처음으로 손에 쥔 선택의 가능성에 열광하고 있었다.

그 열망이 차게 식은 것은 과일 가게 앞을 지나면서부터였다.

과일 가게 앞에서는 태식을 비롯한 6학년 형들이 대여섯 명 놀고 있었다. 같은 학교 형들이었는데 함께 놀아준다는 명목으로 나를 괴롭히고는 했다.

나는 그들을 발견하고는 재빨리 다른 골목으로 들어섰다.

심장이 아까 교회에서처럼 방망이질 쳤다.

골목을 중간쯤 내려왔을 때 골목 입구에 태식이 나타났다.

"어이, 예수쟁이! 빚 안 갚고 어디 가냐?"

나는 그 목소리를 듣자마자 몸을 돌려 냅다 뛰기 시작했다. 하지만 운동이라면 젬병인지라 금세 숨을 헐떡거렸다. 그마저도 골목 반대편에 태식의 다른 패거리들이 기다리고 있어 도주는 아주 짧게 끝나고 말았다.

태식과 패거리들이 나를 에워쌀 때, 그들 중에서 낯익은 얼굴을 발견했다.

석호였다.

"예수쟁이, 빚 안 갚을 거야?"

태식이 나를 벽으로 밀치며 사나운 얼굴로 물었다.

"가, 갚을 거예요."

"얼마나 빚 진 건지는 알고 있지? 천 년이야."

태식 패거리는 제기차기나 자치기 내기를 해서 지면 1년, 2년 빚을 지웠고, 운동을 좋아하지도, 그런 것을 해본 적도 없는 나는 어느새 천 년이라는 빚을 지고 말았다. 그것도 지들 멋대로 이자를 붙여서 올린 것이다. 녀석들은 게임을 이겨서 빚을 갚든지, 아니면 구슬이나 딱지 같은 것을 내놓으라고 강요했다. 그때부터 태식 패거리의 눈에 띄지 않게 피해 다녔는데 하필 오늘 마주치고 만 것이다.

"내기를 못하겠으면 돈으로 갚아라. 10원에 1년씩 해줄게."

"도, 돈 없어요."

"이런 씹새끼가. 죽을래? 예수쟁이네 집에 돈이 없으면 달동네 누구한테 돈이 있냐?"

태식이 상스러운 욕을 내뱉으며 가슴팍을 밀쳤다.

나는 두려움에 움츠러들면서 석호를 바라봤다. 녀석은 다른 패거리 사이에 숨어서 나와 눈을 마주치지 않으려고 했다. 하지만 지금 이곳에서 내게 있는 유일한 돌파구는 석호뿐이었다.

"석호야! 우, 우리 집에 돈 없지?"

내가 듣기에도 구차한 목소리였다. 하지만 주머니에 돈이 있다는 것을 들키면 반드시 빼앗기고 말 것이었다.

"야, 석호! 얘 알아?"

태식이 물었다.

"아, 아니에요. 잘 몰라요."

석호가 대답했다.

"둘이 친해서 만날 학교 끝나고 같이 논다던데?"

패거리 중에 한 명이 물었다.

"그냥 같은 반이에요."

석호가 대답했다.

"니네 엄마끼리도 친하다던데?"

패거리 중에 다른 아이가 물었다.

"아, 진짜 아니라고요. 내가 왜 예수쟁이 새끼랑 친해요! 그냥 불쌍해서 몇 번 놀아준 거라고요. 이 새끼 돈 많아요. 한번 뒤져 보세요."

"오, 그래?"

태식이 말하자 다른 패거리가 일사불란하게 내 팔다리를 잡았다. 발버둥을 쳐봤지만 아무런 소용이 없었다. 석호는 내 오른손을 붙들고 있었다.

"가만있어, 새끼야!"

태식이 주먹으로 턱을 후려갈겼다.

나는 비명소리와 함께 저항을 멈췄다.

"석호 말이 맞네. 이 새끼 돈 많구먼."

어느새 내 주머니 속의 지폐와 동전은 모두 태식의 주머니 속으로 빨려들어갔다. 녀석이 주먹으로 배를 냅다 질렀다. 바람 빠지는 소리와 함께 격한 통증이 몰려왔다.

"이거 돈 빼앗는 거 아니다. 빚 받은 거야. 기분 좋게 백 년 갚은 걸로 해줄게. 담에 또 보자, 예수쟁이야."

태식이 말을 마치고 돌아서자 나머지 패거리들도 죽 그를 따랐다. 그중에는 석호도 있었고, 녀석은 단 한 번도 뒤를 돌아보지 않았다.

5

결국 어머니는 나와 함께 지내게 되었다. 내가 자유직이라 어머니를 돌볼 시간이 더 많다는 이유였다.

한때는 신춘문예나 공모전에 빠짐없이 글을 보내봤다. 하지만 본심에 몇 번 올랐을 뿐, 당선되는 일은 없었다. 몇 년을 빈둥거리다 아는 선배의 권유로 돈 좀 있는 노인들의 자서전을 대필해주거나, 인터넷 블로그에 광고를 대행해주는 사업을 시작했다. 나름 1인 기업이라 출퇴근이 자유롭기는 하지만 노출 빈도가 제대로 안 나오면 광고주들의 클레임이 폭주한다. 그래도 부지런히 광고 글을 작성해서 올리면 여느 직장인 정도의 수입은 올릴 수 있었다.

어머니는 정신이 돌아올 때면 예전처럼 살뜰하게 청소도 하고 요리도 하면서 집안일을 돌봤다. 최근 일은 기억에 없지만 내가 어렸을 때 일은 곧잘 선명하게 기억해 대화를 나누곤 했다. 그럴 때면 어머니는 나에게 무언가 하고 싶은 말이 있는 듯 입술을 달싹거리다가 말곤 했다. 하지만 그런 시간은 점점 줄어들었다.

방에서 작업을 하다 거실로 나와 보면 어느새 문을 열고 밖으로 사라진 다음이었다. 그런 때면 하고 있던 작업도 내팽개치고 골목이며 천변으로 어머니를 찾아다녀야 했다. 작업이 늦어 약속한 광고가 늦게 올라오는 것에 분개한 광고주들의 클레임에 대응하다 보면 진이 빠졌다.

어쩔 수 없이 현관문 안쪽에 빗장을 설치하고 자물쇠를 걸었다. 어머니와 나, 두 사람 모두 같은 감방에 갇힌 수형자들이었다.

6

나는 터덜터덜 뒷산에 올랐다.

아무것도 먹지 못한 배가 꼬르륵 소리를 냈다.

뒷산에는 예전에 군인들이 쓰던 방공호 같은 공간이 있었다. 나는 가끔 그곳에 가서 혼자 시간을 보내고는 했다.

혀로 썩은 이빨을 밀어봤다.

아까 태식에게 맞은 부위가 하필이면 흔들리는 이빨 쪽이었다. 그 탓인지 거의 직각으로 누울 정도로 밀려났다.

나는 손가락을 사용해서 이빨을 제자리로 돌려놓았다.

여름이었지만 방공호 안은 서늘했다.

나는 팔뚝을 문지르며 표지도 없고 군데군데 찢어져 있는 국어사전을 집어 들었다. 무슨 이유로 방공호 안에 국어사전이 있는지 알 수 없었다. 그저 내가 처음 드나들 때부터 있었다.

가끔 시간이 안 갈 때 국어사전 이곳저곳을 펼쳐서 읽거나 모르는 단어를 찾아봤다. 아버지 덕분에 국어사전 찾는 법은 알고 있었다.

나는 시간 가는 줄도 모르고 단어들을 읽어 내려갔다. 한 단어는 다른 단어를 불러왔고, 말의 연속 속에서 배고픔도 잊었다. 얼마나 그렇게 단어들 사이에 빠져 있었던지 더는 글씨를 읽을 수 없을 정도로 날이 어둑해졌다.

나는 국어사전을 방공호 안쪽에 잘 감춰두고 집으로 내려왔다.

7

새벽까지 방문을 걸어 잠그고 새로 개업한 디저트 가게의 광고 글을 쓰고 있던 나는 갑자기 집 안이 너무 조용하다는 생각이 들었다. 애들이 너무 조용하면 사고를 치고 있을 확률이 높은 것처럼, 어머니도 지나치게 조용하면 불안했다.

불이 꺼진 거실은 냉기가 돌았다.

묵음으로 처리된 텔레비전이 걸그룹 아이돌의 칼군무를 내보내고 있었다. 어머니는 가끔 소리도 나오지 않는 텔레비전을 몇 시간이고 들여다보곤 했다.

안방 문을 열자 침대에 누워 있는 어머니가 보였다.

나는 가만히 서서 시체처럼 누워 있는 여자를 내려다보았다. 머리는 푸석푸석했고, 피부는 늘어진 가죽처럼 뼈에 달라붙어 있었다. 벌어진 입안은 시커멓게 죽은 잇몸만 남아 텅 비어 있었다. 숨을 들이쉬고 내쉬는 소리도 없었다.

어머니의 허리춤으로 손을 넣었다.

손이 들어갔다.

정체를 알 수 없는 더러운 기분이 들었다. 토사물로 가득한 구정물에 빠졌다 나온 것 같았다.

화장실로 들어가 찬물을 얼굴에 끼얹었다. 고개를 흔들다 이질적인 무엇인가가 시선에 걸렸다. 물을 뚝뚝 떨어뜨리며 정체를 확인했다. 어머니의 가짜로 만든 이빨이 투명한 변기 물속에 담겨 있었다.

다음 날 어머니는 요양원에 들어갔다.

8

불이 꺼진 예배당을 지나 2층으로 올라갔다.

2층 현관문 앞에서 잠시 안에서 들려오는 소리에 귀를 기울였다. 망설이다가 문을 열었다. 거실에서는 엄마가 목사에게 머리채를 잡힌 채 맞고 있었다.

"이런 씹할 년이. 어디서 대들고 지랄이야!"

체구가 작은 목사는 어디서 그런 힘이 나왔는지 엄마의 머리채를 잡고 거실 여기저기로 질질 끌고 다녔다. 그 바람에 발에 채인 소주병들이 요란한 소리를 내며 나뒹굴었다.

"헌금이 적은 게 왜 내 탓이야!"

엄마가 악다구니를 썼다.

"이런 쌍년. 잠언 31장의 현숙한 여인 몰라? 네년이 신도들한테 제대로 했으면 왜 사람이 빠져나가? 헌금이 왜 줄어?"

"악! 아파! 그만해!"

목사는 미친 사람처럼 성구를 암송했다.

"누가 현숙한 여인을 찾아 얻겠느냐 그 값은 진주보다 더 하니라. 그런 자의 남편의 마음은 그를 믿나니 산업이 핍절치 아니하겠으며, 그런 자는 살아 있는 동안에 그 남편에게 선을 행하고 악을 행치 아니하느니라. 그는 양털과 삼을 구하여 부지런히 손으로 일하며, 상고의 배와 같아서 먼 데서 양식을 가져오며, 밤이 새기 전에 일어나서 그 집 사람에게 식물을 나눠주며 여종에게 일을 정하여 맡기며, 밭을 간품하여 사며 그 손으로 번 것을 가지고 포도원을 심으며…."

한 구절 한 구절을 읊을 때마다 엄마의 몸 여기저기에는 상처가 생겼다.

나는 문을 닫고 1층으로 내려갔다.

예배당 문을 열고 아침에 앉았던 장의자에 앉았다. 어둠에 덮인 예배당은 방공호처럼 서늘했다.

나는 아까 국어사전에서 새로 배운 단어를 애써 떠올렸지만,

안개가 낀 것처럼 머릿속이 뿌옇기만 했다.

목사가 나를 때릴 때면 하던 말만 양쪽 귀 사이에서 울려댔다.

'초달을 차마 못하는 자는 그 자식을 미워함이라. 자식을 사랑하는 자는 근실히 징계하느니라.'

나는 손가락으로 썩은 이빨을 잡고 이리저리 흔들었다.

찌걱, 찌걱, 찌걱.

이빨 뿌리가 떨어지는 소리가 났다.

더 세게 흔들다가 바깥쪽으로 밀었다.

이빨 뿌리가 구멍에서 완전히 빠져나왔고, 한쪽만 잇몸에 붙어 있었다.

입안에 피 맛이 가득 찼고, 눈물이 흘렀다.

아예 뿌리를 잡고 뜯었다.

찌이익.

이빨이 잇몸에서 뜯어지기 시작했다. 나는 뿌리를 잡고 힘을 주어 잡아당겼다.

마침내 썩은 이빨만 떨어졌다. 입안에는 피가 한가득 고였다. 나는 아직도 살점이 붙어 있는 이빨을 주머니에 넣고, 입안에 고인 피는 삼켰다.

그렇게 어두운 예배당에 앉아 더 이상 피가 나오지 않을 때까지 삼키고 또 삼켰다.

9

병실에 도착한 나는 간병인 아줌마에게 베지밀 박스와 몇 만원이 든 봉투부터 내밀었다. 병실 전체를 담당하고 있는 조선족 간병인은 뭘 이런 걸 주시느냐고 너스레를 떨면서도 재빨리 봉투부터 챙겼다.

어머니 침대는 창가 바로 옆이었다.

방금 전까지 깨어 계시면서 뭘 끄적거리고 계셨는데 약 드시고 금방 잠 드셨네요. 갑자기 종이하고 펜을 달라고 하셔서 깜짝 놀랐다니까요.

받은 것이 있어선지 간병인이 어머니의 침대 시트를 이리저리 매만지며 참견을 했다.

여기 있네요.

간병인이 어머니가 썼다는 쪽지를 건네줬다.

나는 읽어보지도 않고 주머니에 넣었다.

어머니는 응급 시에 삽관하기 쉽도록 아예 틀니를 빼놓고 있었다. 허옇게 백태가 긴 혀가 동굴 속 이끼가 앉은 바위처럼 둥그렇게 말려 있었다.

너를 임신했을 때 말이야, 얼마나 입덧이 심하던지 아무것도 먹을 수가 없었어. 그래서 생쌀을 씹어 먹었지. 그때 이빨이 다 상한 거야.

어머니의 틀니는 서랍 속에 있었다.

나는 컵에 물을 받고 틀니를 담가 창가에 놓았다.

물끄러미 햇살을 받은 컵을 바라보고 있다가 간병인이 준 쪽지가 생각났다. 구깃구깃한 쪽지에는 삐뚤빼뚤한 글씨로 세 글자가 반복해서 적혀 있었다.

고마워. 고마워. 고마워.

나는 어머니가 종이에 꾹꾹 눌러쓴 글씨가 흐릿해질 때까지 한참 동안 내려다보고 있었다.

10

이빨을 뽑은 통증 때문에 도저히 잠이 오지 않았던 나는 사리돈이라도 하나 먹을까 하는 생각에 거실로 나갔다. 가끔 엄마가 매를 심하게 맞은 날이면 먹었던 것을 기억해두고 있었다. 약을 넣어둔 바구니에서 진통제라고 쓰인 약국 봉투를 열어 물과 함께 한 알을 삼켰다. 잠시 그러고 앉아 있자 몽롱한 느낌이 들면서 날카로웠던 통증이 둔해졌다. 나는 방으로 돌아가 다시 잠이 들었다.

며칠 뒤, 엄마는 퍼렇게 멍이 든 눈으로 아버지의 술병에 무엇인가를 타고 있었다.

"그게 뭐예요?"

"술 깨는 약. 이걸 같이 마시면 술 마시는 게 죽을 만큼 싫어진대."

"에이, 그런 게 어딨어요."

"약사 선생님이 그랬다니까."

"그게 정말이면 좋겠네요."

엄마는 천진하게 웃는 내 머리를 쓰다듬었다.

약은 제대로 듣지 않았다. 아버지는 여전히 세상에서 제일 맛있는 음식처럼 술을 마셔댔다.

나는 엄마에게 사리돈을 찾다가 약 바구니에서 무엇인가 비어 있는 것을 깨달았다는 것을 말하지 않았다. 그것이 반장 아주머니가 나눠준 쥐약이 들어 있는 봉투였다는 것도. 엄마가 검은 비닐로 싸두고 절대 먹어서는 안 된다고 몇 번이고 신신당부했기 때문에 잘못 봤을 리가 없다는 것도.

그즈음이었다. 그토록 만류하던 엄마가 아버지의 술을 빠짐없이 사다주기 시작했던 때가.

조동신

2010년 단편 〈칼송곳〉으로 '제12회 여수 해양문학상' 소설 부문에서 대상을 수상했으며, 2012년 '제1회 아라홍련 단편소설 공모전'에서 가작, 2017년 '제2회 테이스티 문학상 공모전'에서 우수상, 2017년 '제3회 부산 음식 이야기 공모전'에서 동상, 2018년 '제4회 사하구 모래톱 문학상'에서 최우수상, 2019년 '제주 신화콘텐츠 공모전'에서 우수상을 수상했다. 장편 《까마귀 우는 밤에》, 《내시귀》, 《금화도감》, 《필론의 7》, 《세 개의 칼날》, 《아귀도》, 《수사반장》을 펴냈고, 그 외 다수의 단편을 발표했다.

목호 마조단

정유년(1597) 가을의 어느 날이었다.

"여, 여기입니다!"

김만일金萬鎰은 서둘러 말에서 내렸다.

"이게 대체, 어떻게 된 것이냐?"

"쇤네도 모르겠사옵니다."

일꾼들이 수국을 가지치기하던 도중에 흙이 무너졌는데, 그곳에서 뭔가가 나왔다. 이상하게 여긴 일꾼 한 명이 그곳을 파자, 썩어서 검푸르게 된 사람의 손이 드러났다.

"우선 관아에 신고하고, 이 근처는 아무것도 건드리지 말게나. 아무도 여기서 떠나지 말고."

잠시 후 제주목사 이경록李慶祿이 그리로 왔다. 제주도는 원래 북쪽의 제주목, 남서쪽의 대정현, 동남쪽의 정의현으로 나뉘어 있으며 제주목사가 전체를 관장하고 있었다. 이경록은 수시로 순시하면서 해안의 포대나 망루 등을 점검하느라 쉴 틈이 없었다.

"누가 여기다 파묻었는데, 이번에 가을 태풍까지 오는 바람에 시체가 드러난 것 같습니다. 죽은 지 약 열흘 정도 된 것 같사옵니다."

검험檢驗을 맡은 의원이 말했다.

"사인은 무엇인가? 신원은?"

"수염이 있으니 남자는 맞고, 유품은 남은 게 없사옵니다. 얼굴을 비롯해 머리가 거의 박살이 날 정도로 때려서 정확한 신원은 알 수가 없사옵니다."

"이거 원, 할 일이 태산인데 이런 일까지 생기다니…!"

이경록은 골치가 아프다는 표정으로 말했다.

"헌데 좀 이상하오. 사람을 죽여서 묻으려면 여기보다 좋은 장소가 있을 텐데 말이오. 저기 외딴 목마장 쪽이 시체가 발견될 위험도 적지 않소? 마소만 돌아다니니 말이오."

"그러게 말이옵니다. 아마 시체를 등에 지고 잣성(국영 목마장 등의 경계로 쌓은 돌담)을 넘기가 어려워서 그런 거 아니겠사옵니까?"

김만일이 대답했다.

"아니면 좀 수고스럽더라도 돌을 매달아서 바다에 던지는 게 낫지 않았겠소?"

"바다는 군사들은 물론 백성들까지 동원해서 경계를 서고 있지 않습니까? 거기다 바다에 던지려면 배가 있어야 하옵니다."

며칠 전 김만일은 제주목 관아의 귤림당에 앉아 있었다. 이곳은 원래 고을 수령, 즉 제주목사가 거문고를 타거나 술을 마시며 뜰에 심은 귤나무를 감상하는 장소지만, 그날 나타난 목사 이경록의 얼굴은 그런 여유와는 거리가 멀었다.

"소식이 있사옵니까?"

김만일이 물었다. 이경록은 표정으로 대답을 대신하는 듯했으나, 곧 입을 열었다.

"16일에 남원성이 함락됐고, 왜놈들이 전라도를 완전히 쑥대밭으로 만들며 북상하고 있다 하오. 지금쯤이면 전주성이 함락되었거나 충청도까지 갔을지도 모르오."

"이럴 수가."

김만일의 얼굴은 금세 어두워졌다. 그는 감정을 쉽게 드러내는 사람이 아니었지만, 이런 일에는 어쩔 수 없었다.

"그래도 이순신 장군이 다시 삼도수군통제사 자리에 올랐다고 하오."

"그런들 무슨 소용이 있사옵니까?"

김만일이 말했다. 임진년(1592)에 한 달도 되지 않아 도성이 왜군에게 함락되었지만, 전라좌수사 이순신 장군이 왜 수군의 서해 진출을 막은 덕에 조선은 멸망의 위기에서 벗어날 수 있었다. 하지만 아무리 그가 돌아왔다고 해도, 배도 없는데 싸울 수나 있겠는가. 7월 16일, 칠천량에서 조선 배는 모두 불타버렸다.

"그래도 이제 믿을 건 그 사람뿐이오. 내가 한때 그 사람의 상관이었단 이야기 했소?"

이경록이 말했다.

"금시초문입니다."

"무과 동기였소. 북병영에서 근무할 때 내가 경흥부사였고 그 사람은 조산 만호였는데, 녹둔도 전투(1587)에서 패배하고 둘이 같이 백의종군했소이다. 나중에 내가 김해부사, 나주목사를 할 때 그 사람은 좌의정 대감의 천거로 전라좌수사가 되었다는 말을 듣고 질투가 나기도 했소. 정승과 아는 사이라는 이유로 나보다 높은 자리에 갔으니 말이오."

"그런 줄은 몰랐사옵니다."

"물론 그 사람은 그 이유를 증명하긴 했지만 말이오."

이경록은 잠시 침묵한 뒤 말을 이었다.

"하긴 그 사람을 보고 뭔가 무인에게만 느낄 수 있는 기운이라고 할까, 그런 걸 느꼈소이다. 이제 믿을 건 그 사람뿐이오."

김만일이 보기에 이경록은 막연하게라도 희망을 가지려고 애쓰는 모양새였다. 그는 그럴 수 없었다.

"문제는 언제라도 왜적이 여기로 올 수 있다는 거 아니겠습니까?"

"두 가지요. 왜적이 도성을 점령하고 전하를 붙잡은 뒤 우리에게 항복하라는 문서를 보내거나, 아니면 명나라 수군을 견제하기 위해 당장 이곳을 쳐 기지로 삼거나. 제주도가 해상의 요지라는 건 잘 알잖소? 무엇보다도 여기 말에 대해서는 공이 제일 잘 아실 거요."

제주도의 말은 유명하여 명나라에서도 조공으로 요구할 정도였다. 왜군들이 탐내지 않을 리가 없었다.

그런 면에서 보았을 때 임진년에 왜군이 이곳을 점령하지 않았다는 사실만으로도 얼마나 다행인지 모른다. 그랬다면 전라도 수군은 제주도와 경상도 양쪽에서 공격을 당했을 것이며, 명나라 수군의 지원도 어려워졌을 것이다.

"다시 나라에 말을 바쳐야 하옵니까?"

김만일은 이경록이 자신을 부른 이유를 짐작하고 물었다.

"그래 주면 고맙겠소. 하지만….."

이경록은 말끝을 흐렸다. 김만일 역시 무슨 뜻인지 알 수 있었다. 칠천량 해전 이후 남해안 해상권이 왜군에게 넘어갔고 전라도가 초토화되었으니, 육지에 말을 보낸다고 해도 도중에 빼앗길 가능성이 컸다.

"우선은 조정에서 소식이 올 때까지 기다립시다. 지금 우리가 할 수 있는 건 전 병력을 동원해 해안 경계를 철저히 하는 것뿐이오. 공께서도 각별히 신경을 써주시오. 유사시에는 즉각 기병을 출동시켜 왜군의 상륙을 막아야 하오."

이경록은 나주목사를 지내던 도중 계사년(1593)에 제주목사로 부임했다. 원래 임기는 삼십 개월이지만 전란 중이라 사 년째 이곳을 떠나지 않고 있었다. 김만일은 한라산 중산간 지역의 거의 절반을 소유하고 사영 목마장을 운영하고 있었으며, 말과 소는 물론 돼지와 닭도 그보다 많이 기르는 사람이 없었다. 김만일은 갑오년(1594)에 자신의 말을 오백 필이나 나라에 바쳤다. 말 한 필이 노비 두세 명 정도 가격이었으니 상당한 재산을 내놓은 셈이다. 뿐만 아니라 해산물, 육포, 가죽 등도 꾸준히 조정과 군영에 보냈다.

"필요하시면 제가 갖고 있는 목마장 지도라도 보여드릴까요?"

김만일이 물었다.

"지도를 갖고 계십니까?"

"바람 때문에 담이 무너지거나 하면, 원래 지도를 참고해 쌓아야 해서 매년 새로 그립니다. 아마 관의 지도보다 나을 겁니다."

"그런 게 있으면 진작 보여주시지 그랬소. 그렇지 않아도 해안을 따라 순시를 갈 예정이니, 남원에 가면 보여주시구려. 왜적의 간자가 손에 넣으려 할지 모르니 각별히 잘 보관하시오."

"알겠습니다."

다음 날 김만일은 자신의 집이 있는 남원으로 돌아갔다. 소와 말들은 한가롭게 풀을 뜯고 있었고 올해 태어난 망아지들은 글자 그대로 고삐 풀린 망아지처럼 뛰어놀고 있었다. 그 모습을 보자 저절로 미소가 지어졌지만, 저것들이 전란에 투입되면 어떻게 될까 하는 걱정도 들었다.

돌무더기에서 사람의 기척이 느껴져 시선을 던지니 하은덕이었다. 그녀는 원래 해녀이지만 태풍이 부는 철에는 목마장 일을 돕고 있었다. 붙임성이 좋아서 누구에게든 금방 호감을 샀다. 은덕이 돌무더기에서 뛰어내렸다.

"무슨 일이냐?"

"어르신, 잘 다녀오셨어요? 목사 나리께서 뭐라고 하셨어요?"

"전황이 그리 좋지는 않다고 하는구나."

자세한 사항을 말해봤자 두려움만 부추길 것이다. 김만일은 말을 아꼈다.

"여기는 무사할까요?"

"아직 왜적 배가 보이지 않으니 괜찮다고 봐야지."

김만일이 태연한 척 웃음을 지으며 말했다.

"너는 오늘도 거기 올라가서 놀았느냐? 어린애도 아니고."

김만일이 고향 주변의 땅을 조금씩 사서 목마장 규모를 키울 때 오래된 머들(밭을 일굴 땅에서 캐낸 돌을 한군데 모아놓은 것) 비슷한 것을 하나 발견했다. 그 무더기는 사람이 들고 나를 수도 없을 정도로 큰 돌들만 쌓여 있어서 무엇에 쓰던 걸까 이상하게 여겼지만, 치우기도 곤란해서 그냥 내버려두었다. 언제부터인지 그곳은 아이들 놀이터가 되어 있었다.

"아, 어르신. 저 돌무더기 말씀인데요, 태풍 때문에 좀 무너졌어요."

"그래? 지금 보니 그렇구나. 그런데 왜?"

"돌무더기 안쪽에 무슨 글자 같은 게 새겨져 있어요. 제가 까막눈이라 읽지는 못하지만, 한자는 아닌 것 같아요."

"흠, 그래?"

김만일은 흥미가 생겨 은덕을 앞세워 머들로 갔다.

"호오, 정말로 글자가 새겨져 있구나!"

"무슨 뜻인지 아세요?"

"글쎄, 나도 모르겠구나."

한자도, 언문도 아니었다. 김만일 자신도 반가의 사람이고 유생이라 글을 잘 아는 편이었지만, 무슨 문자인지 알기 어려웠다. 그렇다고 제주목에서 학자를 불러올 수도 없었다.

"그런데 돌담 쌓기에는 돌들이 너무 크지 않아요? 마치 거인이 쌓은 것 같아요!"

은덕이 돌무더기를 톡톡 두드리며 말했다.

늘 밝은 그녀의 모습을 보니 기분이 좀 나아지긴 했지만, 김만일은 왜적의 간자가 이미 여기까지 오지 않았을까 하는 생각에 마음이 어지러웠다. 그렇지 않아도 도내는 불안감으로 가득 차 있었다. 칠천량 해전 이후 대규모 왜군 함대가 곧 온다는 말이 돌고 있었다. 제주도에 주둔한 군대만으로 싸울 수도 없었다. 백성들을 총동원해도 2만 명이 조금 넘는데 왜군은 병사만 해도 다섯 배는 되었다. 뿐만 아니라 제주도에서는 철이 나지 않기 때문에 자체적으로 무기를 만들 수도 없었다.

다음 날 김만일은 늘 그렇듯 말을 타고 목마장을 살피고 있었다.

"어르신!"

누군가가 갑자기 그를 불러 세웠다. 그는 박민준이라는 돌챙이(석공을 뜻하는 제주 사투리)였는데, 얼마 전부터 마을에서 올라와 무너진 담을 수리하는 일을 하고 있었다. 전란 중이라 쇠붙이를 모두 관아에 바친 탓에 돌로 이런저런 물건을 만들어야 했으므로 돌챙이들은 일손이 달렸다. 그러던 차에 그가 제 발로 찾아왔을 때 반기지 않을 이유는 없었다.

"일찍 왔군. 담 수리하는 건 어떻게 됐나?"

"쇤네가 누굽니까요. 벌써부터 작업 시작했습니다."

두 사람이 두런거리며 이야기를 나누고 있을 때, 갑자기 여자 비명소리가 들렸다. 김만일은 말고삐를 채어 현장으로 달려갔고, 박민준도 뒤를 이었다. 현장에서는 인부들이 웅성거리고 있었고, 은덕이 쓰러져 있었다.

"무슨 일인가? 이 아이는 왜 이렇고?"

김만일이 말에서 내리며 물었다.

"은덕이 수국 밭에서 시체를 발견한 모양입니다!"

"뭐라고? 시체?"

은덕이 시체를 발견하고 까무러친 모양이었다. 가슴이 오르락 내리락하는 것을 보니 목숨에는 별 지장이 없는 듯했다.

"자네는 아이가 깨어날 때까지 지켜보고. 거기 자네는 관아에 가서 알리게."

김만일이 신속하게 지시를 내리고는 수국 밭을 내려다보았다. 수국 뿌리 사이의 시체는 검푸르게 변색되어 있었다. 김만일은 시신에서 풍기는 지독한 냄새에 저절로 얼굴을 찌푸렸다.

얼마 후 관에서 군사들이 왔다. 이들을 이끄는 사람은 뜻밖에 도 이경록이었다.

"현감이 아니고 목사 나리께서 직접 오셨사옵니까?"

김만일이 물었다.

"내가 전에 말하지 않았소. 병력 점검하느라 제주목 동쪽 해안을 순시하고 온다고 말이오. 검험 결과는 어떻게 되었는가?"

이경록의 질문에 의원이 설명했다. 타살이 틀림없고 죽은 지 열흘 정도 되었으며, 사인은 정확히 알 수 없지만 얼굴이 박살이 날 정도로 얻어맞았다고 했다.

"시체 발견자가 누구라고 했나?"

"소, 소녀이옵니다!"

기절했다 깨어난 은덕이 평소와는 다르게 매우 겁먹은 얼굴로 말했다.

"어떻게 하다가 발견했다고?"

"바람 때문에 수국 뿌리가 뽑혔기에 나무를 좀 살펴보다가 이상한 게 걸려서 봤는데…!"

"그래? 혹시 누군지 알아보겠나?"

"모르옵니다!"

"인부들도 다 모른다고 했습니다."

김만일이 덧붙였다. 워낙에 얼굴이 훼손돼 알아보기 힘든 데다 입고 있는 옷도 평범했다.

"살인 사건이라…."

이경록은 해안 경비를 점검하는 데 바빠 살인 사건 조사에 시간을 뺄 수 없었다. 그는 일단 정의현 관속들에게 사건 조사를 맡기고 자신은 바다 쪽으로 갔다.

이경록 일행이 떠나고 김만일은 다시 목마장으로 나갔지만, 자신의 밭에서 시체가 발견되었다는 사실이 계속 신경 쓰여 이리저리 생각을 굴려보았다.

범인이 여러 명이었다면, 시체에 돌을 매달아서 바다에 던졌을 것이다. 하지만 그러려면 반드시 테우(제주도 전통 연안 어선)라도 하나 있어야 하니, 눈에 띄지 않을 수 없다. 차라리 육지에 묻는 편을 택할 것이다. 쉽게 말해 범인은 한두 명일 것이고, 배를 가지고 있지 않을 게 분명했다.

김만일을 발견한 은덕이 꾸벅 인사를 했다.

"몸은 괜찮으냐?"

"놀라서 죽는 줄 알았사옵니다! 우리 마을에 살인자가 돌아다닌다고 생각하면 아직도 심장이 벌렁벌렁합니다. 참! 어제 저기 섬에서 횃불을 보았어요!"

"횃불?"

김만일이 놀라 되물었다. 해안을 지키는 데 군사만으로는 모자라서 남녀 할 것 없이 마을 사람들도 보초를 서고 있었다. 은덕이 어제 보초를 선 모양이었다.

"왜 진작 말하지 않았느냐? 왜군들끼리 보내는 신호였을 수도 있지 않느냐?"

"당연히 군사들에게 알렸죠. 그런데 막상 가보니 아무것도 없었다고 합니다."

"이상하구나."

"그런데 어디 가시는 중이세요?"

"이제 집에 가는 중이다."

김만일이 집 쪽으로 발길을 돌리는데 뜻밖의 인물과 마주쳤다.

"양 객주? 자네는 무슨 일인가?"

"대나무랑 깃털 가지러 왔사옵니다. 모아두신 거 있사옵니까?"

그는 해남 출신의 상인 양삼길이었다. 제주도에 자주 드나들곤 해서 김만일과도 잘 알고 있었다.

"원한다면 내가 포구까지 보내줬을 텐데 군이 여기까지 올 필요가 있었나?"

제주도에는 화살촉을 만들 쇠는 없어도 대나무와 꿩 깃털은 풍부했기에 육지에 꾸준히 보내고 있었다.

"수군 쪽에서 급하다고 해서 쇤네가 직접 왔사옵니다."

양삼길도 육지의 전황은 잘 알고 있을 것이다. 조선 수군은 배가 이제 열두 척뿐이지만 죽을힘을 다해 맞서 싸울 모양이었다.

"오는 길에 본 애들조차도 곧 왜군이 쳐들어온다고 그러더군요."

"뭐라?"

"왜군들이 오면 항복 외에 도리가 있겠사옵니까. 제주도 병력, 아니 전 백성을 모아도 막을 수 없을 것이옵니다."

"어머, 정말이에요?"

은덕의 얼굴이 창백해졌다.

"그런 말 하지 말게!"

김만일은 목소리를 높였다.

"송구하옵니다. 헌데 여기서 무슨 시체가 발견되었다고 하지 않았사옵니까?"

"자네도 들었나? 그렇지 않아도 민심이 뒤숭숭한데 이런 일까지 났으니 걱정일세."

김만일은 잠시 생각한 뒤 그에게 다시 말을 걸었다.

"자네 말인데, 혹시 선원 중에 수상한 사람은 없었나? 난민 중에 선원 일을 하겠다고 오는 사람이 없었느냐는 말일세."

"그중에 왜적의 간자가 있을지 몰라서요? 쇤네도 그렇게 함부로 사람을 쓰지는 않사옵니다. 그러잖아도 목사 나리께서 선원들 전체 신체검사에, 제주목 근처에만 머물되 돌아다닐 때는 반드시 여럿이 짝을 지어 다니라고 명하셨습니다. 아무리 전란 중이라고 해도 선원들 불만이 이만저만이 아닙니다."

양삼길이 불평을 늘어놓았다.

"그런데 자네는 어떻게 혼자 왔나?"

"소인은 선원이 아니고 객줏입니다. 제가 어디 제주도를 하루 이틀 다녔습니까요."

"그냥 농으로 해본 소릴세."

"저도 농이었습니다요. 그건 그렇고. 이번 사건에서 좀 이상한 점이 있습니다."

"뭐가?"

"검험 결과 언제쯤 죽은 것 같다고 하였사옵니까?"

"열흘쯤 됐다는데, 혹시 자네 뭐 본 거 있나?"

양삼길은 열흘 전에도 이곳에 와서 대나무와 육포 등을 운반했다.

"소인이 전에 왔을 때 조금 이상한 걸 보긴 했습니다. 수국 밭에서 누가 삽으로 뭘 묻는 것 같았습니다."

"그래? 누군지 아나?"

"모르옵니다. 날이 어두워서, 수국을 옮겨 심기라도 하나 하고 그냥 넘어갔사옵니다."

"야밤에 수국을 옮겨 심는 사람이 어디 있나? 더 기억나는 건 없나?"

"없사옵니다."

김만일은 단서를 눈앞에서 놓친 것 같아 씁쓸했으나 어쩔 수 없었다.

"온 김에 우리 집에서 좀 쉬었다 가게. 내가 깃털이랑 대나무는 준비하라 일러둠세."

김만일은 양삼길을 데리고 마을 쪽으로 갔다.

"어르신?"

"왜 그러나?"

양삼길의 눈은 은덕이 올라가서 놀았던 머들 쪽을 향하고 있었다.

"이거 글자 같사옵니다."

"아, 이 아이가 발견했네. 그런데 나도 무슨 글잔지 모르겠네. 언문도 아니고, 한자도 아니고."

"이거 몽골 글자이옵니다!"

글자를 유심히 들여다보던 양삼길이 말했다.

"뭐라?"

"아저씨가 그걸 어떻게 아세요?"

은덕도 눈을 크게 뜨며 물었다.

"내가 명나라 상인들과도 거래를 하거든. 북방 오랑캐들이 예전에 쓰던 문자가 새겨진 장신구를 몇 개 봤는데 이것과 비슷했어!"

"호오, 그런가?"

김만일의 머리는 빠르게 회전했다.

"이곳이 뭐 하는 곳인가 했더니 제단이었구먼."

"네?"

은덕과 양삼길이 동시에 물었다.

"삼백 년쯤 전, 전조(고려) 때 삼별초의 난이 진압된 뒤, 원나라가 제주도에 직할령을 설치하고, 마소 기르기 좋은 곳이라 하여 목마장도 차렸다네. 그 사람들을 목호牧胡, 즉 말 기르는 오랑캐라 불렀는데, 백 년쯤 후에 그들이 고려에 반항해 난을 일으켰고 최영 장군이 그것을 진압했네. 그래서 지금도 제주도에는 그때 원나라 사람들이 들여온 말들의 후손이 많이 있다네. 이건 그때 목호들이 쌓았던 제단 같네그려. 이만한 걸 세우려면 보통 재력이나 권력으로는 불가능할 테니 말일세."

"무슨 제단이옵니까?"

"방성房星에 지내는 자리일 걸세. 방성이 뭔지는 알지?"

"방성이면, 아, 제주목 관아에서 매년 지내는 제사, 그 별 말인가요?"

은덕이 물었다.

"그래, 천사성天駟星이라고도 부르지. 말을 수호하는 별이다. 제주도가 방성이 비치는 곳이라 말을 많이 기를 수 있다고 하더군. 그 별에 제사 지내는 제단을 마조단馬祖壇이라고 부른다네."

마조단은 도성 동문에 있지만, 말 기르는 사업이 중요했던 제주도에서도 방성에 제사를 지냈다.

"소인은 방성에 제사 지내던 제단이라면 어르신의 조상님께서 쌓으신 것이 아닌가 했사옵니다. 어르신도 조선 개국공신의 후손이시라면서요?"

양삼길이 물었다.

"맞네. 그 할아버지의 아드님이 제주도에 정착하셨고 경주 김가 제주 입도조가 되셨지. 내가 그 7대손이네."

김만일은 집으로 가는 발걸음을 서둘렀다. 이경록이 생각보다 빨리 남원에 왔으니 지도를 준비해두어야 했다. 집에 있는 서재에는 그가 수년 동안 기록한 목마장 일지와 지도 등이 가득 차 있었다. 그는 이곳을 엄중히 봉하고 늘 직접 글을 썼다.

"이곳을 '목호 마조단'이라고 이름 짓는 게 좋을까?"

오늘 새로 알게 된 사실을 지도에 적어 넣으려던 김만일은 이상한 점을 느꼈다. 전날부터 이경록의 충고를 받아들여 머슴들더러 불침번을 서며 서재 앞을 지키라고 명했었다. 따라서 그가 아니면 누구도 서재에 들어갈 수 없는데, 책지(책갈피에 끼우는 얇은 나뭇가지)의 위치가 평소와 달랐다.

'누가 몰래 숨어 들어왔나?'

간자라면 충분히 이곳을 노릴 만했다. 그가 만든 지도는 관에서 만든 것보다 나았다. 제주도에서 잣성이나 돌담은 밭과 목마장 등을 가르는 경계의 표시가 되었기 때문에, 무너져서 다시 쌓거나 할 경우 그전 기록이 있어야 제대로 쌓을 수 있었다. 그래서 정기적으로 새로 그리는 작업을 했다. 왜군 간자가 집에 들어와서 몰래 그 지도를 베꼈을 가능성도 있었다. 문제는 그게 누구냐하는 점이었다. 머릿속에 한 명이 떠올랐다.

그는 서둘러 밖으로 나왔다.

"양 객주, 아직 있나?"

"여기 있사옵니다!"

양삼길은 한쪽에서 말린 대나무들을 포장하고 있었다.

"자네 말인데, 배에 소를 싣고 갈 만한 자리 있나? 배가 없으면 내가 빌려서라도 주겠네."

"소가 왜 필요하옵니까?"

"수군에게 보내려고 하네. 수군에게는 말보다 소가 더 필요하지 않겠나?"

다음 날이었다.

"어르신, 소는 언제 오는 것이옵니까?"

양삼길은 이상하다는 듯 말했다. 김만일은 아침에 떠나려는 그를 붙잡고는 소 다섯 마리를 수군 군영에 전해달라고 했다. 그런데 오후가 되도록 소가 오지 않았다.

"테우리(들에서 많은 수의 마소를 방목하여 기르는 사람을 일컫는 제주 방언)들더러 쓸 만한 소를 골라 오라고 했는데 왜 이렇게 늦는지 모르겠구면."

김만일은 심각한 얼굴로 서재에서 나와 손에 묻은 모래를 털었다.

"조금만 기다리게. 그동안 꿀물이라도 좀 들게."

"어두워지면 배가 뜨지 못한다는 걸 아시지 않사옵니까?"

"그러게 말일세. 왜 이리 늦는지 모르겠네그려. 포구로 끌고 오라고 했으니 일단 그곳으로 가세."

김만일은 배 모는 데 익숙한 종 한 명을 데리고 양삼길과 함께 포구로 향했다. 그들이 포구에 이르렀을 때, 이경록이 직접 군졸들을 이끌고 달려왔다.

"멈춰라! 양 객주! 탐욕에 눈이 멀어도 유분수지. 왜적의 간자 노릇을 하나?"

"예, 예?"

"네놈이 왜적과 내통하고 있었다는 것을 알고 있다! 이것이 어제 네놈의 집에서 발견한 문서다!"

이경록이 무엇인가를 내밀었다.

"아, 아니, 그게, 무엇이옵니까?"

"보면 모르나? 왜적의 문장일세! 왜적들은 전장에서 알아보기 쉬우라고 장군들마다 자기 가문 문장이 따로 있다면서? 왜적이 길잡이 노릇을 하면 살려준다고 했나? 며칠 전 섬에서 횃불 날리는 모습을 봤다고 하는데 그게 자네의 짓이지?"

"소, 소인은 그런 적 없사옵니다! 그리고 횃불이라니요!"

양삼길이 놀라며 말했다.

"한 놈도 남기지 말고 관아로 끌고 가라! 오늘은 이 주변을 철저히 살펴보고 왜적이 숨어 있는지 알아봐라! 이놈은 제주목 관아로 끌고 가서 내가 직접 신문할 것이다!"

이경록은 군졸들에게 지시를 내렸다.

"자네가 어찌 그럴 수 있나? 나라를 팔아먹는 행위를 하다니!"

김만일이 놀라 양 객주를 노려보았다.

"어르신, 아니옵니다!"

"시끄럽네! 이런 백번 죽어 마땅한 놈 같으니!"

김만일이 객주의 뺨을 올려붙였다. 양삼길은 아니라고 주장했으나, 그와 그 일꾼들도 모두 오랏줄에 묶여 관아로 끌려갔다.

그날 밤, 누군가가 해변에 나가 모닥불 세 개를 피웠다. 그러자 어딘가에서 작은 배 한 척이 나타났다. 불을 피운 사람이 가서 배에서 내리는 사람들을 맞이했다. 그가 품 안에서 책을 한 권 꺼내서 내밀자, 그들은 고개를 끄덕이고는 모닥불을 끄고 어딘가로 이동하기 시작했다.

그때였다.

"꼼짝 마라!"

갑자기 나무 뒤에서 불이 환하게 밝아졌다. 동시에 제주 군사들이 그들 쪽을 향해 일제히 활을 당겼다.

"다들 무기를 버리고 항복하라!"

군사들을 지휘하는 사람은 이경록이었고, 뒤에는 김만일이 있었다.

"이놈들! 내일 목사 나리께서 양 객주를 잡아 제주목으로 끌고 가 조사한다는 말을 듣고 목사 나리를 암살하려 한 것이 아니냐? 그러면 적은 병력만으로도 제주도를 점령할 수 있을 테니까!"

김만일이 호통을 쳤다.

"아, 아니, 이게 무슨…?"

"뭐긴 뭐냐? 네놈이 왜놈의 간자라는 것을 다 알고 있었다."

"무슨 말씀이옵니까?"

횃불에 비친 사람은 돌챙이 박민준이었다.

"내가 제주에서 가장 큰 목마장을 하면서 수시로 지도를 고쳐 쓴다는 건 어지간한 이들은 다 알고 있는 사실이다. 네놈도 어디선가 그 이야기를 들었던 게지. 마침 돌담 보수를 위해 돌챙이를 찾던 내게 접근하려고 진짜 박민준을 죽여 수국 밭에 묻고 그자 행세를 한 것이겠지. 그러면서 지도를 손에 넣으려고 한 것이 아니냐? 내가 제주목에 사람을 보내 이미 알아보았다."

"아니, 어떻게…?"

사실 변명의 여지도 없었다. 박민준이 안내하던 사람들은 조총까지 들고 있었다.

"목사 나리의 말을 듣고 지도 사이에 책지 대신 아주 작은 종잇조각을 끼워두었다."

"그건 도로 끼워⋯!"

"흥! 맞다. 그건 그 자리에 그대로 있었다. 하지만 그건 속임수였어. 사실은 책등에 꿀을 살짝 발라놓고, 서안(책을 올려두는 작은 책상)에 모래를 뿌려두었지. 나중에 보니 책등에 모래가 묻었더군. 누군가가 그 책을 서안에 펴놓고 지도를 베꼈다는 말 아닌가? 만약 집안 식구들이 봤다면 종잇조각 따윈 신경 쓰지 않았겠지. 종잇조각이 그대로 있고 책등에만 모래가 묻었다는 건 책을 펼쳐봤다는 것을 들켜선 안 되는 자라는 뜻이지."

박민준으로 행세하던 자가 입술을 깨물었다.

"하는 김에 네놈은 양삼길에게 죄를 씌우려고 일부러 왜적의 문장을 소지품에 넣어둔 거야. 그래서 그 친구가 잡히면 해안의 경계가 느슨해질 테니 그 틈을 타 패거리들을 여기로 끌어들이려 한 거야. 목사 나리를 암살하기 위해 말이야!"

"머리가 좋군!"

박민준으로 위장했던 자가 품에서 단도를 꺼내 제주목사를 향해 던졌다. 이경록이 재빠르게 피했지만 잠깐의 방심이 지휘 체계에 혼란을 가져왔다.

"니케로(도망쳐라)!"

고함소리와 함께 왜군들이 금세 흩어지더니 자기들이 타고 온 배를 향해 뛰기 시작했다. 제주 군사들이 그쪽을 향해 일제히 활을 쏘았다. 탈주하는 자들이 목마장 지도를 가지고 있으니 차후에라도 제주도를 공격하는 데 이용할 것이다. 배는 금세 해안을 벗어나기 시작했다.

"저 배에다 불화살을 날려라! 저들이 제주도 목마장 지도를 가져가면 큰일이다!"

이경록이 소리쳤다.

"아니오. 화살을 아끼시오."

김만일은 씩 웃더니 손을 흔들었다. 그러자 곧 왜군들이 탄 배가 흔들리더니, 그들이 비명을 지르기 시작했다.

"어떻게 된 일이오?"

"저 아이 보이십니까?"

김만일이 물속에서 올라오는 은덕을 가리켰다.

"저 아이가 해녀라서 자맥질에는 명수 아닙니까. 그들이 오면 잠수해서 배에 구멍을 뚫어놓았다가 화승火繩(심지. 제주도에서는 억새로 만든다)으로 막고, 줄만 당기면 빠지도록 해놓으라고 했소이다. 이제 저놈들은 여기까지 헤엄쳐 오든지 아니면 바다에 빠져 죽든지 택해야겠지요. 다 젖은 지도를 들고 가봤자 소용이 없을 겁니다."

곧 상황은 수습되었다. 왜군의 간자 무리들은 거센 물살 때문에 결국 돌아올 수밖에 없었고, 모조리 붙잡혔다.

이경록이 김만일에게 다가왔다.

"언제 제주목에 사람을 보내 박민준에 대해 알아보셨소?"

"그건 거짓말이었습니다. 언제 제주목까지 사람을 보내겠습니까? 시체가 얼굴을 알아볼 수 없을 정도로 심하게 상했으니, 다른 사람 행세를 하기 위한 것이라고 추측해봤을 뿐입니다. 양 객주는 제가 원래 잘 아는 사람이니 아닐 테고. 하나씩 아는 사람을 지워보니 최근에 나타난 박민준이 남더군요."

"허허, 공께 이런 재주까지 있는 줄은 몰랐습니다. 공께서 왜군을 막아낸 것입니다."

"아닙니다. 어쩌면 정말로 방성에서 수호해줬는지도 모르겠습니다."

"그게 무슨 말이오?"

"목호 마조단이 무너진 바람에 그 지도를 고쳐 그리게 되었고, 그 덕에 왜군 간자를 잡을 수 있었으니 말입니다."

"목호 마조단? 그게 무슨 말입니까?"

이경록이 묻자, 김만일이 그 돌무더기에 대해 간단히 설명했다.

"아, 목호들도 방성에 제사를 지내는 제단을 만들었단 말이구려. 정말 공 말씀이 맞나보오."

"양삼길 그 친구는 빨리 풀어주십시오. 이제 정말로 소를 보내야지요."

"왜군 간자를 함정에 빠뜨리기 위한 거짓말이 아니었소?"

"아닙니다. 올린 소를 잡아 통제사 영감과 수군들 배라도 좀 불려주었으면 합니다."

"그게 사실입니까?"

귤림당에 제주목사와 앉아 있던 김만일의 눈이 커졌다.

"그렇소. 나도 믿기지 않소."

9월 16일, 울돌목을 넘어 서해로 가려는 왜군 함대의 배는 삼백 척이 넘어 바다를 덮을 듯했고, 조선의 판옥선은 겨우 열세 척에 지나지 않았다. 누가 봐도 이는 굴러오는 바위를 달걀로 막는 일이나 마찬가지였다. 하지만 전투가 끝나고 연기가 걷혔을 때, 바다 위에는 조선의 배 열세 척만이 남아 있었다. 결과적으로 전라도를 초토화하고 북상하던 왜군들도 남쪽으로 후퇴할 수밖에 없었다. 서해 바닷길을 뚫지 못하면 보급에 차질이 생기기 때문이었다.

"통제사 영감이 따로 서찰을 보내셨소이다. 김 공께서 소 다섯 마리를 보내준 덕에 중양절(9월 9일)에 군사들을 잘 먹일 수 있었고, 그것이 승리를 이끌어내었다고 말이오."

이경록이 이처럼 기뻐하는 모습은 처음이었다.

"소생에게 무슨 공이 있겠습니까? 통제사 영감이 다시 한번 나라를 구하신 거죠."

정말 다 끝났다고 생각했는데, 이 나라에 아직은 희망이 있었다. 김만일도 오랜만에 웃음을 지을 수 있었다.

서미애

시를 쓰던 대학 시절 스무 살 나이로 신춘문예에 당선되었고, 대학 졸업과 동시에 방송 일을 시작했다. 서른 살이 되면서 드라마와 추리소설을 쓰기 시작해 〈남편을 죽이는 서른 가지 방법〉으로 신춘문예에 당선되었다. 《인형의 정원》, 《잘 자요, 엄마》, 《아린의 시선》, 《당신의 별이 사라지던 밤》 등의 장편과 《반가운 살인자》, 《남편을 죽이는 서른 가지 방법》, 《별의 궤적》 등의 단편집이 있다. 《인형의 정원》으로 2009년 '한국추리문학상 대상'을 수상했다. 현재 《잘 자요, 엄마》가 영화와 드라마로 제작 중이며, 소설 집필과 함께 미니시리즈로 방영될 미스터리 드라마를 준비하고 있다.

숟가락 두 개

1

처음부터 이렇게 될 줄 알고 있었다. 오상철은 마치 오래전부터 해오던 일을 하는 것처럼 익숙하게 손을 놀리며 몇 번이고 중얼거렸다.

'그래, 이럴 줄 알았어. 이놈 얼굴을 다시 봤을 때 무슨 일이든 생길 줄 알았어.'

막연하게 그의 신경을 날카롭게 하던 불길한 예감은 결국 틀리지 않았다.

톱날에 잘려나가는 미끈거리는 살과 손바닥에 달라붙는 끈적이는 피는 오히려 그의 마음을 차분하게 가라앉혀주었다. 석태의 몸을 만지기 전까지는 절대 할 수 없을 거라 생각했지만 막상 일을 시작하고 보니 생각만큼 힘들지 않았다. 어느새 머리와 몸통, 팔다리가 떨어져나간 석태의 몸은 이제 사람의 것이라고 보기 힘들었다. 감방에 있을 때부터 거슬리는 놈이었다.

30년 넘게 교도소를 들락거리던 상철은 2년 전 출소하면서 생전 처음 제 손으로 두부를 사 먹었다. 다시는 그 세계로 돌아가지 않으리라 마음먹었기에 과거와 관련이 있는 것은 모두 끊어버렸다. 하지만 세상이 좁은 것인지, 아니면 범죄의 세계에 너무 오래 발을 담그고 있던 것인지 우연히 감방 동기를 만나거나 하는 일이 종종 있었다. 그때마다 그가 먼저 발견하고 자리를 피해서 넘어갔다. 그러다 하필이면 가장 만나고 싶지 않은 놈, 석태와 만나게 된 것이다.

3개월 전 공사 중인 아파트에 보일러 시동을 걸어놓고 늦은 점심을 먹기 위해 식당에 갔다. 보일러가 이상이 없는지 확인만 하면 상철이 할 일은 모두 끝난다. 그는 남은 공사비 잔금을 받으면 무얼 할지 생각하며 밥이 나오기를 기다리고 있었다.

그때 문이 열리고 차가운 바깥 공기와 함께 놈이 들어왔다. 무심코 고개를 들었던 상철은 놈과 눈이 마주치고 말았다. 놈의 얼굴을 보는 순간 상철은 심장 한편이 뻐근해지는 것을 느꼈다. 건들거리는 몸짓이며 아무 곳에나 침을 뱉는 버릇은 여전했다.

그쪽에서 몰라보기를 바랐지만 놈은 상철을 보자, 잃어버린 삼촌이라도 찾은 것처럼 반색하며 다가왔다. 상철은 할 수만 있다면 연기처럼 사방으로 흩어져 사라지고 싶었다. 먹이를 찾은 듯 번들거리는 눈빛으로 그를 바라보는 석태의 표정은 이미 그를 단단히

옭매고 있었다. 사냥감 포착, 놈의 눈에는 그렇게 쓰여 있었다.

그때라면 아직 늦지 않았을 텐데, 차라리 모르는 척 외면하고 그대로 식당을 나갔더라면 오늘 같은 일은 일어나지 않았을 텐데. 놈은 자기가 이렇게 죽게 되리라는 걸 알고 있었을까? 하긴 알았다면 놈이 먼저 피했겠지.

기름기 흐르는 살덩어리의 그 물컹거리는 느낌이 끔찍하기도 하련만, 좁은 욕실 가득 흘러내리는 피비린내가 역겹기도 하련만, 상철은 아무것도 느낄 수가 없었다. 그의 감각은 굳게 문을 닫고 이 순간을 이겨내기 위해 안간힘을 쓰고 있는 듯했다.

그래, 차라리 이게 낫다. 아무것도 느낄 수 없을 때, 이 끔찍한 일을 해치우자.

'이건 네놈이 자초한 일이야. 억울하게 죽었다고 날 원망하지 마라.'

사실 억울한 건 그였다. 이미 죽어버린 놈은 모든 것에서 자유롭지만 앞으로도 살아가야 할 날이 많이 남은 그는 이제 모든 것을 혼자 감당해야 한다.

문득 손을 멈추고 가늘게 흘러내리는 물줄기를 바라보며 상철은 생각했다.

이 순간 세상에는 아무도 없다. 오로지 혼자만 존재하는 것처럼 깊은 고요를 느낀다. 머리가, 생각이, 감각이 사라진 세상은 소리도 없고, 냄새도 없고, 심지어 그 자신도 없다. 아무것도 느낄 수 없으면서, 그는 세상에 혼자 버려진 외로움에 뼈가 시리다. 그게 가능한 일일까?

자신의 거친 숨소리와 입김이 마치 타인의 것인 양 느껴진다. 그 소리마저도 사라지고 세상의 모든 소리들이 어디론가 빨려 들어간 것처럼 그의 귀에는 이제 아무 소리도 들리지 않는다. 지금 나는 무슨 짓을 하고 있는 거지?

인생의 절반 이상을 교도소에서 보내고 이제 환갑의 나이가 가까워오는 그는 앞으로 어떤 일이 벌어질지 누구보다 잘 알고 있다. 다시 감방으로 돌아가는 것은 두렵지 않다. 30년을 넘게 보낸 곳이다. 아니다. 그것은 거짓말이다. 사실은 두 번 다시 돌아가고 싶지 않은 곳이다. 아니, 지금 이곳을 떠나기 싫다. 지금의 생활을 포기할 수 없다. 그래서 이렇게 스스로도 생각하지 못했던 잔인함을 최대한 끌어올려 놈의 몸을 잘라내고 있는 것이다.

상철은 준비해둔 비닐봉투에 석태의 몸을 하나씩 집어넣기 시작했다. 윤희에게 미리 경고했어야 했다. 세상에는 뱀 같은 인간도 있다고. 무엇이든 차가운 눈으로 지켜보다가 기회가 오면 서슴없이 집어삼켜버리는 인간. 석태를 조심하게 했어야 했다. 그랬더라면 조금은 달라지지 않았을까?

바닥에 쓰러진 석태가 죽었다는 것을 안 순간, 그는 잠시 꿈이 아닐까 싶었다. 몇 번이고 놈을 죽여버리고 싶었던 터라, 그런 마음이 이렇게 꿈이 되어 나타난 것이라고. 하지만 꿈이 아니다. 그 사실을 너무나 잘 알고 있는 그는 멍하니 죽은 석태의 얼굴을 내려다보고 있을 수밖에 없었다.

방 한구석에 웅크리고 앉아 두 팔로 얼굴을 감싸고 있던 윤희도 이상한 기운을 느꼈는지 팔을 풀고 고개를 들었다. 바닥에 쓰러져 있는 석태와 고사목처럼 꿈쩍 않고 서 있는 그를 번갈아 쳐다보던 윤희는 뭐라 할 말도 잊은 듯 그저 입만 벌리고 있었다. 무슨 말이 필요하겠는가. 그는 자신을 바라보는 윤희의 시선에서 모든 것을 느낄 수 있었다. 그녀가 느끼는 공포와 두려움은 고스란히 그에게도 전해져 왔다. 떨고 있는 윤희의 얼굴을 보자 상철은 비로소 정신을 차렸다.

무슨 일이 있었는지는 중요하지 않다. 지금은 죽은 이놈을 어떻게 치우느냐, 그게 문제다. 상철은 잠시 눈을 질끈 감고 생각하다가 얼른 윤희를 일으켜 세웠다. 우선 그녀를 보내야 한다. 이 끔찍한 방 안에 계속 있게 할 수는 없다. 그의 손에 들어온 윤희의 어깨는 안쓰러울 만큼 후들거리고 있었다.

"윤희야, 내 말 잘 들어."

"주… 죽었어요?"

윤희는 상철이 부정해주기를 바라는 표정으로 그를 바라보며 조심스럽게 물었다.

"식당으로 가. 오늘은 거기서 자. 다른 사람을 만나도 아무 말 말고."

"하지만… 어쩌시려고요?"

"걱정 말고 가."

윤희는 더 이상 아무것도 묻지 않고 그가 하라는 대로 집을 나섰다. 문을 열고 나가기 전, 뒤돌아보는 윤희의 시선이 등 뒤로 느껴졌지만 상철은 돌아보지 않았다. 돌아보지 않아도 알 수 있었다.

이대로 혼자 두고 갈 수 없다는 듯 망설이고 있는 거겠지.

"어서 가라니까."

재촉하는 소리를 듣고서야 윤희는 집을 나섰다. 윤희를 내보내고 시체를 욕실로 끌고 들어가 일을 마치기까지 세 시간이 넘게 걸렸다. 녀석은 여남은 개의 비닐봉투에 모두 담겼다.

상철은 비닐봉투를 현관으로 옮겼다. 할 수만 있다면 석태의 흔적을 모두 지워내야 한다. 석태와 그 사이의 어떤 연결 고리도 잘라내야 한다. 하지만 쉽지 않은 일이라는 것 또한 그는 알고 있다.

그는 문득 전과 13범인 자신이 단 한 번도 넘보지 않았던 죄목을 달게 되리라는 것을 알았다. 절도 전문이던 그가 처음으로 살인자가 된 것이다.

2

"젠장, 이젠 죽였다 하면 토막이군."

북한강변에서 토막 시체가 발견되었다는 신고를 받은 황 팀장의 첫 마디였다. 한강변에 모아둔 쓰레기를 수거하던 용역 업체 직원이 쓰레기 속에서 남자의 발이 든 비닐봉투를 발견했다는 것이다. 밤새 잠복근무를 하고 돌아와 숙직실에서 한두 시간이라도 눈을 붙이려던 강 형사는 전화를 끊고 사무실 안을 둘러보던 황 팀장과 눈이 마주쳤다.

"다들 어디 간 거야?"

황 팀장은 짐짓 태연하게 주위를 살피며 자리에서 일어났다. 그가 원하는 게 뭔지 아는 강 형사는 터져 나오는 하품을 애써 참으며 잠바를 챙겨 들었다. 크리스마스가 다가오면서 강력 사건이 연달아 터지는 바람에 사무실은 오전부터 텅텅 비어 있기 일쑤다.

"운전은 팀장님이 하시는 겁니다."

"걱정 말라고. 가는 동안만이라도 눈 좀 붙여."

차마 같이 나가자는 말을 못하던 황 팀장은 금세 얼굴이 밝아지며 강 형사의 어깨를 툭 쳤다. 강력3팀에서 제일 마음이 약한 게 강 형사다. 제 일이 아니라도 일손이 필요할 때 가장 먼저 나선다. 남의 사정 다 봐주다 보니 근 보름을 집에도 못 들어가고 있다.

황 팀장의 말이 아니더라도 자동차에 올라타는 순간 강 형사는 그대로 의식을 잃었다가 깨어났다. 잠깐 눈꺼풀을 감았다 뜬 것 같은데 어느새 사건 현장이었다. 차문을 열고 도로 갓길로 나오니 차가운 강바람에 머리가 맑아지는 기분이었다. 강 형사는 강변 한쪽에 쌓여 있는 쓰레기 더미를 쳐다보며 황 팀장 옆으로 다가갔다.

"이걸 다 뒤져야겠죠?"

"뭐?"

"토막이라면서요? 그럼 이 쓰레기 더미 속에 또 다른 토막이 있을 거 아닙니까?"

황 팀장은 갓길 아래에 놓인 쓰레기 더미와 차도의 거리를 가늠해보는 듯 가늘게 눈을 뜨고 강변 쪽을 바라보았다. 자동차에 탄 채 그대로 던져버리기에는 먼 거리다. 그렇다면 이 쓰레기 더미에 시체를 버리기 위해 차를 세웠다는 얘기가 된다. 이왕 차를 세웠다면 봉투를 여러 개 버렸을 게 틀림없다.

"그렇군. 지원 요청을 해야겠지?"

쓰레기 더미가 있는 곳으로 내려가 보니 인근 지구대에서 나온 제복 경찰이 황 팀장을 알아보고 인사를 했다. 그 곁에는 용역 업체 직원이 담배를 피워대며 휴대전화로 누군가에게 전화를 걸고 있었다. 엉뚱한 일에 휘말려 귀찮다는 표정이 얼굴에 가득했다.

누군가의 죽음이 어떤 이에게는 귀찮은 일이 되고, 또 다른 사람에게는 앞으로 풀어야 할 숙제가 된다. 강 형사는 문득 쓰레기 더미에 버려진 토막 시체에 대한 관심보다, 이 사건이 얼마나 오래 그를 괴롭히다 해결될 것인지를 먼저 생각하고 있는 자신을 발견하고 쓴웃음이 나왔다. 누구든 죽는 그 순간부터 모든 이에게 얼른 치워져야 할 짐일 뿐이다.

강 형사는 주위에 있는 나뭇가지를 주위 비닐봉투를 들춰보았다. 칼날처럼 예리한 연장에 의해 잘린 남자의 발은 얼기까지 해서 회색과 푸른빛이 감돌고 있었다. 별다른 특징은 눈에 띄지 않았다. 강 형사는 시선을 들어 주위의 쓰레기 더미를 쳐다보았다. 생활 쓰레기도 보이고, 건축 현장에서 나왔을 법한 쓰레기도 눈에 띈다. 지정된 쓰레기 매립지가 아닌데도 사람 눈에 띄지 않는다는 이유만으로 이곳은 쓰레기장이 되었다. 누군가 한번 쓰레기를 버리면 그다음엔 자연스럽게 그곳에 쓰레기들이 모인다.

이곳도 누군가 쓰레기를 버리기 전에는 아름다운 한강변이었을 것이다.

"어이, 좀만 기다려. 곧 지원군이 올 거야."

칼날 같은 매서운 강바람에 잔뜩 몸을 웅크린 황 팀장이 시체는 쳐다볼 생각도 하지 않고 다시 자동차가 세워진 곳으로 걸어간다. 차 안에서 기다릴 모양이다. 강 형사는 주머니를 뒤져 은단을 찾았다. 몇 알을 입에 넣고 굴리고 있는데 휴대전화가 울린다. 번호를 보니 집이다.

"당신… 언제쯤 집으로 올 수 있어요?"

"무슨 일인데?"

"벌써 보름도 넘었어요."

"연말이잖아. 오늘 또 사건이 터졌어."

"…."

한동안 말이 없었다. 강 형사는 아내가 먼저 끊어주길 기다렸지만 아내는 아직도 할 말이 남은 듯 여전히 전화를 끊지 않고 있다.

"지금 현장이야. 그만 가봐야…."

"이혼해요, 우리. 서류는 준비했어요. 당신이 오든 안 오든, 난 지금 부산으로 내려가요."

오래 참았던 만큼 아내는 할 말을 마치자 서둘러 전화를 끊었다. 갑자기 강편치를 맞았다. 강 형사는 잠시 어쩔하다가 겨우 정신을 차렸다. 그래, 느끼고 있었다. 그의 얼굴을 보면 말문을 닫는 아내의 굳어진 얼굴을 보면서 이런 순간이 올지도 모른다고 생각했다.

보름 넘게 집에 들어가지 않은 건 사건 때문이 아니라, 그런 아내와 부딪치는 게 두려웠기 때문인지도 모른다. 강 형사는 휴대전화를 주머니에 집어넣고 은단을 꺼내 다시 몇 알을 입안에 털어 넣으려다 은단통을 아예 던져버렸다. 담배 냄새를 싫어하던 건 아내였다.

강 형사는 도로 갓길에 세워둔 자동차로 올라왔다. 운전석에서 몸을 녹이고 있는 황 팀장을 보다가 차창을 두드렸다. 황 팀장은 담배를 달라고 하는 강 형사를 물끄러미 보다가 투덜거리면서도 결국 주머니를 뒤져 담배를 건네주었다. 몇 달 만에 다시 피우는 담배는 머리를 핑 돌게 했다.

인원이 보충되고 오후까지 쓰레기를 뒤지는 일이 계속되었다. 강 형사 말대로 비닐봉투 몇 개가 더 모아졌고 그중에는 다행히 팔도 들어 있었다. 지문은 손상되지 않았다. 이대로라면 지문 채취가 어렵지 않다. 추운 날씨가 시체의 부패를 막았고, 잘 포장된 비닐봉투가 시체의 훼손을 막았다. 꼼꼼하게 범행을 준비한 살인자에게는 오히려 자기 목을 죄는 족쇄가 된 것이다.

지문 감식을 통해 신원 확인이라는 답이 쉽게 나올지 모른다는 기대감이 일었다. 그리고 황 팀장의 기대대로 시체의 신원은 쉽게 밝혀졌다. 이미 컴퓨터 안에 들어 있는 수많은 데이터와 일치하는 지문이 있었던 것이다. 그는 6개월 전에 출소한 전과자였다. 한석태. 사건은 강 형사가 염려했던 것과는 달리 빠른 물살을 타며 해결의 기미를 보였다.

이틀 밤을 더 새우고 마침내 등을 떠미는 황 팀장의 성화에 밀려 강 형사는 사무실을 빠져나왔다. 집이 가까워질수록 걸음이 느려졌다. 집 앞에 도착해 불 꺼진 창문을 보자 비로소 아내가 했던 말이 떠올랐다. 강 형사는 집 앞 슈퍼에 들러 담배와 소주 한 병을 샀다. 슈퍼 주인이 켜둔 텔레비전에서 캐럴이 흘러나오고 있었다. 그제야 강 형사는 크리스마스가 열흘 앞으로 다가왔다는 것을 깨달았다.

3

경기가 안 좋은 탓인지 크리스마스 시즌이 되었지만 거리에서는 캐럴조차 들리지 않았다. 이따금 종소리와 함께 보이는 빨간 자선냄비만이 연말 분위기를 느끼게 해줄 뿐이었다.

해가 저물고 어둠이 내리며 갑자기 날이 추워졌다. 살을 에는 바람까지 불어, 사람들은 잔뜩 몸을 움츠리고 퇴근을 서둘렀다. 공사 잔금을 받으러 갔던 상철은 절반만 주고 나머지는 해를 넘기고 주겠다는 소장과 실랑이를 벌이다 결국 그대로 사무실을 나왔다. 일단 절반이라도 주겠다고 할 때 받아두는 게 나을 듯싶었다. 상철은 서둘러 상가 쪽으로 걸음을 옮겼다. 선물은 오래전에 생각해두었다.

언젠가 시장에서 우연히 윤희와 만난 적이 있다. 그때 함께 시장 구경을 하다 노점에서 파는 곰인형을 윤희가 물끄러미 쳐다본

적이 있다.

"난요, 세상에서 제일 해보고 싶었던 게 곰인형을 안고 자는 거예요. 우습죠? 어린애 같다고 놀려도 할 수 없어요. 부모님이 일찍 돌아가시고 친척 집을 떠돌면서 컸기 때문에 내 인형 같은 걸 가져본 적이 없거든요. 육촌 언니 인형을 가지고 놀았다가 얼마나 맞았던지, 그 뒤로 남의 인형은 만지지 않아요. 가끔 그런 생각을 해요. 나도 부모님이 살아 계셨다면 저렇게 커다랗고 푹신한 곰인형이 있었을 텐데…. 지금요? 됐어요. 이 나이에 무슨…. 아뇨, 됐어요. 그냥 가요."

애기를 듣다가 인형을 사주겠다는 상철의 말에 윤희는 얼굴을 붉히며 손을 내젓더니 급기야 잰걸음으로 저만큼 달아나기까지 했다. 그도 그럴 것이 그때만 해도 상철과 윤희는 그저 식당에서 일하는 종업원과 그 식당을 드나드는 손님에 지나지 않았다. 윤희로서는 우연히 만난 손님에게 그런 선물을 받는 게 부담스러울 수밖에 없었을 것이다. 이제는 서로 의지하며 함께 살고 있으니, 그의 선물을 기쁘게 받을 것이다.

상가 한편 노점에서 가슴에 푹 안길 곰인형을 고르던 상철은 문득 쇼윈도 안 가게에서 켜놓은 텔레비전에 시선을 주었다. 뉴스가 나오고 있었다. 화면에는 얼마 전 상철이 다녀온 북한강변이 보였다. 현장에서 발견된 비닐봉투 속 토막 시체의 신원이 확인되었다는 자막이 떴다. 순간 상철은 뒷덜미를 타고 흐르는 소름을 느꼈다. 잡혔다. 잡히는 건 시간문제다.

'놈의 지문도 없애버리는 건데….'

설마 꽁꽁 동여맨 비닐봉투가 그렇게 쉽게 터질 줄 알았겠는가. 그곳에 시체를 버릴 생각을 한 것은 아파트 공사 현장에서 나오는 건축 쓰레기를 몇 번 버린 적이 있기 때문이다. 여름이 지나도, 가을이 지나도 그대로 방치되어 있기에 그곳에 버리면 안전할 거라고 생각했다.

상철은 고개를 숙인 채 멍하니 서 있었다. 어떻게 해야 할지 방법을 찾을 수 없었다. 머지않아 형사들이 찾아올 것이다. 뭔가 대비를 해야 한다. 이대로 있다가 형사들이 들이닥치면 윤희도 다치게 된다. 그것만은 어떻게든 막아야 한다.

"그걸로 하시겠어요?"

노점상의 말에 상철은 겨우 정신이 돌아왔다. 그래, 윤희한테 줄 크리스마스 선물로 곰인형을 사던 중이었지. 상철은 노점상이 건네주는 곰인형을 받아 들고 걸음을 옮겼다. 자신과 부딪치며 지나가는 사람들의 물결도 의식하지 못한 채 그는 목적 없이 휩쓸려 가고 있었다.

상가를 지나 거리로 나와 횡단보도 앞에 섰지만 신호등 불빛도 자동차 불빛도 눈에 들어오지 않았다. 상철은 오직 한 가지 생각에만 골똘해 있었다. 처음으로 누군가와 가족이 되어 지내게 된 크리스마스라고 생각했는데, 이제는 어려울지도 모른다. 태어나는 그 순간부터 인생은 잔인하다 싶을 만큼 불공평하다.

누구는 모든 것이 다 갖춰진 집에서 부족함 없이 태어나 원하는 것은 무엇이든 가질 수 있고 사소한 돌부리에 넘어지는 일도 없이 평탄하게 사는 반면, 어떤 사람은 태어나는 그 순간부터 철저하게 외면당하며 살아간다.

　탯줄을 자르면서 이미 부모에게 버려지고 보육원에 보내져 먹는 것 하나도 눈치를 봐야 하고 차갑고 비좁은 잠자리에서 이를 악물고 눈물을 삼켜야 한다. 고아라는 이유만으로 색안경을 끼고 보는 어른들을 경험하고 나면 누구를 만나도 자신을 감추게 된다. 세상에 믿을 건 자신밖에 없다고 독하게 마음먹을수록 가슴은 더 휑하다.

　때로는 자신을 버린 부모를 원망하거나 세상에 태어난 자신을 혐오하기도 하고 단지 먹고사는 일이 힘겨워 범죄의 유혹에 빠지기도 한다. 한번 발을 담근 범죄의 세상은 늪처럼 더 깊이 그를 끌어당기고, 살려달라고 발버둥 쳐보았자 들어주는 사람은 아무도 없다.

　처음부터 그렇게 정해진 인생은 아무리 다른 길을 찾아보려고 해도 몇 걸음 가지 않아 출구가 막힌다. 세상에 태어난 그날부터 지금까지 그렇게 아무것도 없었다. 그는 언제나 헐벗고 굶주렸으며 외로웠고 막막했다.

　윤희를 만나서야 겨우 그 긴 세월의 막막하던 외로움을 조금은 보상받는 게 아닌가 했다. 여전히 송곳처럼 날을 세우고 살던 그에게 윤희는 낯선 존재였다. 웃음도 많고 눈물도 많고 그렇게 자기감정에 솔직했다. 모두들 낯을 가리고 한꺼풀 가면을 쓰고 사는 세상에 윤희만큼은 맨얼굴로 살고 있었다. 고아로 자랐고 전과 13범이라는 이야기를 들어도 윤희는 그저 물기 가득한 눈망울로 그를 쳐다볼 뿐이었다. 그를 피하는 기색도 없었고 왜 피해야 하는지 이유도 몰랐다. 윤희는 상철이 한 번도 경험해보지 못한 느낌을 갖게 했다. 윤희 덕분에 평생 가슴 깊이 자리 잡고 있던 분노와 악다구니도 봄 햇살에 녹아내리는 고드름처럼 그렇게 조금씩 사라지고 있었는데….

그래, 잠시 잊었던 거다. 세상은 한번 잔인하게 굴기로 마음먹은 사람에게는 절대 미소를 보내지 않는다는 걸.

상철은 운명의 손이 자신을 희롱하고 있다고 느꼈다. 무료한 고양이가 공포에 질린 쥐새끼를 발톱으로 굴리며 놀 듯, 상철은 그렇게 누군가에게 조롱당하고 있는 기분이 들었다.

어때, 달콤한 사탕을 먹다가 뺏긴 기분이?

등 뒤에서 누군가 그렇게 외칠 것 같았다.

몇 번이나 신호가 바뀌고 사람들이 횡단보도를 오갔다. 한동안 멍하니 서 있던 상철은 누군가 어깨를 치고 가는 바람에 비로소 고개를 들었다. 눈앞에 자그마한 성당이 보였다.

상철은 무엇에라도 홀린 듯 성당 입구를 향해 발걸음을 옮겼다. 어쩌면 그는 자신을 이렇게 만든 존재에게 따지고 싶었는지 모른다. 그 절대자가 누구든 상관없다. 도대체 누가, 무슨 권리로 자신의 삶을 이렇게 조종하는지 알고 싶었다. 얼마나 더 밀어붙이고 구석으로 내몰 것인지 따지고 싶었다. 그 존재가 신이라면 하늘에라도 올라가 따지고 싶은 심정이었다.

조용할 거라고 생각했던 성당 안은 의외로 부산스러웠다. 성가대가 노래 연습을 하고 있었고 한편에서는 여러 명의 아이들이 모여서 웅성거리고 있었다. 아마도 크리스마스에 있을 행사 준비로 이야기 중인 것 같았다. 충동적으로 성당 문을 열고 들어왔던 상철은 자신을 바라보는 사람의 시선을 느끼고 움찔했다. 그대로 다시 돌아가려는데 마침 뒤편 의자에 앉아 있던 신부가 상철을 불러 세웠다.

"볼일이 있어서 온 거 아닙니까?"

"저… 저는 그냥….."

상철은 성당 안을 둘러보았다. 그의 시선이 성당 벽 한쪽에 설치되어 있는 나무문으로 향했다.

뭐라고 말을 해야 하나. 누구에게 따질 것인가. 신은 이곳에 있다고 말할 수 있을까?

"고해성사를 하러 오신 건가요?"

"고해… 성사….."

머뭇거리는 상철을 바라보던 신부는 한쪽에 설치된 고백소에 시선을 주고 있는 상철을 보고 그렇게 짐작한 듯하다. 신부는 고백소 쪽으로 상철을 안내했다. 나무문 앞에 선 상철은 의아해서 신부를 바라보았다. 신부는 상철을 위해 한쪽으로 물러서주었다.

교도소에 있을 때 몇 번 구경을 한 적은 있다. 이 방 안에 들어가 죄인은 신부에게 자신의 죄를 말하고 하느님의 용서를 구한다.

내 죄는 무엇인가? 나는 내가 저지른 죄에 대해 말하러 온 것이 아니라, 내가 죄를 짓고 살도록 만든 절대자에게 항의하고자 왔다. 죄가 있다면 인간으로 태어난 그것 아닌가? 그것은 내가 저지른 죄일까, 아니면 절대자의 죄일까.

망설이던 상철은 문을 열고 좁은 밀실 안으로 들어갔다. 고백소 안은 나무 냄새가 가득했다. 곧 옆방으로 신부가 들어왔다. 신부는 작은 나무 미닫이를 열어 상철의 이야기를 듣기 위해 상체를 기울였다. 하지만 난생처음 고백소에 들어온 상철은 무엇을 어떻게 시작해야 할지 몰라 곰인형을 꼭 안은 채 기다리고 있었다.

"말씀하십시오."

기다리다 못한 신부가 먼저 말을 걸었다.

"저… 이런 곳은 처음입니다. 성당도… 이 작은 방도…."

"그럼 신자가 아니시군요. 여긴 고백소라고 하는 곳입니다. 그럼 어떤 일로?"

"고백소… 여긴 자신이 지은 죄를 얘기하는 곳이죠?"

"그렇습니다. 이곳은 죄를 고해하고 죄 사함을 받는 곳입니다."

"어떤 죄든 다 용서해주십니까?"

"진심으로 뉘우칠 수 있다면 용서받지 못할 죄는 없습니다. 무슨 죄를 지었습니까?"

"…."

말없이 기다리던 신부가 조심스럽게 입을 열었다.

"말씀하세요."

하지만 상철은 아무 말도 할 수 없었다. 그동안 살아오면서 지은 죄를 이야기하자면 오늘 하루만으로도 부족하다. 하지만 그 과거는 이미 지난 일이다. 지금 그의 마음을 괴롭게 하는 것은 석태의 일이다. 그 일에 대해서는 할 말이 없다. 다시 그 시간으로 돌아간다고 해도 똑같이 행동할 것이기 때문이다. 평생 저질러온

수많은 죄들은 용서를 구해야 할지 모르지만 석태의 일만큼은 누구에게도 용서받아야 할 이유가 없다. 윤희를 위해서라면, 윤희를 지켜내는 일이라면 그는 그보다 더한 일이라도 할 준비가 되어 있다. 상철은 그대로 문을 열고 밖으로 나왔다.

성당 밖으로 나오자 어느새 거리는 짙은 어둠에 싸여 있었다. 상철은 서둘러 윤희가 있는 식당으로 발걸음을 옮겼다. 성당이라니, 잠시 머리가 어떻게 됐던 모양이라고 생각했다. 평생 단 한 번도 기도라는 걸 해본 적 없는 상철이다. 지금 유일하게 하고 싶은 기도는 잠시만 더 윤희와 함께 있게 해달라는 것뿐이다. 그것은 굳이 하느님의 손을 빌리지 않아도 된다.

윤희가 일하는 식당이 가까워지면서 상철의 마음은 점점 더 무거워졌다. 그는 머리를 흔들어 애써 나쁜 생각들을 털어버리고 팔에 들고 있던 곰인형을 가슴에 안고 힘차게 식당 문을 열었다. 문 쪽으로 고개를 돌리던 윤희의 얼굴이 금세 환하게 밝아졌다.

4

푸짐한 해장국을 국물까지 싹 비우고 나자 배 속까지 뜨뜻해졌다. 어느새 이마에 송골송골 땀이 맺힌 황 팀장은 만족스러운 표정으로 요란하게 트림을 한다. 속이 나쁜 사람들의 특징이다. 강 형사는 위암 때문에 수술을 받았던 아내가 이렇게 늘 트림을 달고 살았다는 걸 나중에야 알았다. 집에서 마주 앉아 밥 먹을 기회가 없었으니 아내의 병이 깊어져도 전혀 눈치를 못 채고 있었다.

"아주머니, 이 사람 알아요?"

느긋하게 담배를 피워 물고 앉아 있던 황 팀장이 그제야 생각난 듯 사진을 꺼내 식당 아주머니에게 보여준다. 주방에서 해장국에 들어갈 파를 다듬고 있던 아주머니가 앞치마에 손을 쓱쓱 닦고는 테이블로 다가왔다.

환갑도 지나 칠순이 되어간다는 아주머니는 겉모습과는 달리 눈만은 나이를 먹은 모양이다. 잔뜩 인상을 찡그리더니 그래도 알아보는 눈치다.

"이놈은 왜 찾으슈? 뭔 사고라도 쳤남?"

"알아요?"

"몇 번 왔으니 안다고 해야 하나 모른다고 해야 하나. 솔직히 별로 안다고 말하고 싶은 인간은 아니더구먼."

"여기서도 뭔 일이 있었나보네요?"

아주머니의 말투에서 뭔가 낌새를 챈 강 형사가 말을 걸었다. 식사가 끝났다는 걸 알아챈 아주머니는 얼른 쟁반을 들고 와 그릇들을 치우기 시작했다. 잠시도 가만히 있지 못하는 부지런한 성격 같았다.

"그런 놈들 많이 봤지. 송곳은 주머니에 넣어도 티가 난다고. 아무리 아닌 척해도 한눈에 알 수 있다니까. 결국은 본색을 드러내고 한번 왕창 뒤집어엎었지. 내가 우리 윤희만 아니면 그길로 모가지 잡아끌고 파출소로 데리고 갔을 것인디….."

"윤희… 요? 이놈이 윤희라는 사람과 아는 사이인가요?"

그릇을 치우던 아주머니가 눈을 끔뻑이며 강 형사를 쳐다보았다. 잠시 뜸을 들이더니 그제야 알겠다는 듯 피식 웃었다.

"사정을 잘 모르고 오셨는갑네? 이놈은 우리 윤희한테 볼일이 있어서 온 놈이 아니고, 윤희 수양아버지랑 아는 사이지. 윤희가 여기서 일하니까 이곳에서 만나곤 혔지."

"수양아버지요? 혹시 이 사람 아닙니까?"

강 형사가 또 다른 사진을 한 장 꺼내놓자 한참을 들여다보던 아주머니는 잠시 망설이면서 눈치를 살폈다.

"워째, 이 사람 사진까지 들고 다니믄서 이런디야? 둘이서 뭔 일이라도 저질렀남? 그런겨?"

황 팀장과 강 형사는 입을 다물었다. 아마도 석태가 살아 있었다면 그렇게 되지 않았을까?

석태의 주변을 탐문 수사한 끝에 알아낸 바로는 석태는 감방 동기인 상철을 끌어들여 크게 한탕 벌일 계획이었다고 한다. 찜질방에 다니면서 아줌마들의 수다 속에서 범행 대상을 물색한 석태는 집 안에 수억 원의 현찰이 있다는 집을 털 계획을 세웠고, 절도 전문인 상철을 끌어들여 완전 범죄를 꿈꾼 모양이었다. 하지만 얘기를 듣고도 반응을 보이지 않는 상철 때문에 석태가 속을 끓이기 시작했고 그래서 석태가 자주 상철을 찾아갔다는 얘기를 들었다.

"아, 뭔 일이냐니께? 말을 좀 하소."

아주머니는 답답한지 언성을 높였다.

"윤희라는 사람은?"

황 팀장이 주방 안쪽을 기웃거리며 물었다.

"윤희는 이틀 쉬겠다고 해서 지금은 없는디? 바빠 죽겠는데도 하도 사정을 해서 할 수 없이 그러라고 허락은 했지만서두…."

"예, 그럼 며칠 뒤에 다시 오겠습니다. 저희가 다시 올 때까지 아무 말 마세요."

강 형사는 자리에서 일어나면서도 아무것도 가르쳐주지 않는 황 팀장이 의아했다. 범인이 이들과 관계가 있다고 생각한 것일까?

"아, 육시랄…. 뭐 알아야 말을 할 거 아녀?"

계속 물어보는 말에 대답은 않고 할 말만 하고 일어서는 게 기가 막혔는지 끝내 아주머니는 억센 성격을 드러냈다.

"그냥 몇 가지 물어볼 게 있어서 그런 것뿐이에요. 이해하세요."

식당 밖으로 나오자 어느새 어둡게 가라앉은 하늘이 뭐라도 퍼부을 것 같다. 눈이 온다고 하더니, 와도 적지 않게 올 모양이다. 아주머니에게 한소리 들은 황 팀장은 오히려 빙그레 미소를 짓고 있다.

"해결될 거 같지?"

"예?"

"타이밍이 기가 막히잖아? 하필이면 지금 쉬겠다고 한다는 게."

"너무 낙관하시는 거 아닙니까?"

"감이야 감. 그동안 알아낸 걸 가지고 추리해보면 말이야, 결국 둘이 한탕 하고 난 뒤에 돈 때문에 다투다 없앤 게 아닐까 싶은데?"

"집 안에 몇 억씩 현찰 가지고 있는 사람이면 신고를 못할 사정이 있을 수도 있죠."

"뭐, 잡아보면 알겠지."

더 이상 황 팀장의 추리에 대꾸할 마음이 없는 강 형사는 그렇게 대화를 끝냈다. 강 형사는 문득 상철과 윤희의 관계가 궁금해졌다.

석태 주변을 조사하면서 알게 된 상철은 전과만 해도 열 개가 넘는다. 2년 전 출소한 뒤로는 감방에서 익힌 보일러 기술로 꽤 착실하게 살아온 것 같지만 속은 어떨지 모른다. 열 번이 넘게 감방을 들락거렸다면 황 팀장의 말처럼 이번에도 역시 유혹에 넘어갔을 가능성이 있다. 그런 그가 식당에서 일하는 여자를 수양딸로 들였다는 얘기는 조금 생뚱맞은 느낌이 들었다.

그들은 어쩌다 그런 관계가 됐을까? 윤희라는 여자는 과연 수양아버지가 어떤 사람인지 알고 있을까?

"윤희야, 지금부터 내가 하는 말 잘 들어."

바다를 보고 싶다는 윤희의 청에 못 이겨 상철은 난생처음 속초에 왔다. 깊이를 알 수 없는 시커먼 바다는 보는 것만으로도 두려웠다. 거친 파도와 날카로운 바람은 잠시 서 있는 것마저 힘들게 했다. 하지만 윤희는 바다를 볼 수 있다는 사실만으로도 행복한 듯 상철의 팔에 매달려 미소를 지어 보였다. 꽁꽁 언 몸도 녹이고 허기도 달랠 겸 식당에 들어온 상철은 쭉 참고 있던 말을 꺼냈다.

"너에게 뭐라고 미안하단 말을 하면 좋을지 모르겠다. 하필이면 나 같은 놈을 만나서 그런 일에 휘말리게 되고….."

—아버지.

"머지않아 형사들이 올 거다. 석태 그 자식 때문에. 아마 이번에 들어가면 오랫동안 못 나올 거야. 어쩜 그 안에서 평생을 보내야 할지도 몰라."

—아버지, 그 사람을 죽인 건 나예요.

"아니다. 그놈을 죽인 건 나야. 그리고 내가 아니었다면, 네가 그런 놈과 마주칠 일이 있었겠냐? 다 내 잘못이야."

—하지만….

"아무 소리 말라니까. 넌 아무것도 모르는 거야. 그날은 집에도 오지 않았고 식당에서 잔 거야. 그게 전부야. 그게 전부라고."

윤희의 눈에 금세 눈물이 맺혔다. 그럴 수 없다는 듯 윤희는 천천히 고개를 저었다. 상철은 명치끝이 찌르르하니 저려왔다. 숨길 수만 있다면 천길 땅이라도 파서 묻어버렸어야 했다. 그랬다면 이렇게 윤희와 헤어지는 일도 없었을 것이다. 이 여행은 처음이자 마지막 여행이다. 이럴 줄 알았다면 윤희에게 더 많은 추억을 만들어주는 건데, 아니 이럴 줄 알았다면 그냥 손님과 식당 종업원으로 지내는 건데. 이제는 돌이킬 수 없는 후회가 밀려들었다.

잊어버리자. 아무리 발버둥 친다고 해도 이미 지난 일은 지난 일. 상철은 크리스마스가 지나면 경찰서에 가서 자수할 생각이었다. 그날만큼은 윤희를 혼자 두고 싶지 않았다. 아니, 단 한 번도 가족이 없었던 상철은 생전 처음으로 사랑하는 가족과 크리스마스를 보내고 싶었다.

그러면 평생 남들이 평범하게 살면서 누리는 것 하나 제대로 가져보지 못한, 이 빌어먹을 개 같은 인생을 만들어준 조물주를 조금은 용서할 마음이 생길 것 같았다.

5

"어떻게 생각해?

황 팀장은 커피 자판기에서 종이컵을 꺼내며 문 너머 강 형사의 책상 맞은편에 앉아 있는 윤희를 턱으로 가리켰다. 자신의 추리가 틀렸다는 사실이 못마땅한 표정이었다. 강 형사는 아무런 대꾸도 하지 않고 묵묵히 종이컵을 꺼내 커피를 마셨다. 다시 동전을 넣어 윤희가 마실 커피를 뽑는 동안 누군가 현관문을 거칠게 열고 들어왔다. 사진 속의 그 남자, 석태의 감방 동기라는 상철이었다. 윤희의 수양아버지.

아직 해도 뜨지 않은 이른 아침. 윤희가 제 발로 경찰서에 찾아왔다. 한석태의 살인범으로 자수를 하겠다는 것이다. 숙직실에서 자고 있던 강 형사는 연락을 받고 바로 내려가 그녀를 강력반 사무실로 데리고 왔다. 이미 각오한 듯 침착한 표정으로 윤희는 가방에서 종이를 꺼내 강 형사에게 내밀었다. 아마 미리 준비한 모양이었다.

'저는 말을 못합니다. 하지만 들을 수는 있습니다. 저는 사람을 죽였습니다. 그래서 자수하러 왔습니다.'

순간 강 형사는 난감했다. 윤희가 농인이라는 것은 전혀 눈치채지 못했다. 식당 아주머니에게도 그런 낌새를 느낄 수 없었는데, 강 형사는 어디서부터 시작해야 할지, 뭐라고 말해야 할지 가늠이 되지 않았다. 잠시 생각을 정리한 뒤 우선 윤희를 자리에 앉게 했다.

"무슨 일이 있었는지, 왜 죽였는지 하나씩 얘기해봐요. 아니, 적어봐요."

강 형사가 책상 위를 뒤적이며 종이를 찾고 있는데 그것도 미리 준비해왔는지 윤희는 얼른 가방을 뒤져 다른 종이를 꺼냈다. 편지지에는 석태가 식당에 왔던 일부터 비교적 자세한 이야기가 적혀 있었다. 강 형사가 윤희의 메모를 읽고 있는 동안 황 팀장이 요란한 소리를 내며 사무실로 들어섰다.

"자수했다며? 어디 있어?"

그러다 강 형사 앞에 앉아 있는 윤희를 보고 황 팀장은 그대로 입을 닫았다. 아마도 자수한 사람이 상철이라고 생각한 모양이었다.

"누구야? 이 사람은?"

"지난번에 식당 아주머니가 말한 윤희라는 사람입니다."

황 팀장은 말을 잊고 눈으로는 윤희를 살피며 자기 자리로 걸어갔다. 의자에 앉아서도 윤희를 바라보는 눈길은 그칠 줄을 몰랐다. 오죽하면 강 형사가 커피를 핑계로 복도로 데리고 나왔을까. 거기다 윤희가 말을 못한다는 것을 알게 된 황 팀장은 마치 비련의 여주인공을 보듯 동정의 눈으로 그녀를 바라보았다.

사무실을 기웃거리던 상철은 책상 앞에 앉아 있는 윤희를 보자 얼른 안으로 들어갔다. 그 모습을 보던 강 형사는 다시 자판기에 동전을 넣었다.

커피 두 잔을 들고 사무실로 들어온 강 형사는 윤희와 상철에게 건네주려다 그대로 책상 위에 올려놓고 자리에 앉았다. 그들은 주변을 전혀 의식하지 못하고 서로의 눈을 바라보며 무언의 대화를 나누고 있었다. 오가는 눈빛으로 무슨 말이 오가는지 느낄 수 있을 정도였다. 수양아버지라는 말을 들었을 때 엉뚱한 의심을 했던 자신이 부끄럽게 느껴졌다. 그들은 진심으로 서로를 아끼고 챙겨주는 부녀 사이처럼 보였다.

"윤희를 보내주십시오. 범인은 접니다. 내가 그놈을 죽였어요."

상철이 윤희 앞에 나서며 사정했다. 그의 뒤에 있는 윤희는 천천히 고개를 저었다. 강 형사는 물끄러미 상철의 얼굴을 쳐다보았다. 그렇게 찬찬히 얼굴을 바라보다가 조금 전 윤희에게서 받았던 종이를 상철에게 내밀었다. 메모를 읽던 상철은 거칠게 종이를 찢어버리려 했다. 강 형사는 얼른 상철의 손에서 종이를 빼앗았다. 중요한 증거를 그가 찢어버리게 둘 순 없었다. 강 형사는 구겨진 종이를 조심스럽게 폈다.

"뭔데?"

황 팀장이 말을 걸어오자 강 형사는 종이를 그에게 건넸다. 상철은 황 팀장과 강 형사를 번갈아 쳐다보며 소리를 질렀다.

"이건 아니에요. 다 거짓말입니다. 어딜 봐서 저 아이가 사람을 죽일 것 같습니까? 범인은 나요. 내가 그놈을 죽였어요."

윤희는 상철을 만나기로 약속했다는 석태의 말에 문을 열어주었다고 한다.

'하지만 아버지를 기다린다던 그 사람은 자꾸 내게 말을 걸면서 손을 잡으려고도 하고 허리를 잡기도 했어요. 저는 도망을 다니며 아버지가 오시기만을 기다렸어요. 그런데 그 사람이 아버지는 안 올 거라더군요. 이미 작정하고 왔다는 걸 그제야 알았어요.

그래서 안 되겠다 싶어 얼른 현관으로 나가려는데, 그 사람이 뒤에서 저를 덮치더니 바닥에 눕혔어요. 그리고 그 사람은… 자기 욕심을 채우고 일어났어요.

전 그때까지 비명을 지를 수도 없었어요. 말을 할 수 없다는 게, 소리를 낼 수 없다는 게 그렇게 분하기는 처음입니다. 아버지에게 말하지 말라며 다음에 또 보자며 웃고 있는 그 사람을 보자 참을 수가 없었어요.

그래서 전 그가 등을 돌리자마자 집에 있던 커다란 화분을 들고 있는 힘껏 그 사람의 머리를 내려쳤어요. 그 사람은 그대로 넘어져서 다시는 일어나지 않았어요.

전 겁에 질려 방구석에 쭈그리고 있다가 그를 욕실로 끌고 가서 자르기 시작했어요. 마침 아버지는 공사장에서 주무신다고 하셨기 때문에 아침이 되기 전에 얼른 일을 마치려고 했어요.'

메모를 다 읽은 황 팀장이 강 형사를 쳐다보았다. 강 형사는 황 팀장의 눈을 바라보며 가볍게 고개를 저었다. 황 팀장 역시 강 형사와 생각이 같다는 듯 눈을 깜빡였다.

"진정하시고 일단 자리에 앉으세요."

흔들림 없는 강 형사의 모습에 기가 꺾인 상철은 윤희 옆에 의자를 끌어다 앉았다.

"저 종이에 적힌 말이 모두 진짭니까?"

강 형사는 윤희에게 차분한 목소리로 물었다. 그녀는 얼른 고개를 끄덕였지만 잠시 눈빛이 흔들렸다. 그런 것도 눈치 못 챌 강 형사가 아니다. 하지만 강 형사는 다그치지 않고 차분히 말을 이었다.

"거짓말을 하면 나중에 재판에서 더 불리해질 수 있어요. 있었던 일 그대로 얘기하는 게 좋을 겁니다."

"저 형사님, 따로 할 얘기가 있습니다."

상철의 말에 윤희가 얼른 그의 팔을 잡았다. 거칠게 고개를 젓는 윤희의 얼굴을 외면하고 상철은 자리에서 일어났다.

"증거를 보면 누가 범인인지 아실 겁니다. 현장에 있지도 않았던 윤희는 모르는 것들입니다. 단지 날 위해서 저런 거짓말을 하는 것뿐입니다. 그러니 그냥 보내주시고 내 얘길 들어주십시오."

강 형사는 고개를 돌려 황 팀장을 바라보았다. 황 팀장은 고개를 끄덕이고 취조실로 들어가 보라고 했다. 윤희의 눈빛에 불안한 기운이 가득했다. 윤희의 눈망울 가득 맺혔던 물기는 기어코 눈물이 되어 뺨을 타고 흘렀다.

"그날 집에 돌아가 보니 놈이 윤희에게 치근거리고 있었습니다. 나를 보자 멈추기는 했지만 그때부터 자꾸 깐죽거리더군요. 늙은 기력으로 당해내겠느냐는 둥 말년에 젊은 년 끼고 호강한다는 둥 차마 입에 담지 못할 말을 거침없이 하더군요. 놈은 모르고 있지만 우리 윤희는 말만 못 할 뿐이지 귀는 멀쩡합니다. 다른 농인하고는 달리 충격 때문에 말을 못 하는 것뿐입니다. 전 더 이상 그런 말들을 윤희가 듣게 할 수 없어서 놈을 데리고 밖으로 나가려고 했습니다. 그런데 놈이 제 손을 뿌리치며 난동을 부리기 시작했습니다. 집에 있는 화분을 깨고 방 안을 엉망으로 만들어서 윤희가 놀라 방구석으로 몰릴 정도였죠. 전 필사적으로 그놈 몸을 붙잡고 윤희에게 도망가라고 했습니다. 윤희가 겨우 집을 빠져나가자 놈을 풀어줬는데 그놈이 내 멱살을 잡고 그러더군요. 오늘만 날이 아니라고. 날 잡아서 윤희에게 해코지를 하겠다고. 그 말을 들은 전 정신이 나가버렸습니다. 정신을 차려보니 이미 놈은 죽어 있었습니다. 전 어쩔 수 없이 놈을 토막 내어 버리기로 했습니다."

상철은 자신이 범인이라는 것을 분명히 하기 위해 무엇으로 토막을 냈는지, 연장과 시체를 어디에 버렸는지 자세히 설명했다. 그의 얘기는 시체에 남겨진 증거와 일치했다. 찾지 못했던 연장에 대한 이야기까지 하니 더 의심할 여지가 없다. 하지만 강 형사는 그게 전부가 아니라는 것을 직감했다. 뭔가 개운치 않은 느낌이 가시지 않았다.

6

 외출하기 위해 책상을 정리하고 일어서는데 황 팀장이 불러 세웠다. 강 형사는 머플러에 잠바까지 챙겨 입으며 황 팀장에게 다가갔다.

 "흉기도 발견됐고 증거가 확실한데 왜 여자는 안 풀어주는 거야?"

 "팀장님은 한석태를 죽인 게 오상철이라고 생각하십니까?"

 "생각하는 게 아니라 사실이잖아?"

 "아무래도 이상해서요."

 "뭐야, 그럼 여자가 죽였다는 거야?"

 "그 여자가 쓴 글을 읽고 어떠셨어요?"

 "어땠냐니? 그게 뭔 소리야?"

 "거짓말도 있지만 그 안에는 숨길 수 없는 진실도 들어 있었습니다."

 강 형사는 윤희가 쓴 글을 보며 그녀가 겪었던 일들을 눈치챘다. 그녀는 강간당한 이야기를 적으며 말을 하지 못하는 게 그렇게 분했던 적이 없었다고 했다. 그것은 경험해보지 않으면 느낄 수 없는 감정이다. 더구나 강간이란 여자에게 오히려 감추고 싶은 범죄다. 그런 일을 겪지도 않고 쓰지는 않았을 것이다. 하지만 뒷부분은 의심스러웠다.

 처음 문을 열어준 건 석태가 상철과 만나기로 약속했다는 말 때문이라고 했는데, 뒤에서는 상철이 그날 밤 집에 들어오지 않을 걸 알고 있었다고 했다. 아마 상철이 들어오지 않는다는 걸 알았다면 문을 열어주지 않았을 것이다. 어쨌든 윤희는 자기 손으로 문을 열어주었고 석태에게 겁탈당했을 것이다. 하지만 석태를 죽였느냐 하는 문제에 이르러서는 답이 보이지 않는다.

시체에 남겨진 증거들을 보면 토막 내거나 유기한 것은 상철로 보인다. 누가 석태를 죽였든 그 둘은 잠시 동안 시체를 앞에 놓고 고민에 빠졌을 것이다. 상철과 윤희의 이야기를 종합해보면 두 가지 가능성이 나온다.

하나는 겁탈당한 윤희가 돌아가려던 석태를 죽이고 뒤늦게 나타난 상철이 시체를 처리했으리라는 가정. 또 하나는 집에 들어온 상철이 윤희를 겁탈하려는 석태를 발견하고 순간적으로 죽이고 시체를 처리했으리라는 가정. 결국 누가 석태를 죽였느냐 하는 문제는 그 둘만이 알고 있다.

상대방이 죽였다고 하는 게 아니라, 오히려 자신이 살인범이라고 주장하고 있다.

누가 진실을 말하고 누가 상대를 보호하려고 하는 것일까?

"일단 식당에 가서 알리바이를 확인하고 몇 가지 물어보려고요."

"아, 거기! 해장국 죽이던데, 언제 한번 또 가야 하는데 말이야…. 다녀오라고."

입맛을 다시는 황 팀장을 뒤로하고 강 형사는 사무실을 나왔다. 다행히 식당 안은 한가했다. 아마도 크리스마스이브라 해장국 집보다는 분위기 있는 가게를 더 많이 찾기 때문이겠지. 아주머니는 한눈에 강 형사를 알아보고 인상을 찌푸렸다.

"윤희 안 나왔어. 왜 또 찾아온 거야?"

"지금 경찰서에 있습니다. 몇 가지 물어볼 게 있어서요."

강 형사의 말에 아주머니는 들고 있던 바가지를 떨어뜨리고 말았다. 바가지 안에 있던 양파가 쏟아져 식당 바닥에 굴렀다. 강 형사는 양파를 주워 테이블 위에 올려놓고 자리를 잡고 앉았다.

"우리 윤희가 뭔 죄가 있어서? 그 불쌍한 것을 왜 잡아가?"

"우리가 잡은 게 아니라 제 발로 찾아왔어요."

"뭐야?"

아주머니는 갑작스러운 사태를 어떻게 받아들여야 할지 몰라 입을 다물었다. 강 형사는 아주머니의 표정을 살피며 천천히 입을 열었다.

"안에 방이 있는 거 같던데, 늘 식당에서 주무시나요?"

"그렇지 뭐, 새벽 장사도 해야 하니까."

"11월 19일 밤에도 여기서 주무셨습니까?"

"여기서 산다니까. 그건 왜?"

"혹시 그날 윤희라는 사람, 여기서 같이 잤나요?"

"아, 집 놔두고 왜 여길 와서 자?"

"정말입니까?"

"가만, 11월 며칠이라고? 그러고 보니 그즈음에 윤희가 밤늦게 와서 자긴 했지…. 수양아버지 생긴 뒤론 방을 얻어서 나갔는데, 그때 뭔 일인지 모처럼 나랑 자고 싶어 왔다기에 그런가보다 했지."

"그때가 몇 시쯤이었나요?"

그걸 안다고 무슨 소용이 있을까?

강 형사는 문득 자신이 헛고생을 하고 있다는 것을 깨달았다. 결국 해답은 그 두 사람에게 있다. 같은 시각 같은 공간에 있던 상철과 윤희. 그들만이 누가 석태를 죽였는지 말해줄 수 있다.

"둘은 어쩌다 그런 인연이 됐나요?"

강 형사의 말에 아주머니는 긴 한숨을 내쉬더니 주머니를 뒤져 담배를 꺼내 물었다. 그대로 담뱃갑을 집어넣으려다 불쑥 강 형사에게도 내밀었다. 아주머니가 내미는 담배를 사양하지 않고 강 형사도 입에 물었다. 아주머니가 탁자 위에 있던 성냥을 꺼내 불을 붙였다. 황 타는 냄새가 잠시 코를 찌르다 사라졌다. 깊은 숨을 들이켜던 아주머니는 그제야 말문을 열었다.

"두 사람에게 바람을 넣은 건 나야. 윤희는 세 살인가 네 살 때 집에 불이 나서 부모 형제 다 죽고 혼자 살아남았어. 그 뒤로 친척 집에 맡겨졌지만 화재가 충격이었는지, 가족이 모두 죽은 게 충격이었는지 말을 잃었어. 나한테 온 건 열여섯 살 때지. 윤희를 키우던 먼 친척이 캐나단가 어딘가로 이민 가면서 맡겼어. 사실 버리고 갔다는 게 맞을 거야. 그 뒤로 우리 집에서 잔심부름을 하면서 일 배우고 살았지. 이런, 내가 윤희 얘기만 너무 많이 했구면. 아무튼 윤희는 그렇게 우리 집에 오게 됐고. 오씨는… 그래, 그 사람도 윤희만큼이나 기구하지. 전쟁 지나고 얼마 안 돼서 태어나 바로 고아원에 버려졌다더군. 열 몇 살엔가 그곳을 뛰쳐나와서 돈 벌겠다고 공장에 다니기 시작했는데, 아주 못된 사장 놈을 만난 모양이야. 10년 넘게 일하고 돈 한 푼 못 받다가 결국 그 집을 도망쳐 나오면서 그동안 밀린 월급이라고 가져왔는데, 그게 도둑질이 돼버려서 감옥에 가게 되고….”

10년 동안을 참고 살았다니, 그로서는 더 이상 참을 수 없어 저지른 일이 아닐까? 그게 별을 다는 시작이 된 모양이다. 한번 어긋나기 시작하면 인생은 자신의 의지만으로는 되돌리기 힘들어진다. 전과 13범이 되기까지 그는 얼마나 많은 시행착오를 겪으며 살았을까?

“지 처지가 생각나서 그랬는지 말 못하는 우리 윤희가 불쌍해서 그랬는지, 오씨는 올 때마다 한참 동안 우리 윤희를 물끄러미 보다가 갔지. 첨엔 흑심이 있는 게 아닌가 싶기도 했는데, 그건 아니더라고. 겪어보니 사람 참 무던하니 속이 깊어. 그런 오씨 마음을 윤희도 느낀 건지 나중엔 누구보다 살갑게 굴더군. 그래서 이참에 부녀지간으로 인연을 맺으라고 했지. 그러고 보니 벌써 1년이 다 돼가는 얘기구먼.”

아주머니는 상철의 이력도 소상히 알고 있었다.

“오상철이 전과자라는 걸 알면서도 윤희와 연을 맺게 하셨군요.”

“전과자가 뭐? 자네 같은 형사한테는 나쁜 놈으로 보일지 모르지만 내 눈에는 모두 불쌍한 인생들뿐이여. 오씨도 좋은 부모 밑에서 자랐으면 성격으로 보나 뭐로 보나 자네보다는 훨씬 잘됐을 사람이여. 이거 왜 이래?”

아주머니는 마치 자기 일인 양 화를 냈다. 비록 식당에서 만난 사이지만 그들은 서로에 대해 굳은 믿음을 가지고 있는 듯했다.

"그 사람과 안 지 오래됐습니까?"

아주머니는 고개를 흔들더니 끄트머리만 남은 담배를 비벼 끄고 기억을 더듬는 표정을 지었다.

"2년 전인가? 아침에 누가 들어와서 해장국을 시키더니, 두부도 있냐고 묻더라고. 마침 반찬 하려고 사둔 게 있어서 줬더니 한참을 안 먹고 쳐다만 보고 있기에 관심을 가지고 봤지. 그랬더니 눈이 붉게 충혈된 게 눈물을 참고 있는 거야. 그래서 아침 손님도 끝났겠다, 그 사람 앞에 앉아 사연을 들었지."

강 형사는 눈앞에 그날의 일이 그려지는 듯했다.

"막상 출소하고 나왔는데 갈 곳이 없어서 한 시간을 서 있었다는 거야. 저 담 안이 내 집이었나, 또다시 들어가야 하는 건가 그런 생각을 하자니 기가 막혔겠지. 그 자리에서 가만히 손가락을 꼽아보니 밖에서 산 날보다 안에서 산 날이 더 많더라 이거야. 갑자기 정신이 번쩍 든 거지. 그래서 처음으로 지 손으로 두부를 사 먹는 거라고 하더군."

어쩌면 아주머니의 말이 해답의 실마리가 되어줄지도 모른다. 그렇게 굳은 결심을 하고 새로운 삶을 살기로 했다. 그리고 딸까지 생겼다. 아무리 석태가 괴롭혀도 참을 수밖에 없는 이유가 있었던 것이다.

강 형사는 상철의 마지막 자백을 듣기 위해 자리를 털고 일어났다.

"내가 죽었다는데 정말 왜 그래요?"

"어쩔 수 없이 일어난 사고라는 거 알고 있습니다."

강 형사를 외면하고 창밖만 쳐다보고 있던 상철은 고개를 돌려 강 형사를 보았다. 강 형사의 의중이 궁금한지 상철은 뭔가를 읽어내려 필사적인 눈빛이었다.

"그걸 믿습니까?"

"해장국 집 아주머니가 2년 전 오상철 씨를 만난 이야기를 해주더군요. 그렇게 굳은 결심을 했고, 거기에 딸까지 생겼다면… 다시는 죄를 저지르지 않으려고 노력했을 겁니다. 몇 번이나 찾아와 치근대는 한석태의 유혹을 뿌리친 것도 그 때문이죠?"

강 형사는 슬쩍 모험을 해보기로 했다.

"수양딸이지만 친딸 이상으로 사랑했던 윤희를 위해 어떤 유혹도 이겨냈어요. 그런 당신이 집 안에서 그놈을 죽였을 리 없습니다. 딸이 당하는 모습을 보고 아무리 죽이고 싶었다고 해도 그곳은 둘만의 보금자리였어요. 어쩌면 당신이 처음 가져본 가족이었을 겁니다."

"…"

"살아 있었다면 일단은 데리고 나왔을 텐데 그러지 않았어요. 아마 이미 죽어 있었겠죠. 뒤늦게 집에 들어간 당신은 방 안을 보고 무슨 일이 있었는지 짐작했을 테고요. 어떻게든 시체를 처리하기 위해 딸을 내보내고 당신은 한석태를 죽인 게 자기라는 증거를 만들었죠."

고개를 숙이고 있는 상철의 눈꺼풀이 파르르 떨렸다. 강 형사는 드디어 막바지에 이르렀다고 생각했다. 조금만 더 몰아치면 그는 진실을 얘기할 것이다.

"하지만 당신은 한 가지를 잊고 있었어요. 당신이 딸을 생각하는 만큼, 윤희 씨도 아버지를 염려했다는 걸 말입니다. 이러는 게 윤희 씨에게 도움이 될 거라고 생각합니까? 두 사람 모두 정상참작의 여지가 있어요. 한석태에게 괴롭힘을 당하던 윤희 씨가 벌인 일이라면 정당방위로도 인정이 될 겁니다."

"그 아이… 윤희가 한 게 아니야. 내가 했어, 내가."

하지만 생각보다 상철은 완강했다. 그는 끝내 진실을 얘기하지 않았다.

"이대로 당신이 원하는 대로 하면 당신 죽어요. 사형이라고요. 당신, 목숨까지 버려가면서 윤희 씨를 지키려는 겁니까? 겨우 1년 딸 노릇 했다고 그렇게까지 할 필요 있어요?"

"당신 말대로 윤희가 죽였다고 칩시다. 그래서 윤희가 감옥에 가게 된다면… 그 아이가 견딜 수 있을 거 같아요?"

"그렇다고 해도 이렇게까지 할 필요는 없어요."

답답한 강 형사는 버럭 소리를 질렀다. 상철은 입을 다물었다. 강 형사도 더는 말하고 싶지 않아 상철을 외면하고 눈을 감아버렸다. 얼마나 시간이 흘렀을까, 상철이 조심스럽게 말문을 열었다.

"당신은 부모가 있겠지? 형제도… 자라면서 친구도 있었을 테고, 지금은 함께 일하는 동료가 있고. 결혼을 했다면 아내와 아이도 있겠지…. 그러면 모를 거요. 내가 지난 1년을 어떻게 살아왔는지. 평생 내 것이라고는 아무것도 가져본 적이 없는 내게, 지난 1년이 어떤 의미가 있는지…."

상철은 혼자 생각에 잠겼다.

그는 무슨 생각을 하고 있는 것일까? 지난 1년을 더듬어보고 있는 것일까?

"처음 윤희가 준비한 식탁에 앉았을 때 내 눈에 들어온 게 뭔지 아시오? 그건 마주 보고 놓인 숟가락 두 개였어요. 늘 숟가락 하나밖에 없던 식탁에 처음으로… 육십 평생 처음으로…. 그때 알았지. 가족이란 건, 식구란 건 이런 거구나. 당신에겐 당연한 일이겠지만 내겐 처음 생긴 일이었어."

이제 더는 할 얘기가 없다는 듯 상철은 굳게 입을 다물고 강 형사를 올려다보았다. 그의 입가에는 희미하게 미소가 어려 있었다. 그는 죽음도 두렵지 않은 것이다. 아니, 오히려 죽음을 기다리는 것처럼 보인다. 강 형사는 상철이 더 이상 입을 열지 않을 것을 알았다. 다만 그의 눈빛만이 강 형사에게 간절하게 부탁하고 있었다. 그 눈빛에 강 형사도 잠시 마음이 흔들렸다.

어차피 상철은 시체 유기죄로 감옥에 가야 한다. 그는 혼자 뒤집어쓰기로 작정했고, 그걸 파헤쳐 굳이 윤희까지 감옥으로 보낸다는 게 무슨 의미가 있나 싶기도 했다. 차라리 형사가 아니었다면 문제는 간단했을지도 모른다. 때로 그의 업무는 그의 감정이나 기분과 상관없이 냉정하게 처리된다. 이젠 마지막으로 윤희에게 물어보는 수밖에 없다. 사무실로 들어와 보니 어느새 윤희가 그를 기다리고 있었다.

창문을 배경으로 앉아 있는 윤희는 방 안 풍경과는 너무도 어울리지 않는 모습이었다. 오랜만에 책상을 지키고 앉아 서류 정리를 하거나 조서를 꾸미고 있는 형사들의 분주함 속에서 윤희만이 이 세상 사람이 아닌 듯 그림처럼 앉아 있었다.

강 형사가 책상에 돌아가 앉자, 창밖을 보고 있던 윤희가 시선을 돌려 강 형사를 바라보았다. 그녀의 맑은 눈빛을 보자 강 형사는 왠지 온몸의 기운이 빠지는 것 같았다. 이미 감옥을 경험한 상철은 그녀가 감옥에 가게 될 경우 어떤 어려움을 겪을지 알고 있다. 강 형사는 왠지 자신이 하려는 일에 죄책감을 느꼈다. 그는 처음으로 고지식한 자신이 미워졌다.

윤희는 강 형사를 바라보며 생긋 웃더니, 다시 고개를 돌려 창밖을 바라보았다. 그녀 너머로 보이는 창밖 세상에서는 눈이 내리고 있었다. 오늘은 크리스마스이브. 모처럼 맞이하는 화이트 크리스마스였다. 윤희의 시선을 따라 창밖을 보는 강 형사의 귓가에 방 안의 소음들이 천천히 사라졌다. 방 안에는 오로지 그녀와 자신 둘만 있는 것 같았다.

현관에 들어서자 자동으로 불이 켜졌다. 사람이 없는 집 안은 냉기가 감돌았다. 아내가 떠난 지 벌써 열흘이 넘었다. 강 형사는 열쇠를 한쪽에 집어던지고 주방으로 가 냉장고 문을 열었다. 생수 병을 들어보았지만 비어 있었다.

그는 수도꼭지를 틀어 잔에 넘치도록 물을 받았다. 단숨에 물을 마시고 잔을 내려놓는데, 빈 식탁이 눈에 들어왔다. 문득 상철의 말이 떠올랐다. 숟가락 두 개.

강 형사의 집 식탁에도 숟가락 두 개가 있었다. 그리고 잠시 숟가락이 세 개로 늘었다가 다시 두 개로 줄었다. 가족을 잃는다는 건, 특히 자식을 잃어버린다는 건 제 살을 도려내는 아픔이라고 했다. 자기 살을 도려낼 뿐 아니라 미래도 산산이 부서진다. 다섯 살이 되어 한창 미운 짓도 하고 재롱도 부리던 아들은 골목 입구에서 아이들과 놀다가 부주의한 자동차에 치여 죽었다. 가족끼리 조용히 장례를 치르고 그는 경찰서로, 일로 도망쳤다. 아내가 짊어져야 했던 짐은 생각도 해본 적이 없다. 위암으로 수술을 받을 때도 그는 아내 곁에 없었다. 그를 간절히 필요로 하는 아내를 보면서도 그는 청맹과니처럼 눈을 닫아버렸다.

지금 그의 식탁엔 숟가락 하나도 놓여 있지 않다. 아내가 떠나버린 그곳에서 강 형사는 차마 밥을 먹을 수가 없었다. 당연하게 생각하던 존재가 어느 순간 사라지는 게 얼마나 무서운 일인지 이미 경험했다. 그런 건 한 번으로 족하다. 아들이 죽자 모든 걸 잃었다고 생각했지만 그는 비로소 알 것 같다. 여전히 자신은 가진 것이 많다. 당연하다고 생각하던 많은 것들이 새삼스럽게 애틋하게 느껴졌다.

주머니에서 휴대전화를 꺼내 아내에게 전화를 걸었다. 몇 번 신호가 가고 아내가 전화를 받았다.

다시 시작하자. 아직 늦지 않았다.

강 형사는 그렇게 믿고 싶었다.

2021 봄호
신인상 본심 심사평

이번 호에도 많은 신인상 응모작이 투고되었다. 출판 시장의 침체에도 아랑곳하지 않고 추리소설가를 꿈꾸는 분들이 여전히 많다는 사실을 확인할 수 있어 기뻤다. 그리고 감사했다. 심사위원도 평소에는 추리소설을 좋아하는 한 사람의 독자일 뿐이다. 독자로서 우리는 언제나 새로운 추리소설가가 혜성같이 등장하기를, 추리문단이 활성화되기를 간절히 바란다.

　2021년 봄호 신인상 본심에는 네 편의 작품이 올라왔다. 특이한 점은 중편이 많았다는 것인데, 그만큼 긴 분량을 거뜬히 소화할 역량이 있음을 뜻해 한국 추리소설의 미래를 기대하게 했다. 개별적인 심사평을 하기에 앞서 공통적으로 지적된 사항에 대해 말하자면, 추리소설도 결국은 소설이라는 점이다. 트릭과 반전, 사건이 중요하게 다뤄지는 추리소설도 소설의 기본적인 요소를 갖춰야 한다. 문장력과 맞춤법이 제대로 구사되지 않은 작품은 다른 요소가 훌륭하더라도 심사에서 높은 점수를 받기 어렵다. 응모하시는 분들은 이 부분을 신경 써주셨으면 좋겠다.

〈환상통〉은 시종일관 호기심을 자아내는 필력이 돋보이는 작품이었다. 환상통과 외계인손증후군이라는 매력적인 소재를 버무려 국내에 흔치 않은 메디컬 호러 장르를 시도한 것이 높게 평가되었고, 양팔이 절단된 환자가 스스로를 죽음에 이르게 하는 결말도 섬뜩했다. 하지만 결말에 이르기까지의 내용이 치료 수기에 가깝고, 소설 전반에 걸쳐 추리적 요소가 없는 것은 단점으로 지적되었다.

〈애독자〉는 황산 테러와 아동 학대 등 우리나라에서 사회적 이슈가 된 소재를 바탕으로 한 작품이었다. 긴 분량이 부담스럽지 않게 하는 가독성이 장점으로 꼽혔고, 작금의 현실에 경종을 울리는 소재를 선택한 도전 정신도 높이 평가되었다. 하지만 오히려 그 부분이 단점으로도 지적되었다. 실제 사건에서 모티프를 얻어 소설을 쓸 때, 작가는 신중에 신중을 기해야 한다. 더욱이 전 국민이 아는 유명한 미제 사건이라면 유가족을 생각해서라도 더 조심스럽고 새로운 접근 방식이 필요하다.

〈구원과 심판〉은 미국 캘리포니아에서 발생한 노인 간 살인 사건을 파헤친 작품으로, 안정적인 문장력이 높은 평가를 받았다. 제주 4·3 사건이 주된 동기로 작용한다는 점 또한 우리의 과거를 다시금 조명한다는 점에서 장점으로 꼽혔다. 그러나 현대사의 비극적인 단상과 질곡을 풀어내기에 중단편의 분량은 한계가 있다는 지적이 나왔다. 또한 제주 4·3 사건이라는 소재가 기성 작가들의 작품에서 많이 다루어졌기에 다소 진부하게 느껴질 수 있다는 우려가 제기되었다.

〈레벤스보른 킬러〉는 에든버러라는 이국적인 장소를 배경으로 잘 살렸다는 점, 유럽 등지에서 문제가 되는 백인우월주의, 나치 시대의 전쟁범죄 중 하나인 레벤스보른을 소재로 한 점이 높게 평가되었다. 의표를 찌르는 반전이 흥미로웠으나, 살인범의 정체에 대한 복선이 부족한 것이 단점으로 지적되었다. 리얼리티가 부족한 에든버러 경찰의 수사 방식 역시 아쉽게 다가왔다.

심사위원들의 치열한 논의 끝에 2021년 봄호 신인상은 '당선작 없음'으로 결정되었다. 본심에 오른 모든 작품이 저마다의 개성과 장점을 가지고 있었지만, 상기 서술한 단점이 흔쾌히 당선작으로 지지하는 것을 주저하게 했다. 흔히 추리소설에 있어 장점이 뚜렷하면 조금의 부족함이 있어도 괜찮다고 한다. 그러나 이번 응모작들 대부분은 한두 가지 단점이 부각되어 도리어 장점까지 빛이 바래고 말았다.

응모하신 모든 분들에게 다시 한 번 감사와 격려의 말씀을 드린다. 더 좋은 작품으로 다음 기회에 만나기를 바란다.

계간 미스터리 신인상 심사위원 일동

프로파일링

프로파일러의 기억법

권일용 인터뷰

한국 최초의 프로파일러로 잘 알려진 권일용 교수와의 인연
은 2015년 늦여름으로 거슬러 올라간다. 당시 경찰청 과학
수사센터 범죄행동분석팀장으로 재직 중이던 권일용 경감
은, 대한민국 경찰 창설 70주년과 '과학수사의 날'을 기념해
서 열린 국제 CSI 콘퍼런스의 일환으로 '추리소설 작가, 프
로파일러를 만나다' 행사를 기획했다. 본청 범죄행동분석팀
의 현직 프로파일러들과 추리소설 작가들이 가상의 사건을
놓고 범인상을 추리해나가며, 프로파일링 기법이 어떻게 실
제 사건에 적용되는지 일반 참가자들에게 시연해주는 행사
였다. 당시 지방청 강력계 팀장을 비롯한 현직 형사들이 용
의자로 단상에 올라왔다. 11월 4일에 있을 행사를 위해서 3
개월 전부터 1, 2주에 한 번씩 서대문경찰서에서 만나 사건
을 구성하고, 시안을 만들고, 퇴근 후에는 술을 마셨다.
경찰서 근처의 허름한 단골 술집에서 이어졌던 만남은, 이후
행사가 끝나고 권일용 경감이 경정으로 경찰에서 퇴직한 이
후에도 이어졌다. 한겨레문화센터에서 '추리 수사물 창작을
위한 범죄 특성 분석 특강'을 다른 학생들과 함께 듣기도 했
고, 추리소설가 황세연, 서미애와 함께 만나 이런저런 이야
기를 나누기도 했다. 그럴 때마다 옆집 아저씨 같은 푸근한
모습에, 그가 대한민국에서 가장 많은 흉악범을 면담하고 인
간성의 가장 깊은 어둠을 들여다보는 일에 평생을 바친 사람

이라는 사실을 깜박 잊고는 했다. 퇴직 후 범죄학 교수로 후진 양성과 강의, 방송 등 다양한 활동으로 바쁘게 살고 있는 그와 오랜만에 대화를 나눴다.

✝

편집장(이하 '편') 올 초에는 방송에서 자주 뵐 수 있어서 더 반가 웠습니다. 요즘 근황이 어떠신가요?

권일용(이하 '권') 방송 요청이 보이는 것처럼 많지는 않습니다. 작년에 녹화해둔 프로그램이 올해 방송되다 보니 그렇게 보이는 것 같군요. 전문 예능 방송인이 아니기 때문에 제 길을 벗어나지 않으려고 노력합니다. 범죄의 실체와 범죄자의 심리 등을 대중에게 쉽게 알리고 예방하기 위한 논의를 도출하는 것이 제가 해야 할 일이라고 생각합니다. 그래서 출연 요청이 오면 먼저 적합한 방송인지를 심사숙고하고 출연을 결정합니다. 국가 수사기관의 강의와 몇몇 대학원 강의를 병행하고 있습니다.

편 범죄 분석 쪽으로 방향을 잡으시기 전에는 지문 감식 분야에서 탁월한 성과를 많이 올리신 것으로 알고 있습니다. 현장 감식 요원으로 일하신 경험이 프로파일러로 활동하는 데 도움이 되었다고 보십니까?

권 당연합니다. 프로파일링은 과학적인 단서를 토대로 범죄 현장을 재구성crime scene reconstruction하는 것이 기본입니다. 현장을 얼마나 잘 읽어내느냐가 프로파일링을 얼마나 완성도 있게 구성하느냐의 가장 핵심적인 요소라고 할 수 있죠. CSI crime scene investigation로 근무하면서 수없이 많은 범죄 현장에 임장했습니다. 이때부터 범죄자의 행동을 분석하고 심리를 이해하기 위한 노력을 해왔고, 그것은 프로파일러가 되고 나서도 마찬가지입니다.

편   유영철, 강호순, 오원춘 등 이름만 들어도 소름이 돋는 연쇄살인범들 중에서 정남규를 가장 극악한 인물로 꼽으셨는데 어떤 이유가 있습니까?

권   그는 살인 자체가 목적이 아니라 피해자에게 고통을 주는 것이 목적인 살인범이었습니다. 그의 범행 방법을 자세히 설명하기는 어렵지만 정말 잔혹하게 피해자들을 공격했고, 그 과정을 통해 자기만족감을 충족시킨 자입니다. 결국 살인에 대한 갈망을 이기지 못하고 2009년 교도소에서 자기 자신을 죽이는 것으로 종지부를 찍었습니다.

편   어떻게 보면 정남규야말로 추리소설에서 흔히 묘사되는 연쇄살인범의 프로파일과 가장 닮은 인물이라고 할 수도 있겠군요. 추리소설가로서 한번쯤 다뤄보고 싶은 인물이네요. 다른 질문으로 넘어가서, 〈그것이 알고 싶다〉 같은 프로그램에서도 종종 다뤘던 것처럼 범인들이 자술서나 유서에서 거짓말을 많이 한다고 알고 있습니다. 어떻게 범인들의 거짓말을 알아내시나요?

권   단편적인 문구나 진술을 보고 판단하는 것은 매우 위험합니다. 사건의 전체적인 맥락에서 거짓말을 찾아내야 합니다. 사건 전체를 바라보면 그 흐름에서 벗어나려고 노력하는 것을 찾아낼 수 있습니다. 일례로 불륜을 저지르던 한 남자가 자신의 처를 살해했는데, 경찰이 용의점을 두고 수사를 하던 중 집에 찾아오자 문을 잠그고 창문으로 뛰어내려 자살한 사건이 있었습니다. 이 사람은 이런 상황을 예견하고 미리 유서를 작성해놓았는데, 자신의 내연녀가 처의 살인과 시신 유기에 동참한 공범이라는 내용이 들어 있었습니다. 수사를 통해 확인하니 내연녀는 이 사건과 전혀 관련이 없는 것으로 나타났습니다. 사람들은 대부분 '죽으면서까지 거짓말을 하겠는가'라는 고정관념을 가지고 있지만, 실제 범죄 상황에서는 무고한 사람을 누명 씌우는 유서나 진술들이 종종 있습니다.

이런 진술을 분석하는 여러 가지 과학적인 기법도 있습니다. 그중 SCAN scientific contents analysis 기법은 열세 가지 준거를 통해 진술 내용을 분석합니다. 이 기법은 단지 거짓말만을 찾아내는 것이 아니라, 무엇을 숨기고자 하는지, 왜 숨기고자 하는지, 언제 사건이 발생했는지 등 다양한 정보를 찾아내는 방법입니다. 예를 들면 자신의 범행을 숨기고 있는 사람에게 사건이 발생한 하루 동안 있었던 일을 진술하도록 했다고 합시다. 오전에는 '내 처가 평소와 같이 아침에 일어나서 식사를 하고 청소를 하고 있었습니다'라고 진술하지만, 사건이 발생한 오후 2시쯤 있었던 일을 진술할 때는 그 시간을 아예 건너뛰거나, 2시경 '그 사람이 무엇을 하고 있었습니다'라는 식으로 바뀌는 경우가 있습니다. '내 처'가 '그 사람'이라는 심리적 거리가 있는 호칭으로 바뀌는 거죠. 이런 다양한 진술들을 분석해서 거짓을 밝히는 것입니다.

편　　현직 프로파일러들은 각자 특기 분야를 갖고 있다고 들었습니다. 예를 들면 '지리적 프로파일링'을 전문으로 한 다든지요. 권 교수님은 법 최면 분야에서 선구적인 역할을 하신 것으로 알고 있는데, 정확히 사건 해결에 어떤 역할을 하는 건가요?

권　　목격자 기억 인출을 통해 수사 단서를 확보하고자 하는 것이 법 최면 수사입니다. 영화나 드라마에서 흔히 묘사되는 것처럼, 무의식에 있는 것을 끌어내거나 전생을 보게 하거나, 최면가의 의도에 따라 춤을 추게 하는 등의 이상한 행동을 하게 하는 것과는 거리가 있습니다. 사람들은 같은 장면을 다르게 보기도 하고, 잘못 보았거나 확신이 없는 경우 막연한 진술을 하게 되는데 이 진술을 그대로 믿고 수사를 전개하면 상당한 혼선이 빚어집니다. 사건 관련자가 목격 당시의 기억을 최대한 정확하게 인출하도록 기억의 인출에 대한 단서를 제공하는 것이 법 최면 수사라고 할 수 있습니다. 법 최면 수사를 통해 제2, 제3의 목격자를 찾아내 단서를 발견해나가는 경우도 있습니다. 법정에서 증거 능력을 인정받지는 않지만, 거짓말 탐지기처럼 수사의 단서를 찾는 기법 중 하나라고 보시면 됩니다.

편　　소설이나 영화에서 프로파일러는, 연쇄살인범과의 대결로 인해서 마음에 깊은 상처를 입은 인물로 주로 그려집니다. 물론 소설과는 다르겠지만 범죄자의 마음속으로 들어가는 작업이 알게 모르게 심리적으로 영향을 끼칠 것 같은데, 스스로가 섬뜩했던 경험이 있으신가요? 그런 경우 어떻게 이성을 유지할 수 있나요?

권   스스로 '섬뜩'하다고 느낀다면 이미 인식하고 있다는 거죠. 정말 섬뜩한 것은 제가 범죄자의 마음에 깊이 들어가 있어 주변 사람들이 경고를 해줄 때입니다. 예를 들면 계속 식사를 거르고 있음에도 배가 고프지 않거나, 사람들과 대화를 할 때 범죄자처럼 눈을 마주치지 않는다거나…. 평소와 다른 행동을 할 때 가족이나 친구들이 요즘 달라진 것 같다고 경고를 해주죠. 그러면 제가 너무 깊이 들어가 있다는 것을 깨닫고 멈칫하게 됩니다. 아무래도 이런 경향은 프로파일러가 된 초기에 많이 나타났어요. 프로파일러로 5년 정도가 지나면서 비슷한 일이 반복되면 스스로 어떤 상황인지 깨닫고, 쉽게 경계를 넘어가지 않게 되죠.

편   기왕에 얘기가 나왔으니 드리는 질문입니다. 소설이나 영화, 드라마에서 묘사되는 프로파일러와 관련해서 불만스러운 점은 없으신가요?

권   소설이나 영상물은 예술과 창작의 영역이라고 생각합니다. 실제 프로파일러와 차이가 많죠. 성격이 독특하고 다른 동료들과 잘 어울리지 못하면서도, 늘 인간들의 심리를 꿰뚫는 냉철한 사람, 왕따처럼 모든 것을 다 아는 척하는 사람으로 묘사되는 경우가 많은데 좀 우습게 느껴집니다. 사회성이 극단적으로 부족한 사람이 타인과 특히 범죄자들과 라포르rapport(심리적 신뢰 관계)를 형성할 수 있을까요? 프로파일러가 어떤 사람들인지 잘 모르는 것 같아요.

편   추리소설가들은 아무래도 독창적이고 기억에 남을 만한 캐릭터를 만들어내려다 보니 과장이 들어갈 수밖에 없는 것 같습니다. 얼마 전 영화와 소설에서 많이 다뤄졌던 소재인 화성 연쇄살인 사건의 진범이 드디어 잡혔습니다. 어떤 생각이 드셨나요?

권　　언젠가 지금과 같은 방식으로 밝혀질 것이라고 생각했습니다. 2000년 2월 한국 경찰 최초의 프로파일러가 되었을 때 무엇을 하겠느냐는 상관의 질문에 화성 살인 사건부터 분석하겠다고 대답했었습니다. 이후 그 사건에서 나타난 행동 특성이 어떤 방식으로 변화되어 나타날 것인지를 연구하고 전국에서 발생하는 사건들을 계속 모니터링했어요. 수법을 바꾸었거나 수감, 사망, 해외 도피 등 범죄를 저지를 수 없는 상황일 것이라 추정하고 있었습니다. 교도소에 수감 중이었다는 것이 다행이라고 생각했습니다. 그는 살인을 멈출 수 없는 자이기 때문입니다.

편　　퇴직하신 지 시간이 꽤 지났습니다만, 아직도 남아 있는 직업적인 습관이 있나요?

권　　여전히 아침마다 뉴스를 검색하고 사건사고부터 찾아보게 됩니다. 현직에 있을 때는, 새로운 사건이 일어나면 제가 투입될 사건인지 아닌지부터 판단했죠. 지금도 어떤 사건이 발생하면 예전에 경험한 사건과 연관성이 있는지 분석하곤 합니다.

편　　한국에서도 탐정 제도가 공식화되었는데, 긍정적으로 생각하시나요?

권   긍정적으로 생각합니다. 현실적으로 경찰이 모든 치안을 다 책임질 수는 없습니다. 실종과 같은 사건들은 민간 탐정들과 시민들의 협업이 있어야 신속히 찾고 대응할 수 있어요. 탐정 제도 정착을 위한 보다 심도 있는 논의가 필요하다고 생각합니다. 법적 한계, 역할, 해당 사건의 참여 정도 등 구체적인 가이드라인을 마련하는 것이 시급한 문제라고 봅니다.

편   일부 추리소설에서는 폭탄 제조 기법이나 건물 침입 방법처럼 범죄에 악용될 소지가 있는 내용은 일부러 틀린 정보를 넣기도 하는데요, 언론이나 추리소설에 범인을 특정하는 기법들이 자세히 노출되면 범죄자들이 미리 알아차리고 피해 갈 수 있지는 않을까요?

권   추리소설 쓰시는 분들이 그렇게까지 범죄 예방에 신경을 써주시면 감사하긴 합니다만, 기우라고 생각합니다. 현재의 과학이나 수사 기법은 범죄자들보다 빨리 진화하고 있습니다. 아주 교묘할 경우 수사를 진행하는 데 다소 어려움이 있을 수 있겠지만 완전범죄는 불가능하다고 봅니다.

편   제가 아는 한 프로파일러는 마이클 코넬리의 '해리 보슈' 시리즈의 팬이라고 말씀하시던데요. 권 교수님은 평소에 추리소설을 즐겨 읽으시나요?

권   어린 시절에 누구나 그렇겠습니다만, 셜록 홈스 시리즈를 재미있게 읽었습니다. 하지만 현직 경찰로 근무하면서 추리소설을 찾아 읽지는 않았습니다. 범죄영화도 잘 안 봅니다. 실제 사건을 해결하기도 힘든데 추리소설까지 찾아다니면서 볼 마음은 생기지 않더군요.

편　　아마 소설보다 더 소설 같은 사건들을 많이 접하셔서 그런 게 아닌가 싶습니다. 추리소설가 입장에서는 부러울 따름입니다. 혹시 직접 추리소설을 쓸 계획은 없으신가요?

권　　계획은 아직 없습니다. 창작을 하는 것은 타고난 소질도 있어야 한다고 생각합니다. 소설이라는 것이 막 써낸다고 되는 것도 아니지 않나요?

편　　물론 그렇죠. 막 써내도 기막힌 작품이 나온다면 좋기는 하겠습니다만.... 하지만 사람 일이란 모르는 법이니 언젠가 권 교수님의 풍부한 현장 경험이 녹아들어간 멋진 추리소설을 읽을 수 있기를 기대해봅니다. 끝으로 수없이 많은 사건들을 접하셨는데, 그중에서도 가장 마음 아픈 사건은 무엇인가요?

권　　모든 사건입니다. '가장'이라는 말은 저에게는 무의미합니다. 정말 모든 사건이 가슴 아픕니다. 특히 어린아이들이 희생된 사건들은 트라우마처럼 아직도 내 머릿속에 남아 있습니다.

†

모든 사건이 가슴 아프며 '가장'이라는 단어는 무의미하다는 그의 말이 마음에 와 닿았다. 그가 언젠가 술자리에서 불콰

한 얼굴로 무심코 던졌던 말이 떠오른다.

"한 작가, 우리는 장소를 어떻게 기억하는지 알아? 어떤 사건이 났던 곳으로 기억해. 약속을 잡을 때도, 전철역 몇 번 출구가 아니라, 그때 무슨 사건 현장에서 옆 골목으로 빠져서... 이런 식으로 설명해. 그럼 귀신같이 알아듣거든. 아내 생일보다 당시 그 계절에 어떤 사건이 있었는지를 먼저 떠올리게 된다고."

그때 평범한 이웃 아저씨 같은 푸근한 얼굴에 비친 쓸쓸한 미소는, 인간성의 가장 사악한 부면과 일생을 걸고 전투를 벌였던 노회한 전사의 모습이었다. "나는 최초이지 최고는 아니다. 후배들 중에서 반드시 최고의 프로파일러가 나오기를 바란다"는 《악의 마음을 읽는 자들》의 후기처럼, 최전방의 싸움에서 물러난 그는, 여전히 후방에서의 전투를 준비하고 있었다.

권일용

대한민국 1호 프로파일러이자 범죄학 박사다. 1989년 형사기동대 순경 공채로 경찰에 입문한 후 형사와 현장감식요원을 거쳐, 2000년부터 프로파일러로 활동을 시작했다. 서울지방경찰청 과학수사계(CSI) 범죄분석관, 경찰청 범죄행동분석팀장, 경찰수사연수원 교수(프로파일링, 강력수사 담당)를 역임하며 경찰 최초 프로파일링 팀의 창설과 성장에 핵심적인 역할을 했다. 2008년 '경찰청 제1호 범죄분석 마스터' 인증을 받았고, 2011년 대한민국 과학수사대상을 수상했다. 2016년에 국민훈장 옥조근정훈장을 수훈했다. 2017년 경정 계급으로 현직에서 물러나 현재 동국대학교 경찰사법대학원과 광운대학교 겸임교수로 재직 중이다.

mystery

도대체
플롯은
누가
만든 거야?

한이

2001년 장편소설 《아스가르드》로 데뷔했으며, 《조선 하드보일드−나는 백동수다》, 《소년 명탐정 정약용》, 《추리천재 추리희》, 《트레저 가디언즈》 등의 장편소설과 〈공모〉, 〈체류〉, 〈피가 땅에서부터 호소하리니〉, 〈싱크홀〉, 〈유실물〉, 〈야수들의 땅〉, 〈탐정소설가의 사랑〉, 〈화성성역살인사건〉 등의 단편소설이 있다. 2017년 〈귀양다리〉로 한국추리문학상 황금펜상을 수상했다. 2019년부터 한국추리작가협회 회장으로 일하고 있다.

우리는 지난 호에서 매력적인 추리소설 아이디어를 어떻게 얻을 수 있을지 생각해보았습니다. 다들 주변에 널려 있는 아이디어들을 많이 챙기셨나요? 아마 이거다 싶은 아이디어도 한두 가지 떠올랐을 것입니다. 이번엔 그렇게 얻은 아이디어로 작품의 뼈대를 만드는 플롯에 대해서 생각해보겠습니다.

플롯plot이란 무엇일까요? 플롯이라고 하면 골치 아프고 복잡한 것이라고 생각하는 경향이 있는 것 같습니다. 사전에 보면 '구성構成'이라고 표현되어 있는데요, 스토리story가 사건을 시간 순서대로 나열한 것에 비해서, 플롯은 사건 혹은 인간 심리를 필연적인 인과관계에 따라 서술한 것이라고 할 수 있습니다.

소설가 E. M. 포스터의 유명한 비유를 갖고 설명하자면 이렇습니다.
"왕이 죽고 나서 왕비도 죽었다.": 이것은 두 가지 사건에 대한 간단한 해설, 줄거리입니다.
"왕이 죽자 슬픔에 못 이겨 왕비도 죽었다.": 이것은 두 가지 사건을 인과관계로 엮은 플롯입니다.
"왕이 죽자 슬픔에 못 이겨 왕비도 죽었다. 왕의 죽음에 슬퍼한 나머지 죽었다는 사실이 밝혀지기 전까지는 아무도 왕비가 왜 죽었는지 알지 못했다.": 이렇게 하면 긴박감이라는 요소가 더해집니다.

그러니까 사건을 시간 순으로 기록한 줄거리가 '다음에 뭐가 나오지?' 라는 궁금증을 불러일으킨다면, 플롯은 '이미 일어난 일을 기억하고, 사건과 인물 사이의 관계를 파악하고, 앞으로의 결과를 예측하는 능력을 요구한다'고 할 수 있습니다.

쉽게 말하면 플롯이란 소설 혹은 추리소설을 쓰기 위해서 다양한 요소들을 인과관계에 맞추어 그려놓은 설계도 혹은 조감도라고 할 수 있을 것입니다.

"제대로 된 플롯이라면 본격적인 글쓰기를 시작하기 전에 반드시 대단원까지 마련되어 있어야 한다. 이보다 분명한 것은 없다. 대단원이 미리 마련되어 있어야만 각 사건들과 분위기를 정해진 의도대로 끌고 갈 수 있으며, 이를 통해 좋은 플롯에 필수인 적절한 결말이나 인과관계를 갖출 수 있다."

혹시 누가 이 말을 했는지 아십니까? 바로 추리소설의 비조인 우울한 천재 에드거 앨런 포입니다. 사실 이것은 포가 소설에 대해 한 말이 아니라, 시에 대해 한 말이었습니다. 그전까지만 해도 시란 어떤 알 수 없는 영감에 의해 쓰이는 것이라고 생각했었는데요, 포는 마지막 구절의 임팩트를 위해서는 모든 것이 철저하게 계산되어야만 한다고 주장한 것입니다. 그리고 그 증거로 〈까마귀〉라는 시를 쓰게 되죠. 이런 주장을 했던 포가 추리소설의 창시자로서 지금까지 영예를 누리고 있다는 사실이 의미심장하지 않습니까?
그러니까 요점은 간단합니다. 좋은 대중소설, 혹은 추리소설을 쓰기 위해서는 "글을 쓰기 전에 먼저 계획을 세워야 한다. 글을 쓸 때는 이미 결말을 알고 있어야만 한다"는 것입니다. 그것이 바로 플롯입니다.

소설에 나타나는 일반적인 플롯의 패턴

그렇다면 플롯을 만드는 법에 대해 생각해보기 전에 먼저 추리소설 혹은 대중소설에서 흔히 나타나는 대략적인 플롯의 패턴은 어떤 것인지 살펴보겠습니다.

1) 커다란 곤경에 처하게 될 주인공이 등장한다.
2) 주인공은 그 곤경을 극복하려고 하지만 더욱 깊이 빠져든다.
3) 주인공이 함정에서 벗어나려고 하면서 여러 가지 복잡한 사태가 벌어진다. 사태는 점차 악화되고 마침내 상상하지도 못할 최악의 상황에 몰린다. 대부분의 경우 문제들은 주인공이 곤경을 해결하려는 과정에서 저지른 실패와 판단 착오가 원인이 된다. 실패와 판단 착오는 주인공의 캐릭터를 형성하는 결점이나 장점이 얽힌 상호작용에서 발생한다.
4) 엄청난 체험과 어려운 환경으로 깊은 상처를 입으며 변화를 겪은 주인공은 자신이나 인간에 대해서 뭔가를 터득하게 된다. 그리고 자신을 둘러싼 위험한 상황에서 빠져나가려면 어떻게 해야 하는지를 깨닫고, 그것을 실행에 옮긴다. 그의 행동은 성공하기도 하고, 실패하기도 한다.

간단한 것 같지만 대부분의 소설이 이 같은 플롯을 따르고 있습니다.

헤밍웨이의《노인과 바다》를 생각해봅시다.
1) 몇 달 동안 물고기를 잡지 못한 늙은 어부가 있다. 생계도 문제지만 어린 소년 외에는 아무도 '운이 다한' 그를 상대하지 않는다. : 커다란 곤경에 처하게 될 주인공이 등장합니다.

2) 노인은 큰 물고기를 잡아서 자신을 증명하기 위해 먼 바다로 나가고, 커다란 청새치가 걸려든다. 노인은 배보다 큰 청새치와 이틀 밤낮에 걸쳐 사투를 벌인다. : 주인공은 곤경을 극복하려고 하지만 더욱 깊이 빠져들게 됩니다.

3) 마침내 청새치와의 싸움에서 승리한 노인은 청새치를 끌고 항구로 돌아가려 한다. 하지만 피 냄새를 맡고 상어 떼가 몰려든다. : 주인공이 함정에서 벗어나려고 하면서 여러 가지 복잡한 사태가 벌어집니다. 사태는 점점 악화되고 마침내 상상하지도 못할 최악의 상황에 몰리게 됩니다.

4) 상어와 사투를 벌이는 노인은 청새치를 포기하기만 하면 안전해질 수 있음을 알지만, 결코 포기하지 않는다. 해안에 도착했을 때는 앙상한 뼈와 대가리만 남았지만, 노인은 오두막에서 아프리카 초원의 사자 꿈을 꾸면서 잠에 빠져든다. : 엄청난 체험과 어려운 환경으로 깊은 상처를 입으며 변화를 겪는 주인공은 자신이나 인간에 대해서 뭔가를 터득하게 됩니다. 그러니까 상어와 사투를 벌이며 노인이 뱃전에서 되뇌는 "인간은 파멸당할 수는 있을지언정 패배하지는 않는다"라는 단언 그대로 노인은 자신에게 주어진 고난을 정면에서 받아들이고 묵묵히 시련을 견디는 강인한 정신을 보여줍니다.

우리가 생각하는 많은 위대한 소설들 역시 기본적으로 위의 네 가지 플롯 요소 안에 포함된다고 볼 수 있습니다.

플롯의 핵심은 주인공의 욕망이다

"일단 문제가 있는 주인공, 아주 심각한 문제가 있는 주인공을 만들어

내고 그 주인공이 역경에서 빠져나오는 과정을 멋지게 부르는 이름이 바로 플롯이다." – 바너비 콘래드

플롯 만들기의 핵심은 바로 주인공, 좀 더 정확하게 말하면 주인공의 욕망에 달려 있습니다. 주인공이 반드시 이루고자 하는 욕망이 무엇인지를 이해한다면, 우리는 플롯을 시작할 수 있습니다.

주인공의 진정한 욕망을 이해한다면, 우리는 그/그녀를 목표를 이루기 어려운 곤경에 집어넣으면 되기 때문입니다. 주인공이 진정한 사랑을 찾고 싶어 한다면? 사랑하는 연인을 만나게 한 다음에 갖은 역경으로 헤어지게 하면 됩니다. 대부분의 로맨스 소설이 이런 플롯을 따릅니다. 자유를 갈망하는 사람을 감옥에 집어넣으면 어떻게 될까요? 그는 수단과 방법을 가리지 않고 그곳에서 나오려고 할 것입니다(영화 〈쇼생크 탈출〉, 〈프리즌 브레이크〉 등). 전쟁터라면? 어떻게든 살아남기 위해서 자기 보존 능력을 발휘할 것입니다. 아내와 딸을 살인범에게 잃은 형사라면? 당연히 범인을 잡아서 복수하기를 원할 것입니다. 우리가 주인공의 공포, 희망, 두려움, 목표에 대해서 알았다면 바로 그 지점에서 플롯을 짜기 시작하면 됩니다.

최후의 절정을 향해 가는 작용과 반작용

"분명한 목적이 없는 주인공은 밝혀내야 할 것도, 가야 할 곳도 없다."
– 리사 크론

주인공이 가야 할 곳을 알았다면 그다음에 해야 할 일은 무엇일까요? '덧붙임'입니다. '점진적으로 첨가하여 증가시키는 것'입니다. 그러면

무엇을 덧붙여나가야 할까요? '갈등'입니다. 대략적인 플롯에서 살펴보았던 것처럼 주인공의 곤경은 그 상황을 해결하고자 하는 캐릭터의 노력과 그에 대한 반작용으로 점점 더 깊어지다가, 마지막에서는 과연 주인공이 해결할 수 있을까 싶을 정도로 거대한 문제가 되어야 합니다.

흔히 추리소설에서는 탐정이 사건을 추적해갈수록 희생자가 늘어나거나, 사랑하는 사람이 죽거나 납치됩니다. 스릴러나 서스펜스 소설에서는 문제를 해결하려는 몇 번의 시도가 실패로 끝나고, 더욱더 어려운 상황에 몰리게 만들어야 합니다. 사이코패스와의 두뇌 싸움에서 이겼다고 생각한 순간, 범인은 한 걸음 더 앞서 나가 있어야 한다는 것입니다. 그것이 최후의 대결 직전까지 이어져야만 훌륭한 추리소설의 플롯이라고 할 수 있습니다.

그렇기 때문에 등장인물의 문제를 빨리 해결해주고자 하는 유혹을 이겨내야 합니다. 사실 우리는 긴장 상황이나 갈등 상황을 빨리 해결하고 싶어 하는 본능이 있습니다. 그런데 그것이 주인공에게 나타날 때는 최악의 플롯을 만들게 됩니다. 일일 드라마를 보면 반대적이지만 비슷한 상황이 벌어지곤 합니다. 적대자의 비밀을 폭로할 수 있는 USB를 천신만고 끝에 얻게 된 주인공은 쾌재를 부릅니다. 하지만 그 사실을 미리, 그것도 우연히 엿듣게 된 적들의 사주로 어이없이 빼앗깁니다. 외장 하드에 복사본을 만들어둘 수도 있고, 메일에 첨부파일로 올려놓으면 될 텐데 말이죠. 이런 식으로 갈등을 손쉽게 해결하려고 하다 보면 플롯이라고 할 것도 없는 황당한 전개가 이어질 뿐입니다.

미국추리작가협회가 쓴 《미스터리를 쓰는 방법》에는 좋은 플롯의 예로 스탠리 엘린의 《배반자》라는 작품이 언급됩니다. 간단하게 요약하자면, 로버트라는 주인공이 옆방에 사는 에이미와 사랑에 빠집니다. 그런데 어느 날 옆방에서 사람이 쓰러지는 소리가 나더니 시체를 싣고 떠나는 차 소리를 듣게 됩니다. 평소 폭력적이던 남편에게 사랑하는 여인이 살해되었다고 판단한 로버트는 에이미의 시체를 찾기 위해 그녀의 주변을 캐기 시작합니다. 그리고 그녀 주변의 남자들이 어느 순간 어떤 방식으로든 항상 배신을 해왔다는 사실을 알고 측은함을 느낍니다. 마침내 폭력 남편에 대한 결정적 증거를 찾은 로버트는 경찰과 함께 옆 방문을 여는데, 그곳에는 남편이 아니라 에이미가 앉아 있습니다. 시체를 은닉한 사람은 사랑하는 여인이었고, 그녀를 가장 크게 배신한 사람은 로버트였던 거죠.

이 플롯의 모든 단계는 마지막으로 로버트가 에이미를 가장 크게 배신한다는 결말을 향해서 차근차근 진행됩니다. 주인공이 빈센트의 행적을 추적하는 모든 단계가, 실은 사랑하는 에이미를 파멸로 몰고 가는 비극적 결말을 향해 가고 있는 것이죠.

추리소설의 플롯은 심장 박동과 비슷한 모양을 그리게 됩니다. 곤경에 처한 주인공이 문제를 해결하려고 노력하는 '작용'과 적대자의 반응 혹은 노력의 결과인 '반작용'이 번갈아 나타나면서, 최후의 절정을 향해서 상승해가는 것입니다.

잘 알려진 영화 〈다이하드〉의 예를 들어볼까요? 나카토미 빌딩에 도착한 존 맥클레인은 한가롭게 쉬고 있다가, 테러리스트의 공격을 받게 됩니다. 그들은 나카토미 빌딩을 완전히 고립시키고 일본인 사업가의 재산을 강탈하려고 하죠. 범인들이 금고를 깨는 시간, 테러리스트 일부가 존 맥클레인을 잡으러 옵니다. 존은 적을 처치하고 엘리베이터로 내려보냅니다. 그리고 외부와 연락을 취해서 테러를 알리지만 도착한 순찰차는 그냥 돌아가려고 합니다. 존은 시체를 유리창 밖으로 던져서 사실을 알립니다. 약속대로 테러 진압차가 도착하지만, 적의 유탄 발사기에 당해서 빌딩에 들어오지도 못하고 끝납니다. 영화 내내 이런 식으로 작용과 반작용이 번갈아 나타나면서 절정을 향해 갑니다.

플롯의 3막 구조

그렇다면 플롯을 제대로 배치하기 위해서 필요한 것은 무엇일까요? 구조가 필요한데, 흔히 사용되는 것이 '시작-중간-결말'로 잘 알려진 3막 구조입니다.

1막: 매력적인 주인공에게 문제가 발생합니다.

2막: 주인공이 문제를 해결하기 위해서 고군분투합니다.

3막: 문제가 해결되면서 끝이 납니다.

그럼 각 부분에서 필요한 요소를 알아보겠습니다.

◎ 1막(시작)

주인공을 소개하고 가급적 빨리 독자들이 그에게 친밀감을 느끼도록 만들어야 합니다. 다시 말해 독자가 주인공을 걱정하게 만들어야 한다는 뜻입니다. 독자가 주인공에 대해서 동질감을 느끼지 못한다면 그가 아무리 급박한 상황에 처한다 해도 아무런 관심이 없을 것입니다. 그에 더해서 배경을 소개해야 합니다. 시간이나 장소, 사건의 맥락 같은 것을 알려줘야 합니다. 그리고 적수 혹은 대립적인 상황을 명확히 제시해야 합니다. 누가 혹은 무엇이 주인공을 방해하는지 명확히 알려줘야 독자가 계속 흥미를 갖고 책장을 넘기게 될 것입니다.

딘 쿤츠의《벨로시티》서두를 예로 들어보겠습니다. 몇 년 전에 식물인간이 된 아내를 돌보며 살아가는 평범한 바텐더인 빌리는 어느 날 자신의 차 와이퍼 틈에서 한 장의 쪽지를 발견합니다. 쪽지에는 경찰에 전달하지 않으면 여교사를 죽이고, 전달하면 할머니를 죽이겠다는 이상한 내용이 적혀 있습니다. 게다가 여섯 시간 안에 그 둘의 운명을 결정하라고 강요합니다. 빌리는 장난으로 생각하고 대수롭지 않게 넘기지만, 다음 날 그가 사는 곳 근처의 한 여교사가 시체로 발견됩니다. 그리고 빌리에게 두 번째 쪽지가 도착합니다. 역시 쪽지를 알리면 두 아이의 엄마가 죽고, 알리지 않으면 미혼 남자가 죽을 것이라는 내용이었습니다. 빌리는 어떻게 해야 할까요? 서스펜스의 대가다운 1막이라고 할 수 있을 것입니다.

◎ 2막(중간)

주인공이 적대자와 벌이는 싸움이 핵심입니다. 다양한 사건들이 벌어지고, 여러 방향의 서브플롯들이 얽히고설키면서 독자들을 놀라게 해야 합니다. 대립이 해결될 때까지 신체적, 직업적, 심리적 죽음이 실제적인 가능성으로 계속 등장하면서 주인공을 위협해야 합니다. 그러면서 결말로 이어질 마지막 싸움을 준비합니다.

딘 쿤츠의 《남편》은 평범한 정원사 밋치에게 전화가 걸려오면서 시작되는데, 아내가 납치된 것입니다. 범인은 밋치에게 60시간 안에 이백만 달러의 몸값을 준비하라고 명령합니다. 그리고 그의 모든 행동은 범인에게 노출되어 있고, 하는 말도 도청되고 있다는 사실을 알게 됩니다. 그는 과연 아내를 살리기 위해 이백만 달러를 구할 수 있을까요? 이 작품은 처음부터 아내가 납치된 상황에서 시작하기 때문에 범인들과 싸울 수밖에 없습니다. 싸움에 실패할 경우 잃는 것이 거대하면 거대할수록 독자들의 몰입도 역시 커질 것입니다.

◎ 3막(해결)

마침내 싸움은 끝이 나고 모든 것이 해결됩니다. 이때 풀어놓은 이야기들을 말끔하게 쓸어 담아야 합니다. 이른바 '떡밥 회수'입니다. 1막과 2막에서 던져두었던 설정이 있다면 깨끗하게 마무리를 지을 필요가 있습니다. 플롯이 온전히 끝났다는 충일감과 함께 독자들의 마음속에 깊은 여운을 남길 수 있다면 최상의 결말이라고 할 수 있습니다.

결말을 긴장감 있게 쓰는 방법

"첫 장 덕분에 소설이 팔리지만, 마지막 장 덕분에 다음 책이 팔린다."
– 미키 스필레인

결말을 긴장감 있게 쓰는 방법은 무엇일까요? 주인공이 이길 것이 뻔해 보인다면 아무래도 긴장감이 떨어질 것입니다. 성격 급한 독자가 슬쩍 뒷장을 들춰보고 주인공이 이기는 해피엔딩이라는 것을 알고 있다고 하더라도, 마지막까지 적대자가 절대적 우위에 있어야 합니다. 주인공은 시련을 통해 알게 된 모든 것을 이용해서 적과 부딪혀 간신히 승리를 얻어내야 합니다.

작가가 자신만의 세계를 구축하는 강력한 무기

마지막으로 개요를 잡는 것이 좋을까요, 아니면 그냥 쓰는 것이 좋을까요? 아주 구체적으로 개요를 잡는 작가도 있고, 그렇지 않은 작가도 있습니다. 어떤 것이 좋다고 단정할 수는 없지만, 각자 자신만의 방법을 찾아야 합니다.

"나는 작품 속 세계의 세세한 것들까지 철저하게 구상하는 일에 끔찍하게 많은 시간을 투자한다. 난 언제나 기본적인 플롯을 생각해둔다."
- 조앤 K. 롤링

롤링은《해리 포터》를 쓰기 시작한 1992년에 이미 일곱 권의 시리즈 모두를 아주 세세하게 구상해놓았다고 말했습니다. 덕분에《해리 포터》시리즈는 전권에 걸쳐 추리소설 버금가는 수수께끼와 해결이 곳곳에 담겨 있어 읽는 재미를 더합니다.《해리 포터》시리즈가 끝나면 당연히 추리소설을 쓸 것이라고 예상했다가《캐주얼 베이컨시》라는 작품이 출간되자 의아해했던 적이 있습니다만, 롤링은 곧 로버트 갤브레이스란 필명으로 추리소설 '코모란 스트라이크' 시리즈를 펴내고 있습니다. 해리 포터를 집필한 경험이 추리소설에 가장 잘 맞았으리라고 생각합니다.

결론을 말하자면 자세한 개요를 짜든 그렇지 않든, 플롯은 독자를 작가가 구축한 세계에서 벗어나지 못하도록 하는 가장 강력한 도구입니다. 다양한 방법으로 길어 올린 아이디어를 플롯이란 구조로 단단하게 엮어낸다면 어느새 추리소설가로서 명성을 드높이고 있을 것입니다 (아마도).

"작가는 개요를 위해 일하지 않는다. 개요가 작가를 위해 일한다."
- 마이클 아자퀴

참고도서
● 딘 쿤츠, 박승훈,《베스트셀러 소설 이렇게 써라》, 문학사상사, 1986
● 미국추리작가협회, 정찬형·오연희《미스터리를 쓰는 방법》, 모비딕, 2013
● 제임스 스콧 벨, 김진아,《소설 쓰기의 모든 것-플롯과 구조》, 다른, 2018

추리소설가가 된 철학자

애거사 크리스티의 시와 코지 미스터리

백휴

《낙원의 저쪽》으로 한국추리문학상 신예상, 《사이버 킹》으로 대상을 수상했다. 추리소설 평론서 《김성종 읽기》와 〈추리소설은 무엇이었나?〉, 〈핍진성 최인훈 브라운 신부〉, 〈레이먼드 챈들러, 검은 미니멀리스트〉 등 다수의 추리 에세이를 발표했다. 2020년 철학 에세이 《가마우지 도서관 옆 카페 의자》를 펴냈다.

이 글은 사소한 의문에서 출발한다. '코지 미스터리cozy mystery'라는 양식[1]이, 유년시절의 생활환경에 의해 증폭된 애거사 크리스티의 천성적 기질과 그녀가 추리문학사에서 차지하는 영향력 때문에 생겨나고 일반화된 것이 아닐까. 애거사 크리스티는 전형적인 영국 중산층답게 사생활이 노출되는 것을 극도로 꺼려 했다.

그 예로, 1926년 이후 잇달아 일어난 어머니의 죽음, 남편과의 불화와 실종 사건 그리고 이혼에 대해 독자들의 끈질긴 호기심에도 불구하고 그녀는 입을 꾹 다물었다. 죽은 지 1년 후인 1977년에 자서전이 발간되었지만, 이미 대중이 알고 있던 사실을 반복 서술하는 정도에 불과했다. 따라서 그녀의 내면세계로의 접근이 차단된 이상, 이 글은 탐구의 성격에 훨씬 못 미치는 '추측성' 글일 수밖에 없다. 그럼에도 내가 무리수를 두면서까지 이 글을 쓰게 된 이유 중 하나는 그녀가 쓴 시詩를 통해 순수하게 내면을 들여다보고 싶은 욕구 때문이다.

다른 이유는 흔히 '코지 미스터리'라고 분류되는 하부 장르는 성숙한 어른으로 성장하지 못해 늘 세상에 대한 두려움을 떨칠 수 없었던 한 인간의 성격적 결함에 불과한 것이, 세상에 둘도 없는 출중한 이야기꾼이라는 사정으로 인해, 성경 못지않은 상상을 초월하는 판매 부수로 인해, 당연히 그에 따른 압도적인 주변 영향력으로 인해 하나의 양식으로 자리 잡은 것은 아닌가 하는 의구심 때문이다.

---

1   다음과 같은 애거사 크리스티의 말 속에서 우리는 코지 미스터리가 무엇인지 가늠할 수 있다. "나는 얼굴이 잔인하게 난도질당한 것은 차마 볼 수 없답니다. 그래서 독약에 흥미를 갖고 있는 거지요. 그리고 나는 보통 시체가 되기 일쑤인 최후의 순간을 묘사하지 않는답니다."

세상에 대한 두려움이 컸던 탓[2]인지, 애거사 크리스티는 평생 안락함을 추구한 인간이었다. 소원을 묻자 그녀는 이렇게 대답했다.

집 안에 가득 아주 잘 훈련된 하인들이 있는 거지요.

솔직하다고 할까, 작가의식이 결여돼 있다고 할까. 하긴 그녀 스스로 작가의식을 내세우거나 지성인으로 자처한 적은 단 한 번도 없었다.

어쩌면 허세 끼가 쏙 빠진 그녀의 소원은 오래도록 자신의 생활 감각에 배어 있는 자연스러움의 발로였을지 모른다. 그녀는 신분적으로 대영제국의 중산층 부르주아에 속해 있었는데, 현재 우리 사회에서 짐작하는 중산층의 자산을 크게 넘어서는 수준이었다. 120명이나 되는 인원이 한꺼번에 춤을 출 수 있는 공간이 식당 겸 무도회장으로 쓰였고, 약 2,500평 규모의 정원이 저택 주위로 푸른 초원처럼 펼쳐져 있었으며, 열두 명의 하인들이 부지런히 움직이며 그 모든 곳을 정성껏 관리했다. 미국 출신의 부자였던 아버지는 평생 직업 없이 클럽이나 들락거리던 한량이었다. 애거사 크리스티 또한 후일 인세 수입으로 부를 축적하면서 두 명의 비서를 두었고, 집을 여덟 채나 소유하기도 했었다.

---

2   내 논증은 순환오류에 빠져 있을 수도 있다. 세상에 대한 두려움 탓에 그녀가 어른으로 성장하지 못했는지, 어른으로 성장하지 못한 탓에 세상에 대한 두려움을 갖게 되었는지는 불분명하다. 다만 1901년에 아버지가 돌아가시고 25년간을 어머니와 단짝처럼 지내는 동안(각각 열한 살과 열 살 차이가 나는 언니와 오빠는 늘 외지에서 기숙사 생활을 했기 때문에 함께 지내는 시간이 거의 없었다) 어머니의 이 트라우마(어머니 클라리사 밀러 여사는 외동딸이었지만 아버지가 일찍 돌아가시는 바람에 영국 북부의 추운 이모 집으로 입양되었다. 그녀에게는 오빠가 셋이나 있었다. 잘 알 수 없는 일이지만 아버지를 이른 나이에 잃은 두려움 외에도 왜 하필 외동딸인 자신을 입양 보냈을까 하는 세상에 대한 원망과 슬픔 같은 것이 평생 트라우마였을 것이다)가 애거사 크리스티가 세상의 현실에 맞서는 용기를 키우는 데 부정적으로 작용하지 않았나 싶다. 밀러 여사와 크리스티는 어린 나이에 아버지를 잃은 경험을 공유했기에 더욱 서로에게 의존했을 것이다.

1890년생(나중에 1891년생으로 생년이 정정되면서 불가피한 혼동이 있다)인 애거사 크리스티는 1920년 《스타일장의 괴사건》으로 데뷔했다. 유명세를 탄 것은 1926년에 《애크로이드 살인 사건》을 발간하고 나서였다.

그녀는 그사이 추리소설 《갈색 슈트를 입은 사나이》를 발표한 1924년에 시집 《꿈길The Road of Dreams》[3]을 출간했는데, 그녀는 시집에 대해 나중에 이렇게 말한다.

나는 시를 쓰곤 했답니다. 내가 시를 쓰던 때는 추리가 나를 매혹시키기 이전의 순진했던 시절이지요. 한번 추리를 택하고 나면 이것을 포기하기란 어렵습니다. 나는 그것을 결코 포기할 수 없다는 것을 압니다. 추리는 마치 마약과 같지요.

시집의 표제작이기도 한 〈꿈길〉은 스스로가 순진했던 시절의 글쓰기였다고 고백할 만큼 여린 문학소녀의 냄새가 물씬 풍기는, 아직 성숙하지 못한, 일면적인, 시각적 아름다움으로 가득 찬 글이다.

간략한 내용은 이렇다. 언덕으로 이어진 꿈길은 아몬드 나무가 늘어선 하얗고 쭉 뻗는 길로서 장밋빛 봄의 기쁨으로 충만해 있다. 빛이 나는 그 길의 꽃들은 웃음의 표정을 머금고 있다. 꿈이 사라지고 기쁨이 달아날지 모른다는 두려움이 없는 것은 아니지만… 시인은 다시 언덕 너머를 상상하는 꿈만으로도 행복하다.

시 독해력이 한참 떨어지는 내가 보기에도 의미 부여가 부족한 라임의 남발이 눈에 거슬린다. 〈꿈길〉의 'dream/gleam'뿐만 아니라 다른 시에서도 'side/glide', 'ware/care', 'say/away/today', 'only/lonely', 'mist/unkist', 'life/wife', 'sleep/weep',

---

3   1973년에 발간한 시집 《시Poems》에는 《꿈길》에 실렸던 시 전부가 '권I'에 들어가 있다. '권II'가 미발표 원고를 정리해 수록한 것인지 《꿈길》 이후에 쓴 것인지는 분명하지 않다. 다만 재혼한 남편인 고고학자 맥스 맬로원을 만난 곳이 바그다드로, 〈바그다드에서〉란 시가 있는 것으로 보아 몇 편은 그 후에 쓴 것으로 추정된다. 이 시에 멜론melon이라는 시어가 나오는데, 하필 재혼한 남편의 이름이 맬로원Mallowan이다. 이조차 그녀가 집착한 숨겨진 라임일까?

'pity/city'', 'sorrow/tomorrow' 등 빈번히 라임을 사용한다. 심지어 시 〈나의 꽃 정원 My Flower Garden〉에서는 첫 번째 연 전체를 'knowing/bring/growing/spring' 등 라임에 맞춰 끝내고 있다. 서른네 살! 물론 일부의 시는 훨씬 이전에 쓰였을 것이다. 딱히 세상 경험이 풍부할 거라고 기대할 수 있는 나이도 아니지만 그렇다고 적은 나이도 아니다. 어쨌든 시에 대한 내 인상은 라임에 꿰맞춘 내용인지라 도무지 시적 힘이 느껴지지가 않는다는 것이다. 예컨대 〈선택 A Choice〉이란 시에서 그녀가 인간의 슬픔을 다루는 방식을 생각해보자.

과거의 기억에 발목feet이 잡힌 내 삶이 달콤해지기sweet 위해서는 그것을 나이프로 도려내야 하는데, '그 행위는 용감한 행위일까, 아니면 비열한 행위일까?'라는 물음에 뒤이어 자신의 또 다른 상상의 분신을 통해 충고를 경청한다.

나 또한 슬픔이나 기억의 무거운 짐으로부터 벗어나고자 열망하니 부디 과거의 시간에도 미래의 시간에도 의미를 두지 말고 현재의 시간에 올라타라!

'feet'과 'sweet'의 라임에 집착한 나머지 발목 잡힌 과거로부터 현재 삶의 달콤함으로 휙 비약한다. 시적 축약을 감안한다 해도 그 슬픔을 어떻게 이겨낼 수 있었는지에 대한 서사가 생략된 느낌이다. 한순간의 선언이나 다짐만으로 과거를 쉽게 떨쳐버릴 수 있는 것일까? 내 반문이 과한 해석이라고는 생각하지 않는다. 나는 이 지점에 인간 애거사 크리스티의 정신적 공백이랄까, 허점 같은 것이 있다고 생각한다.

그녀가 묘비명으로 택한 16세기 시인 에드먼드 스펜서의 시구를 보자.

수고 후 단잠, 폭풍우 치는 바다를 헤쳐 나와 항구
전쟁 후 휴식, 살고 난 뒤 죽음
이 모든 것이 크나큰 기쁨이어라

그녀가 왜 하필 이 시구를 묘비명으로 선택했는지는 알 수 없지만, 나는 이 시구만으로는 뭔가 부족함을 느끼고 묘비명에 추가한 찬송가 구절을 통해 그녀의 내면의 일단을 들여다볼 수 있다고 생각한다.

기쁨으로 충만한 삶이기를.

행복을 향한 답은 미리 정해져 있다. 수고가 계속 이어지는 고단한 세상의 삶을, 폭풍우에 시달리다가 수장당하는 삶을, 적군의 흉기에 난도질당해 전사하는 삶을, 견디다 못해 자살할 수밖에 없는 가혹한 삶을, 그녀는 이해할 수도 없고 들여다볼 용기도 없는 것이다.

어쩌면 그녀는 시를 쓸 때 라임에 집착했던 것처럼 자신이 구성한 세계만을 보려고 했는지 모른다. 구성할 때 빠져나갈 수밖에 없는 배제된 세계에 대한 무관심! 구성의 천재라는 소리를 듣던 추리소설의 세계가 그랬고, 자신이 죽은 뒤 필요한 절차에 철저히 대비[4]하는 행위가 그랬으며, 심지어는 그녀의 실종 사건조차 그랬다.

남편의 외도로 촉발된 그녀의 실종 사건은 공식 기록으로는 '단기 기억상실증'에 의한 비자발적 혼란이지만, 의심스러운 구석이 한두 군데가 아니었다. 당시 언론과 대중은 수많은 의혹을 제기했다.

실종 사건이 기억상실증 때문이 아니라 애거사 크리스티의 자작극이었다는 의혹에 대해 군인이었던 당시 남편 아치볼드 크리스티는 시종일관 부인했다. 진실이 무엇인지는 이제 영원히 알 수 없는 것이 되고 말았지만, 나는 자작극이었다고 추측한다.

1926년은 그녀의 인생에서 가장 끔찍한 한 해였다. 아버지가 돌아가신 뒤 영혼의 단짝처럼 붙어 지내던 어머니가 병마에 시달리다가 사망했고, 남편의 불륜으로 우

---

4   그녀는 가족과 몇몇 지인 외에는 장례식에 참석하지 못하도록 유언으로 남겼을 뿐만 아니라 찬송가와 낭독될 구절을 포함하여 세세한 것까지 미리 준비해놓았다.

울증에 빠졌을 뿐만 아니라 세상을 떠들썩하게 했던 소동이 일어난 해이기도 했다.

그녀에게 1926년이 기억상실증에 걸릴 만큼 현실을 잊고 싶을 정도로 고통스러운 해였다면, 나로서는 그 후 아무리 출판사의 설득[5]이 있었다고는 하지만, 낸시 닐이라는 여성과 불륜을 저질렀던 전 남편의 성 크리스티를 작가 이름으로 계속 사용한다는 것이 도무지 납득되지 않는다. 잘 훈련된 하인을 여럿 두는 것이 평생의 소원이었던 사람이라 수입과 직결되는 돈의 유혹을 외면하기가 어려웠던 것일까?

희한한 에피소드가 있다. 애거사 크리스티의 평전을 쓴 그웬 로빈스[6]에 따르면 그녀는 실종 뒤 하이드로호텔에 머물렀는데, 야회복을 입지 않았음에도 불구하고 라운지에서 '우리에겐 바나나가 없다오'라는 반주곡이 나오자 리듬에 맞춰 찰스턴춤(4/4박자의 춤)을 추었다는 것이다.

그런데 당시의 심각한 상황으로 판단하건대 황당하게까지 느껴지는 이 춤사위는 시와 묘비명에 나타나 있듯이, 현재는 언제나 즐거움과 기쁨으로 가득 찬 것이어야 한다는 그녀의 평소 지론과 정확히 일치하는 듯하다. 기억상실증으로 인해 정신이 혼란스러운 와중에도 그녀는 그 지론을 어김없이 행동으로 옮긴 것이다. 그녀는 비관적인 것, 우울한 것을 극도로 싫어했다. 귀머거리 여주인공이 등장하는 소설을 써놓고도 그 암울한 느낌이 싫어 출간하지 않은 것이 그 한 예다.

새삼스럽게 이런 것들이 비난의 대상이라고 강조하려는 것이 아니다. 비난의 대상이 된다 할지라도 추리소설가로서의 그녀의 명성과 업적에 흠집이 나는 것도 아니다.

코지 미스터리가 '죽음'을 '총성이 울리자 그는 무릎을 꿇으며 쓰러졌다'라는 부드럽고 애매모호한 표현 방식으로 묘사하는 것을 선호한다면, 상처에서 흘러내린 흥건한 피와 죽어가는 이의 고통스러운 몸부림을 독자의 시선으로부터 차단함으로써 그 표

---

5   이미 유명세를 탔으니 추리소설 판매를 위해 기존의 작가 이름을 계속 쓰자는 것.

6   《애거사 크리스티의 비밀》(해문출판사). 나는 이 글에 인용한 많은 부분을 그녀의 평전에 의존하고 있다.

현 방식이 언제나 실존적 삶으로부터 거리를 두기 위함[7]이고, 작가가 의식하지 못하는 순간에 단 한 문장이 한 문장의 표현에 그치는 것이 아니라, 일정한 거리를 둔 관찰로 구성된 것을 통해서만 세상을 보고 있다는, 그녀의 고유한 세계관이 드러나고 있음을 부인할 수는 없을 것이다.

애거사 크리스티는 자기 자신을 언급할 때 1인칭인 '나' 대신 3인칭인 '어떤 사람'으로 지칭했던 것으로 알려져 있다. 그녀의 세계관은 육체가 개입된 탐색을 외면하고 거리를 둔 관찰에 머물러 있었다.

내 추측대로 실종 사건이 자작극이었다면, 애거사 크리스티가 반드시 유감 표명을 했어야 했던 사람이 있다. 윌리엄 켄워드는 애거사 크리스티가 실종되자 범죄의 희생양이 되었을 수도 있다는 가정 아래 수사를 진행한 수사관이다. 내무성의 명령을 받아 그가 독자적으로 고집스럽게 이어간 수사도 아니었다. 그럼에도 켄워드는 애거사 크리스티의 실종 장소인 뉴랜즈 코너 부근에서의 집요한 수색이 결국 시간과 돈 낭비였다는 결과로 인해 혹독한 비난이 일었을 때 독박을 써야만 했다. 그 스트레스로 인한 후유증으로 말미암아 그는 아직 한창 나이인 56세에 생을 마감했다. 자작극이 확실하다면 사과의 뜻 한번 내비친 적이 없었던 애거사 크리스티는 그야말로 무책임한 행동을 한 셈이다.

당시 켄워드의 경찰 비서로 일했던 딸 글래디스 켄워드는 훗날 자신의 원망스러운 기억 속에서만 존재하는 내무성 비밀 보고서를 통해, 실종 사건을 자작극으로 믿었음을 암시적으로 내비친 바 있다. 자작극을 벌인 이유는 남편 아치볼드의 바람기를 세상에 폭로함으로써 그에게 모욕을 주려는 의도였을 것이다.

애거사 크리스티는 어떤 사람이었을까? 온화하고 부드럽지만 말 붙이기에 까다로운 사람이었다는 상반된 증언도 존재한다.

---

7   물론 무엇보다 '무릎을 꿇고 쓰러졌지만 죽지는 않았다'는 전략적인 트릭으로 이용될 것이다.

그녀는 추리소설 속에서 독자를 휘어잡는 능력 못지않게 실생활에서도 간계에 뛰어났다. 그녀는 마흔 살에 열네 살 연하의 총각 맥스 맬로원과 재혼했는데, 결혼 서류에는 자신의 나이를 서른일곱 살로, 스물여섯 살이던 남편의 나이를 서른한 살로 기재했다. 딱 이만큼의 눈높이로 세상을 속여왔던 것이 애거사 크리스티의 허구적 세계관이자 삶이 아니었을까?

레이먼드 챈들러도 청상과부나 다름없는 삶을 살았던 어머니에게 아내가 될 씨씨란 여자를 소개하면서 나이를 속여야만 했었다. 두 번의 이혼 경력에 자식까지 두고 있던 그녀는 챈들러보다 나이가 열여덟 살이나 많았다. 일곱 살 때 알코올 중독자였던 아버지의 가출, 미국에서 살다가 경제적 곤궁으로 인해 외가인 아일랜드로의 이주, 막막하고 고될 수밖에 없었던 어머니의 삶…. 챈들러의 속임수는 불우한 유년 시절을 보낸 자신과 어머니의 힘겨웠던 삶, 그리고 영영 소식을 끊고 사라져버린 이해할 수 없는 아버지의 삶에까지 닿아 있다. 대중의 눈에 잘 보이지 않던 그의 삶은 화려한 작가 생활과는 달리 과거의 고통스러운 기억을 끝내 끊어내지 못해 힘겨워한 삶이었다. 애거사 크리스티의 시에서처럼 발목 잡힌 과거에서 결혼할 여자를 어머니에게 기쁘게 소개하는 달콤한 현재로, 마음먹기에 따라 휙 도약할 수 없었던 삶이다.

이 글을 읽는 독자여! 당신은 삶의 고통을 어떻게 받아들이는가? 애거사 크리스티의 시[8]에 드러난 고통의 감정은 이렇다.

웃고 또 웃어라!
내가 너를 웃게 만들지 못한다면
고통이 무슨 소용이 있겠는가?
　　　　　－어린이들의 친구, 늙은 펀치넬로의 노래

8　〈이탈리아 가면극A Masque from Italy〉이라는 코미디 인형극 시로 여섯 명의 등장인물이 나온다. 에필로그에서는 펀치넬로가 말한다.

그런데 내가 고통에 대한 그녀의 인식의 깊이를 가늠해보려는 순간, 그녀는 내 진지함을 비웃기라도 하듯 이렇게 선언해버린다.

연극은 끝났다! 이야기는 말해졌다!

편안한 삶을 추구했기에 인간의 고통을 보지 않으려 했던 것일까? 삶의 고통을 외면함으로써 인간은 행복해질 수 있다고 믿었던 것일까?

그녀는 자신의 육체를 실존 상황 속에 던진 '탐색의 눈'이 아니라 삶과 거리를 둔 '관찰의 눈'으로 세상을 본 사람이 아닐까 한다. 그마저도 구성되고 계획되고 연극으로 선언되고 철저히 라임에 맞춰진 것이기를 바랐다. 나는, 그녀의 고백과 달리 순진함이 시 쓰기에만 머물렀던 것이 아니라 마약 같았다던 추리소설로도 이어졌다고 생각한다.

나는 오래전 애거사 크리스티에 관해 장문의 에세이[9]를 쓴 적이 있다. 꽤나 애착을 느꼈던 작가인데, 세월의 농간일까, 이젠 먼 거리에서 착잡한 마음으로 그녀를 바라보는 느낌이다. 아마 성공한 작가 속으로 실제 인간이 들어와버린 탓일 게다.

---

9 〈애거사 크리스티와 영국의 추리소설〉, 《21세기 문학》 2002년 가을호, 20~34쪽

"착한 여자는 천국에 가지만
미친 여자는 어디든 간다!"

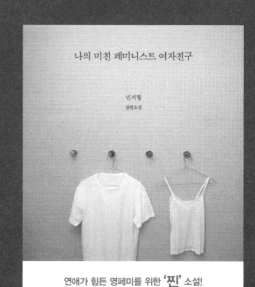

나의 미친 페미니스트 여자친구

민지형
장편소설

연애가 힘든 영페미를 위한 '찐' 소설!

2021
웹툰 연재
확정

드라마
영화화
확정

2019 부산영화제
스토리마켓상품

최고의
화제작

2019 교보문고
소설가 10인이 추천한

올해의
소설

나의 미친 페미니스트 여자친구
민지형 장편소설

고바야시 월드로의 핏빛 초대장

한새마

2019년에 〈엄마, 시체를 부탁해〉로 '계간 미스터리'신인상을, 그해 〈죽은 엄마〉로 '엘릭시르 미스터리 대상' 단편상을 수상했다. 채팅형 소설 플랫폼 채티에 〈비도덕 살인마〉를 연재했고, 《괴이한 미스터리-저주편》에 〈낮달〉을 수록했다. 그 외에 〈어떤 자살〉, 〈병든 자들〉 등의 작품을 발표했다.

2020년 11월 23일, 고바야시 야스미 작가가 안타깝게도 향년 58세의 나이로 별세했다. 그는 1995년 단편 〈장난감 수리공〉으로 제2회 일본 호러소설 대상 단편상을 수상하며 데뷔한 후로 공포, 판타지, SF, 미스터리 장르를 넘나들며 그야말로 여러 분야에서 두각을 드러냈던 천재 작가다.

나는 한 사람의 팬으로서 큰 충격과 슬픔을 느꼈다. 그래서 국내에 출간된 고바야시 야스미의 소설들을 소개하는 기회를 가지게 되어 기쁘다. 서평이라기엔 많이 부족한 이 글은 아직 '고바야시 월드'에 발을 내딛지 않은 분들께 드리는 핏빛 초대장이다.

심드렁하게 잔인하게,
《장난감 수리공》

고바야시 야스미의 데뷔작인 단편 〈장난감 수리공〉은 낮이면 선글라스를 끼고 다니는 여자의 어릴 적 고장 난 장난감을 수리해주던 기묘한 수리공에 대한 이야기다. '새것이든 헌것이든 복잡한 것이든 가리지 않고' 장난감이 망가지면 아이들은 수리공에게 가져간다. 수리공은 아이들에게 의뢰받은 고장 난 장난감들이 충분히 모이면 이 모두를 완전히 분해한 뒤 새로 조립한다.

동생을 조금만 다치게 해도 밤새 기둥에 묶여 있어야 하는 여자아이는 실수로 육교에서 발을 헛디뎌 그만 동생을 죽이고 만다. 부모에게 혼나고 싶지 않은 마음에 여자아이는 '얼굴도 검게 변색돼서 도저히 살아 있다고 우길 수 없는' 동생을 업고서 장난감 수리공을 찾아간다.

나에게도 두 살 터울의 남동생이 한 명 있다. 맞벌이였던 부모님 대신에 어린 남동생을 돌봐야 했던 시절이 있었다. 비싼 학용품이나 장난감을 선물받은 지 불과 며칠 만에 부서뜨리곤 부모님한테 들켜서 혼날까봐 마음을 졸이기도 했다. 그래서 그런지 소설 속 어린 여자아이의 처지에 공감이 갔다. 오죽하면 남동생의 시체를 업고 장난감 수리공에게 달려갔을까, 이해할 수 있었다. 그 때문에 소설 후반부에 묘사하는 장면은 악령이나 살인자가 등장하지 않는데도 '쫄깃한' 공포를 느낄 수 있었다. 누군가에게 장난감 수리를 맡겨본 적 있는가? 완전히 망가뜨릴까봐 조마조마하며 옆에서 지켜보게 되지 않던가?

이 소설집에 함께 실린 중편 〈술에 취해 비틀거리는 남자〉에서도 〈장난감 수리공〉의 여자아이처럼 죽은 자를 되살리려고 한다. 이번엔 초자연적 존재가 아니라 양자역학과 뇌과학을 이용해 시간을 되돌려 살리려고 한다. 하지만 의지를 통제할 수 없는 수면 이후에는 늘 예상 밖의 시간대에 깨어난다. 때로는 '매미를 잡는 초등학생'이었다가 '젖병을 빠는 젖먹이'가 되기도 한다. 이렇게 해서 사랑하는 여자를 정말 되살릴 수 있을지 의문이다. 그리고 독자들도 이 의문을 느낄 즈음에 대반전이 일어난다.

고바야시 야스미의 작품들은 서로 이어져 있다. 그래서 고바야시 월드라는 수식어가 붙은 것이다. 〈장난감 수리공〉, 〈술에 취해 비틀거리는 남자〉의 인물들이 '메르헨 죽이기 시리즈'에 등장하기도 하고, 《커다란 숲의 자그마한 밀실》의 등장인물들이 《기억 파단자》에 중요 인물로 등장하기도 한다. 전작들의 인물들이 뒤에 출간된 소설 속에 등장하면서 보다 입체적으로 변모한다. 전작들을 다시 읽을 때에 처음 읽었을 때와는 또 다른 재미를 느낄 수 있다.

'괴랄한' 본격 미스터리,
《밀실·살인》, 《커다란 숲의 자그마한 밀실》

'밀실 살인'이라면 미스터리 장르 독자들이 좋아하지 않을 수 없는 아이템이고 또 그만큼 익숙한 소재이기도 하다. 하지만 고바야시 야스미의 밀실 살인은 발상부터가 다르다. 제목을 가만히 들여다보면 밀실과 살인 사이에 '·'이 찍혀 있다. 밀실 살인이 일어났는데 밀실 밖에서 시신이 발견된다. 사고인지 자살인지 구분되지 않는 기이한 상황은 밀실 수수께끼, 사망 원인 수수께끼와 더해져 굉장히 신선하게 진행된다.

등장인물들은 초자연적 존재와 소통한다거나 괴상한 주문을 외우고 상식을 한참 벗어나 있어서 요즘 말로 '괴랄'하기 그지없다. 하지만 이렇게만 이야기가 진행된다면 본격 미스터리가 아니라 블랙코미디 호러 정도에 그쳤을 것이다. '괴랄한' 탐정과 조수가 수수께끼를 추리하는 방법은 모든 가능성들을 열거해놓고 불가능한 것들을 지워나가는 '소거법'이다. 비논리적 세계 속에서 끝까지 논리적으로 추론해가는 《앨리스 죽이기》에 만족한 사람이라면 《밀실·살인》도 즐겁게 읽을 수 있을 것이다.

단편집인 《커다란 숲의 자그마한 밀실》에는 고바야시 월드의 탐정들이 대거 등장한다. 그래서 나는 고바야시 월드를 여행하는 독자라면 이 단편집을 꼭 읽어보라고 권한다. 기억을 잃은 회사원 '니키치', 정체불명의 '토쿠 영감'부터 국내에는 출판되지 않은 '초한탐정'까지 만나볼 수 있는 기회이니 말이다. 게다가 바카미스(황당 미스터리)부터 SF 미스터리까지 미스터리 종합선물세트 같은 느낌을 받을 것이다.

비논리적인 세계와 이성적인 추리의 융합,
'메르헨 죽이기' 시리즈

메르헨이란 독일어로 어린이들을 위한 공상적이고 신비로운 옛이야기나 동화를 뜻한다. 이 중에는 '마더구스'처럼 구전적이고 민속적이며 자연발생적인 이야기가 있는가 하면 '민족 메르헨'의 정신을 계승하여 창작된 '창작 메르헨'도 있다. '창작 메르헨'의 대표적인 작가로는 F. 노발리스, E. T. A. 호프만, H. C. 안데르슨, O. 와일드 등이 있다.
고바야시 야스미는 우리가 잘 알고 있는 메르헨 이야기를 이용해 반전에 반전을 거듭하며 핏빛 추리 쇼를 만들어낸다.

이런 소설 처음이지?
《앨리스 죽이기》

이상한 나라와 지구는 꿈으로 이어져 있다. 어느 날 달걀 '험프티 덤프티'가 누군가에게 떠밀려 죽는 사건이 발생한다. 그러자 지구의 '오지'가 옥상에서 추락사한다. 각기 다른 두 세계에서 일어난

죽음이 하나로 이어져 있다는 걸 깨달은 '아리'와 '이모리'. 두 사람은 각각 '이상한 나라'에서 '앨리스'와 도마뱀 '빌'이라는 걸 알게 된다.

이상한 나라에서 연쇄살인이 일어나고 앨리스와 빌은 살인범으로 몰려 사형을 당할 위기에 처한다. 누명을 벗을 시간은 단 7일. 현실과 꿈속, 두 세계에 남겨진 단서로 연쇄살인의 진범을 잡아야 한다.

환상성과 잔혹함, 그로테스크한 묘사에 본격 미스터리의 논리가 더해진 이 작품은 2014년 '이 미스터리가 대단하다' 4위, '본격 미스터리 베스트 10' 6위에 오르는 등 일본 주요 미스터리 순위에 이름을 올리며 독자들로부터 크게 호평을 받았다.

특히 《앨리스 죽이기》의 반전은 추리소설가라면 꼭 한 번 써보고 싶다는, '자리에서 벌떡 일어나게 만드는' 정도의 반전이라서 끝까지 읽기를 권한다. 나는 지금껏 《앨리스 죽이기》를 읽은 사람 중에서 이 수수께끼를 풀거나 반전을 알아맞혔다는 사람을 단 한 명도 본 적이 없다. 소설 막판에 건조한 어투로 묘사되는 피의 처형 장면은 그야말로 백미 중의 백미라고 할 수 있다.

이번엔 밀실이야!
《클라라 죽이기》

《앨리스 죽이기》의 후속작 《클라라 죽이기》에서는 도마뱀 '빌'이 '이상한 나라'로 가는 도중에 길을 잃어 차이콥스키의 발레 원작으로 더 유명한 〈호두까기 인형〉의 '호프만 우주'에 떨어지게 된다. 전작인 《앨리스 죽이기》에서 된통 당한 게 있어 초반 대화 장면까지 세심하게 읽었지만 고바야시 작가가 준비한 반전에 여지없이 뒤통수를 얻어맞을 수밖에 없었다.

《클라라 죽이기》에선 밀실이 등장하는데, 재미있는 건 '밀실 살인'이 아니라 '밀실 알리바이'라는 것이다. 살인 사건 발생 시각에 용의자가 친구들과 밀실 안에 있었던 것. '밀실 알리바이'도 깨뜨려야 하고 범인도 잡아야 하고 아바타 매칭도 해야 하고, 재미가 두 배 세 배가 될 수밖에. 그리고 《클라라 죽이기》엔 〈장난감 수리공〉의 기묘한 수리공 같은 인물이 등장해서 소설 전체에 괴기함을 더한다. 소설 마지막에 〈술에 취해 비틀거리는 남자〉의 인물이 깜짝 등장하기도 한다.

'찐팬'일수록 더 큰 충격!
《도로시 죽이기》

'메르헨 죽이기' 시리즈를 순서대로 읽어야 하느냐는 질문을 받곤 하는데 나는 그때마다 꼭 순서대로 읽으라고 권한다. 왜냐하면 바로 《도로시 죽이기》 때문이다. 고바야시 월드에 익숙해진 독자일수록 뒤통수의 충격이 훨씬 심하다.

조금 멍청한 도마뱀 '빌'이 이번엔 '오즈의 나라'에 간다. '이상한 나라'로 돌아가고 싶었던 빌은 마법의 힘을 가진 '오즈마 여왕'의 생일잔치에 참석하게 된다. 강력한 마법으로 보호받는 궁전 안에서 경비 대장이 잔혹하게 살해당하고 파티에 참석한 사람들은 대부분 알리바이를 가지고 있는 상황. 잠시 후 도로시마저 숨진 채 발견된다.

《도로시 죽이기》에서는 〈장난감 수리공〉, 〈술에 취해 비틀거리는 남자〉 속 인물들이 대거 등장하는데 지금 와 생각해보니 이것 또한 고바야시 작가의 함정인 것 같다. 아무튼 이 소설을 읽는 독자는 아는 만큼 당하고, 눈 뜨고 코 베이는 희한한 경험을 하게 될 것이다. 그리고 '메르헨 죽이기' 시리즈에서 접하게 될 거라곤 상상조차 해본 적 없는 트릭이 등장한다. 지금까지와는 다른, 동물적인 잔혹함을 접하게 되는데 어쩐지 〈인외 서커스〉와 색깔이 비슷하다.

사이코패스 탐정 등장!
《팅커벨 죽이기》

빌과 이모리의 여행은 끝나지 않았다. 이번엔 '네버랜드'다.
초장부터 팅커벨의 살인 장면이 등장한다. 웬디와 잃어버린 아이들은 피터에게 탐정 역할을, 조금 멍청한 도마뱀 빌에게 탐정 조수 역을 시켜 진범을 잡도록 한다. 영원히 어른으로 성장하지 못한 피터는 툭하면 칼을 휘두르고 불을 지르는 등 사이코패스적인 모습을 보인다. 빌은 피터에게 살해당하지 않으면서 동시에 피터의 죄를 입증해야 하는 아주 이상하고도 곤란한 상황에 놓이게 된다.

전작인 《도로시 죽이기》에 비해 잔혹함이 한층 배가된 《팅커벨 죽이기》는 '죽이기 시리즈'의 다른 작품에 비해 훨씬 많은 수의 캐릭터들이 죽어나간다. 특히 소설 마지막에 등장하는 설산 장면은 가히 압권이라고 할 수 있다. 그리고 이번에도 여지없이 독자들을 눈뜬장님으로 만들어버리는 트릭과 반전이 준비되어 있다.

안타깝게도 《팅커벨 죽이기》를 마지막으로 빌과 이모리의 모험을 더는 보지 못하게 되었다. 하지만 '메르헨 죽이기' 시리즈의 피날레

를 장식했다고 할 수 있을 만큼 《팅커벨 죽이기》는 완성도와 재미
가 대단하다.

기억상실증 환자와 초능력자의 대결,
《기억 파단자》

어느 날 낯선 방에서 깨어난 니키치는 머리맡에 놓인 한 권의 노트
를 발견한다. 그 노트에는 자신이 단기 기억상실증에 걸렸다는 청
천벽력 같은 사실이 적혀 있었다. 설상가상으로 그는 타인의 기억
을 개조하는 초능력을 가진 살인마 '키라'와 대면하게 된다.

이건 뭐, '병인 vs. 초인'의 대결이다. 체급 차가 너무 많이 나는 게
임이다. 하물며 니키치는 그저 불쌍한 기억상실증 환자가 아니다.
불량배에게 얻어맞는 사람을 도와주다가 머리를 다친 용기 있는
'착한 사마리아인'이다. 그래서 니키치를 응원하게 되는 건 당연하
다. 게다가 키라는 동네 양아치 뺨치는 소인배 초능력자 아닌가?
이 책을 읽다 보면 어느새 주먹을 꽉 쥐고 '니키치, 이겨라!'를 외치
고 있는 자신을 발견하게 될 것이다.

이런 말도 안 되는 대결은 《인외 서커스》로도 이어진다. 하지만
《인외 서커스》와 다른 점이 있다. 체스나 바둑의 대결을 보는 듯 한
수 앞을 내다보고 공격과 수비를 주고받는 대결은 흥미진진하면서
지적, 논리적 쾌감을 준다.

비논리적인 것을 논리적으로 풀려고 하는 고바야시 야스미의 특징
이 이 소설에서도 잘 나타나 있다. 게다가 호러적인 장치까지 곳곳
에 숨겨놓았는데 고바야시 작가의 악동 같은 면을 느낄 수 있다.

어쩌면 이제는 클리셰라고 말하기도 식상한 '단기 기억상실증'이라

는 소재도 고바야시 월드에선 전혀 다른 새로운 이야기로 탄생한다.

슈퍼 초 울트라 괴인 vs. 기능인 혹은 기술자?
《인외 서커스》

선과 악의 대결 구도라는 점에선 《기억 파단자》와 닮아 있는 《인외
서커스》는 개인적으로 독서 권태기에 빠져 있던 나를 끌어올려준
고마운 소설이다.

《인외 서커스》는 제목에 쓰여 있듯이 사람 아닌 존재들이 등장한
다. 흡혈귀 떼거리가 사소한 오해로 서커스단을 습격하고, 망하기
일보 직전의 서커스 단원들이 목숨 걸고 대항한다.

이 소설에 등장하는 흡혈귀 떼거리는 우리가 기존에 알고 있던 흡
혈귀들과 완전히 다르다. 일본의 〈도쿄 구울〉, 〈기생수〉 같은 애니
메이션이나 넷플릭스 〈스위트홈〉에 등장하는 괴물들을 떠올리게
하는데, 사람을 맨손으로 찢어버릴 정도의 엄청난 괴력을 가지고
있고 심지어 날아다니기까지 한다. 인간일 뿐인 서커스 단원들이
몇 초라도 버틸 수 있을까 했는데 그동안 갈고닦아 온 서커스 기술
과 반짝이는 아이디어로 끝까지 승패를 알 수 없게 만든다.

인간을 장난감처럼 갖고 노는 흡혈귀 떼와 은퇴한 국가대표 선수들
같은 서커스 단원들의 목숨을 건 대결에 한번 책을 잡으면 손에서
놓지 못할 것이다. 하지만 작가는 피 냄새 가득한 호러 액션 스릴러
에서도 추리적인 재미를 포기하지 않고 '범인 찾기 수수께끼'를 심
어놓았으니 마지막까지 추리하는 재미를 느껴보시길. 나는 호러 액
션 스릴러라며 마음 푹 놓고 읽다가 제대로 뒤통수를 얻어맞았다.

기억과 기록 사이에서 방황하는 존재,
《분리된 기억의 세계》

단기 기억상실증을 소재로 다룬다는 점에서 《기억 파단자》와 닮았지만, 《분리된 기억의 세계》는 전혀 다른 스타일의 SF 미스터리라고 할 수 있다. 이 소설을 마지막으로 소개하는 이유는 아직 국내엔 소개되지 않았지만, 고바야시 월드의 미개척 지역에는 SF 장르가 있다는 걸 알리기 위해서다. 고바야시 야스미는 공대 출신이기도 하고 SF 장르 분야에서 다수의 상을 수상하기도 했다.

이 소설은 1부와 2부로 나뉠 수 있는데 1부는 인류 전체가 갑자기 10분밖에 기억하지 못하는 단기 기억상실증에 처음 걸렸을 때 우왕좌왕하는 모습을 그리고 있다. 인류 전체가 단기 기억상실증에 걸린 게 무슨 대수냐 싶을지도 모르지만 1부의 등장인물 중에 원자력발전소 연구원들이 있다. 원자력발전소에 비상벨이 마구 울리는데 원인도 찾지 못하고 그렇다고 섣불리 나설 수도 없는 상황이다. 단기 기억상실증에 걸렸다는 사실조차 10분마다 리셋되는 연구원들끼리 이 비상사태를 어떻게 타개해나갈 것인지 흥미진진하다.

2부는, 그리하여 대공황 상태 이후에 인류 전체가 메모리칩을 꽂고 다니게 되면서 벌어지는 여러 에피소드를 연작 형식으로 그리고 있다. 이제 인류는 태어나는 순간부터 메모리를 꽂고 생활하고 이 메모리를 빼면 아무런 기억도 없는 상태가 된다. 전반적으로 2부는 서정적이고 슬픈 아우라를 지녔기 때문에 지금까지의 핏빛 고바야시 월드와는 사뭇 다른 느낌을 받는다. 서정 SF 미스터리라고 해도 좋을 것이다.

과연 인간의 기억이란 게 그 인간의 존재 자체인 것일까? 기억이 없다면 인간은 사유할 수 없는가? 기억이 뒤섞이면 그 인간의 정체

성도 바뀔까? 등등 기억과 기록과 존재에 관한 질문을 끝까지 밀어
붙이며 다양한 형태로 고찰한다.

초대의 글을 마치며

고바야시 야스미 작가의 타계 후 그동안 국내에 소개되지 않았던
단편집, SF 소설들과 '초한탐정 시리즈'까지 차근차근 발간될 예정
이라고 한다. 한 사람의 찐팬으로서 기쁜 소식이 아닐 수 없다.
이 글을 쓰면서 새롭게 느낀 점이 있다. 내가 왜 고바야시 야스미
작가의 소설들을 좋아하는지 새삼 깨달았다. 판타지, SF, 호러의 괴
랄한 세계와 접목시키지만, 그 안에서 고군분투하는 인물들은 우리
네 이웃이자 소시민이다. 타인을 도우려다가 불행해진 착한 사마리
아인, 연이은 실패로 트라우마에 빠진 기술자, 동생을 다치게 한 누
나, 사랑하는 사람을 잃은 애인 등등. 그들 앞에 등장하는 장애물은
어마어마하고 무시무시한 것들이다. 하지만 그들은 생각하고 고민
하고 도전함으로써 극복해낸다.
그래서 나는 '고바야시 월드'가 참 좋다. 이 초대장이 많은 사람들에
게 도착되기를….

존 르 카레의 은밀한 세계

박광규

고려대학교 대학원(비교문화비교문학협동과정)에서 석사학위를 받았다. 《계간 미스터리》 편집장, 《월간 판타스틱》과 한
국어판 《엘러리 퀸즈 미스터리 매거진》의 편집위원으로 활동했다. '블랙캣 시리즈' 등을 비롯한 다수 추리소설에 해설
을 썼고, 《주간경향》과 《스포츠투데이》 등에 칼럼을 연재했다. 저서로는 《우리 시대의 대중 문화》, 《일본추리소설사전》
(공저), 《미스터리는 풀렸다!》 등이 있고, 역서로는 《지킬 박사와 하이드 씨》, 《세계 추리소설 걸작선》(공역) 등이 있다.

REVIEW

"영국의 정보작전은 옳고 그름이 너무 근접해 있어서, 작전이 종료되었더라도 실제로 종료되었는지 모호한 오물 구덩이처럼 묘사했다. 르 카레의 첩보원들은 예산 문제, 관료의 권력 투쟁과 정치인들의 불투명한 조작 속에서 일을 추진하는 외롭고 자기 환멸에 빠진 사람들이며, 적과 동료, 연인에게 배신당하기 쉬운 사람들이다."

–새라 라이얼, 뉴욕 타임스, 2020년 12월 14일

2020년 12월 12일(현지 날짜), 영국의 작가 존 르 카레의 타계 소식이 전해졌다. 보도 매체들은 '거짓말의 세계를 진실로 가득 채운 이야기로 바꾼 작가'(런던 타임스), '새로운 차원의 진지함으로 스파이 소설을 존중받게 한 작가'(가디언), '스파이 행위와 제국의 윤리적 경계를 섬세하게 탐색한 스파이 소설가'(파이낸셜 타임스) 등의 표현으로 그를 기렸으며, 동료 작가들의 추도도 이어졌다. '문학의 거인이자 인도주의자'(스티븐 킹), '전후戰後 영국의 위대한 소설가 중 하나'(로버트 해리스), '20세기 중반을 이해하는 열쇠'(마거릿 애트우드) 등.
떠난 사람에게는 대개 화려한 추도사가 넘치기 마련이지만, 존 르 카레는 이런 찬사를 받을 만한 업적을 이미 오래전에 쌓아놓았다. 30대에 들어서면서 발표한 데뷔작 《죽은 자에게 걸려온 전화》(1961) 이래 《추운 나라에서 돌아온 스파이》(1963), 《팅커, 테일러, 솔저, 스파이》(1974)를 비롯한 '조지 스마일리 연작 시리즈' 작품들은 현대 스파이 문학계에 커다란 자취를 남겼으며, 2019년에 이르기까지

팅커, 테일러, 솔저, 스파이

JOHN LE CARRÉ
존 르카레 장편소설 | 이윤기 옮김

약 60년의 세월 동안 장편소설 25편을 발표(그 외 단편소설과 논픽션도 다수 발표했다)하는 꾸준함으로 자타가 공인하는 거장의 자격을 차지한 것은 20세기 중후반의 일이었다.

기구한 사연을 가진 사람일수록 훌륭한 작품을 쓴다는 속설이 있는데, 르 카레의 성장 과정과 부모와의 관계는 웬만한 작품의 소재로 쓸 수 있을 정도였다. 르 카레는 1931년 10월 영국에서 태어났으며, 본명은 데이비드 존 무어 콘웰이다. 어머니는 그가 다섯 살 때 집을 나가버렸고, 아버지는 빚을 진 채 집을 자주 비웠기 때문에 남아 있던 르 카레의 형제들은 성난 채무자들에게 자주 시달림을 당하곤 했다(훗날 그는 사설탐정에게 자신의 아버지에 대해 조사해달라고 의뢰했는데, 아시아 지역에서 불법 무기를 거래했고, 세상을 떠나기 직전까지도 동독에서 뭔가 수상한 사업을 벌이려 했음을 알고 경악했다고 한다). 다섯 살부터 열여섯 살까지 그는 사립학교, 기숙학교에 재학하면서 중산층의 사고방식을 배웠으며, 일종의 가장假裝 기술을 익혔다고 회상한다.

스위스로 건너가 베른대학에서 공부하던 그는 1950년 '독일어에 능통하고 적절한 사회적 배경을 가진 젊은 영국인'을 찾던 영국 정보부의 관심을 끌어 베른에 있는 영국 대사관에 채용되었다. 그는 동유럽 공산국가에서 서방 세계로 건너온 사람들을 독일어로 심문하는 업무를 맡았다. 2년 후 영국으로 돌아온 후 옥스퍼드대학에 입학해 현대 언어를 전공했으며, 그 와중에도 영국 정보부를 위해 은밀한 임무(소련의 정보원이 될 것 같은 사람을 감시)를 수행했다. 1956년 대학을 졸업한 그는 이튼학교에서 프랑스어와 독일어를 가르쳤으며, 1958년 외무부에 들어가 처음에는 서독의 본에 있는 영국 대사관에서 근무했다.

르 카레는 클랜모리스 경(필명 '존 빙햄'으로 추리소설을 쓴 바 있으며, 조지 스마일리의 모델 중 한 명으로도 알려져 있다)의 격려를 받아 첫 소설 《죽은 자에게 걸려 온 전화》를 쓰기 시작했다. 외무부 직원은 자신의 이름으로 책을 출판하는 것이 허용되지 않았기 때문에 본명인 콘웰 대신 프랑스식 이름인 존 르 카레라는 필명으로 작품을 발표한다.

그는 1950년대 말에서 1960년대 초까지 영국 국내 정보국인 MI5와 외국 정보국인 MI6에서 근무했는데, 본인의 표현에 따르면 맡았던 임무는 미미했다. 하지만 그는 스파이 소설을 쓰기에 충분한 경험을 쌓았으며, 세 번째 작품 《추운 나라에서 돌아온 스파이》는 세계적 베스트셀러가 되었고 리처드 버튼이 주연한 영화로도 제작되어 호평을 받았다. 그러나 르 카레의 정보요원 경력은 1964년 악명 높은 영국의 이중간첩 킴 필비가 소련에 망명해 요원들의 정보를 넘기면서 종료된다.

유명 작가의 반열에 오른 그는 전업 작가로 변신하여 작품 집필에 전념하기 시작했다. 르 카레가 작품 활동을 시작했던 1960년대에 주류를 이루던 스파이 소설은 그의 작품과 전혀 달랐다. 최고의 인기를 누리고 있던 스파이 소설은 이언 플레밍의 '제임스 본드 시리즈'였는데, 르 카레의 작품은 007의 화려한 모험담과는 대척점에 있었다. 그의 작품에는 멋진 주인공도 없고, 특수한 장비도 없고, 세계를 정복하려는 미치광이도 나오지 않는다. 평범하고 결함이 있는 인간, 기나긴 기다림, 그리고 암울한 현실을 묘사하는 그의 작품에 독자들은 공감했으며, 그것이 새로운 스파이 소설의 커다란 흐름이 되기까지는 그리 오래 걸리지 않았다.

그의 작품은 껄끄럽고 메마르다. 그러나 팽팽하고 복잡한 음모, 강력한 스토리 구성, 그리고 현장 경험에서 우러나온 현실적 묘사를 통해 그의 책은 문학적 업적이 되었다(다만 그는 이언 플레밍이 '007 시리즈'라는 영웅적인 소설을 쓰면서 이른바 장외시장, 즉 스파이 소설의 시장을 개척했다는 한 가지 이유만으로도 자신이 커다란 빚을 진 셈이라고 밝힌 바 있다).

역설적이게도 르 카레는 자신의 원고를 검토한 소속 기관이 '처음부터 끝까지 순수한 허구', 즉 비현실적이라는 결론을 내렸기 때문에 작품을 계속 쓸 수 있었다고 밝혔다. 그의 작품을 읽은 정보요원들은 대부분 불쾌한 반응을 보였다고 한다. 그의 작품 속에서는 동료들 간의 불신과 배반이 자주 일어나는데, 실제 정보 조직에서는 동료들 사이의 신뢰가 무엇보다 중요하기 때문에 그의 소설이 현실과 완전히 다르다는 것이다.

한편 놀랍게도 그의 작품은 소련에서 엄청난 인기를 끌었다. 르 카레가 세상을 떠나자 런던의 러시아 대사관에서도 추도사를 남겼다. '철의 장막 반대편에서 그는 러시아를 알고 이해했으며 수백만 명의 러시아 독자들에게 존경을 받고 있습니다.' 러시아 외무장관 예브게니 프리마코프(전 KGB 국장)는 1997년 런던을 방문했을 때 르 카레와의 만남을 특별히 요청했다. 그는 자신을 조지 스마일리와 동일시한다고 밝혀 르 카레를 놀라게 했다고 전해진다.

많은 작가들이 단기간의 성공에 그치는 경우가 많지만, 르 카레는 그렇지 않았다. 베를린 장벽이 세워진 1961년에 첫 작품을 출간한 그는, 1989년 장벽이 무너지고 소련이 붕괴되었어도 여전히 작품을 발표했다. '공산권이라는 거대한 세력이 없어지면 스파이 소설은 한계에 다다를 것이다'라는 전망도 있었지만, 무기 밀거래, 부패한 거대 기업체, 제3세계의 어두운 면, 국제 테러 등 인간을 위협하

는 '악한 존재'는 전혀 사라지지 않았던 탓인지, 르 카레는 세상을 떠나기 전까지 60년에 가까운 세월 동안 작품 활동을 이어갔다.

르 카레의 유산은 단순히 작품에만 그치지 않는다. 사실상 현대적 스파이 소설의 선구자나 마찬가지인 까닭에, 그가 만들어낸(혹은 일반화한) 용어들이 적지 않다.

가장 대표적인 것은 '두더지mole'일 것이다. 땅굴을 파면서 살아가는 작은 포유동물인 두더지는, 그의 작품에서 완전히 다른 의미를 갖는다. 상대 국가의 정보기관에 잠입(또는 포섭되어 변절)해 내부 붕괴를 일으키는 요원을 뜻하며, 이제는 스파이 소설에서 일반 용어로 쓰인다(르 카레는 이것이 자신의 발명이 아니라 KGB가 실제 쓰는 용어라고 밝혔으나, 소련에서 그런 용어를 사용했다는 언급은 전혀 나오지 않았다).

또한 1960년대에는 MI5, MI6 같은 정보부서의 존재를 영국 정부에서 공개하지 않을 정도로 은밀한 조직이었기 때문에 르 카레는 두 기관을 통합한 성격의 '서커스'라는 이름의 가상 기관과 그곳의 책임자인 '컨트롤'을 비롯해 '허니 트랩'(미인계), '스캘프 헌터'(암살 및 회유 담당), '램프 라이터'(정보 탐문 요원) 등의 직책 암호명을 만들어냈는데, 어느덧 독자들에게 익숙해지고 말았다. 또 냉전 말기에 소련을 상대로 활동하는 CIA 팀의 별명은 '러시아 하우스'로 알려져 있는데, 동명의 1989년 작품 제목에서 따온 이름이다.

그는 21세기에 접어들어서도 활발한 활동을 보여주었다. 대략 2년에 한 편꼴로 작품을 발표했으며, 〈팅커, 테일러, 솔저, 스파이〉 (2011), 〈더 나이트 매니저〉(2016), 〈트레이터〉(2016), 〈리틀 드러머 걸〉(2018) 등 영상화된 작품에 카메오로 출연하기도 했다. 눈썰미 좋은 사람이라면 어렵지 않게 찾을 수 있을 것이다.

향년 89세. 많다면 많은 나이라고 할 수 있겠지만, 2019년에도 장편 《Agent Running in the Field》를 발표했음을 생각하면, 그의 죽음이 아쉽게 느껴질 따름이다. 앞으로 오랜 세월이 흘러도 스파이 소설을 읽으려는 독자의 선택에서 그의 작품이 빠질 날은 없을 것이다.

"어느 날 갑자기 모든 것이 무너졌을 때
우리를 구원하는 것은 무엇일까"

공원국 장편소설

가문비
탁자

이 소설은 단단하면서도 위태롭다. 삶 너머 죽음이 아닌 또 다른 삶을 놓으려는 의지를
때에 눈광으로 새기는 이야기. 번처럼 빛나는 고집이 빚어낸 소설!
— 김탁환(소설가)

사건의 스케일보다 캐릭터가 주는 심리적 스케일이 더 거대하다. 읽는 내내 먹먹했다.
— 원동연(영화 〈신과 함께〉 제작사 대표)

가문비 탁자
공원국 장편소설

나비클럽

미스터리
커뮤니티

반대인

2013년 〈시체는 엘리베이터를 타지 않는다〉로 '계간 미스터리' 신인상을 수상하며 데뷔했다. 이후 〈바텐더 탐정—밀실의 열쇠〉, 〈망자의 제보〉, 〈작전명 트러스트〉 등의 단편소설을 발표한 바 있다. 수수께끼 풀이라는 추리소설 본연의 가치에 주목하는 한편, 인간의 본성에 깃든 어둠을 조명하는 작품을 추구한다. 필명 '반대인'은 '반전을 꿈꾸며 데가주망한 삶을 사는 인간'이라는 좌우명에서 유래했다.

추리소설을
사랑하는
사람들

　　매일 회원들이 읽은 추리소설 후기가 끊임없이 올라오고, 일반인에게
는 이름도 생소한 작가의 작품이나 주인공에 관한 열띤 논쟁이 벌어지는 곳.
도서관을 방불케 하는 엄청난 양의 책이 꽂힌 서가 인증 사진을 흔하게 마주
할 수 있는 곳. 그곳이 '추리소설을 사랑하는 사람들'(이하 추사사)이다.

　　이곳을 제대로 알기 위해서는 대중문화 속 '마니아 문화'에 대한 이해
가 필요할 것 같다. 왜 마니아들은 구시대의 유물처럼 치부되는 활자에, 더군
다나 순수소설이 주류로 대접받는 현실에서 부차적인 위치일 수밖에 없는 추
리소설에 열광하는 것일까. 나는 그 이유가 마니아 문화의 필수적인 두 요소
인 '주류에 대한 저항'과 '다양성의 추구' 때문이라고 생각한다.

　　일본의 '오타쿠 문화'에서 볼 수 있는 것처럼, 마니아들은 필연적으로
주류에 대한 반감을 드러낼 수밖에 없다. 주류에 속해야만 한다는 강박관념에
피로감을 느낀 사람들은, 취미 생활은 시간 낭비라는 통념에 저항하며 '헛짓'
을 '정성껏' 하기 시작했고, 비슷한 취향을 가진 사람들끼리 뭉치기 시작했다.
그런 자발적 노력이 자연스럽게 지금의 추사사의 모습을 만들어냈다고 본다.

　　추사사는 지금으로부터 7년 전, 그룹형 SNS '밴드'가 사람들의 관심

을 막 끌기 시작하던 때 출발했다. 그전 해인 2013년 '계간 미스터리' 신인상을 받고 한국추리작가협회 회원이 된 나는 몇몇 지인과 창작 관련 의견을 교환하기 위해 밴드를 만들었다. 이후 추리소설에 관심을 갖고 가입하는 회원 수가 늘자 추리/미스터리/스릴러를 아우르며, 장르소설 독자들이 도서 정보와 독서 후기 등을 나누는 장으로서 발전하기 시작했다.

그 결과 다양한 스펙트럼을 지닌 미스터리 애호가들을 비롯해 작가 지망생과 작가, 그리고 출판계 종사자들이 참여하는 추리소설 커뮤니티로 자리매김했다. 현재 추사사에는 총 1245명의 회원이 활동하고 있으며 관련 밴드 검색 시 최상위에 랭크되는 밴드로 성장했다.

이렇게 되기까지 우여곡절이 없었던 것은 아니다. 이는 리더(밴드 개설자를 '리더', 공동 운영자들을 '공리'라고 부른다)인 나의 자발적(?) 실종 때문이었는데, 개인적으로 이런저런 복잡한 사정이 있었던 터라 밴드는 개점휴업 상태로 놔둔 채 상당 기간 접속조차 끊고 있었다. 당시 연락이 되지 않는 나를 두고 북으로 넘어갔다느니, 피살되었다느니, 사채업자를 피해 해외로 도피했다느니 하며 각종 설이 오갔다.

결과적으로는 잘한 일이었다고 생각한다. 주인 없는 놀이터가 된 밴드에서 마니아들은 제각각의 재치를 뽐내며 마음껏 놀기 시작했다. 나는 우리 밴드가 숙박 공유 시스템인 에어비앤비 같은 곳이라고 생각한다. 주인이 있다는 걸 의식하면 아무래도 손님이 마음 편히 지내기 어려운 것처럼, 자발적으로 혹은 어쩔 수 없이 리더의 존재가 유명무실해졌을 때 더 많은 사람들이 몰려들었다. 물론 그렇게 된 데에는 몇몇 회원들이 자기 집처럼 쓸고 닦고 조이고 기름칠한 노력이 있었다.

추사사의 구성원을 보면, 구경꾼, 팬, 마니아가 고루 섞여 있다. 우선 구경꾼들은 이곳이 뭘 하는 곳인지 궁금해서 들어온 사람들로 가입 후에도 별다른 활동을 보이지는 않는다. 그래도 올라온 글들의 조회 수가 꽤 되는 것을 보면 열심히 읽는 것 같기는 하다. 다음은 추리소설 팬들이다. 이들은 다른 회원의 독서 후기에 좋은 평가가 나온 책은 적극적으로 찾아 읽고 자신도 후기를 남긴다. 하지만 평점이 좋지 않거나 후기가 좋지 않으면 별로 손대지 않는다. 그리고 가장 수가 적지만 강력한 영향력을 가진 사람들이 마니아다. 이들이 올리는 글이나 사진만 봐도 범상치 않은 내공이 느껴지며, 회원들 사이에서 지식 배틀을 벌이는 것도 마다하지 않는다. 팬이 좋아하는 것만 편식한다면, 마니아들은 다른 사람의 평가에 휘둘리지 않으며 독자적인 판단을 내리기를 좋아한다.

하지만 추사사에서는 구경꾼이거나 팬이든 혹은 마니아든, 고수와 하수처럼 등급을 나누지 않는다. 그저 각자의 수준에 맞게 추리소설을 즐기고, 느낀 점을 진솔하게 나눌 뿐이다.

대부분의 커뮤니티가 그렇듯 추사사에서도 온라인의 만남이 오프라인까지 이어지고 있는데, 다양한 모임을 의식적으로 개최하는 편이다. 코로나19로 인해 사회적 거리 두기가 시행되기 전만 해도 종종 신선한 주제로 오프라인 모임을 가졌었다. 2019년 여름에는 밴드 결성 5주년을 기념하면서 '추사사 전국 모임'을 열고 한국추리작가협회 소속 작가들을 초대해 세계와 한국의

미스터리 소설의 동향에 대한 강의를 듣기도 했다. 가을에는 추계 MT를 부산에서 개최해 김성종 작가가 운영하는 추리문학관을 방문해 작품 세계에 대해 알아보는 자리를 마련했으며, 밴드 회원들이 기증한 책을 모아 책 경매 행사를 진행하기도 했다.

최근에는 비대면 상황에 맞추어 밴드의 라이브 방송 기능을 활용해서 국내외 미스터리 소설을 소개하고 참여자들과 실시간 채팅으로 독서 후기를 나누는 '라이브 독서 토론'을 진행했다. 매달 밴드에 올라오는 독서 후기와 좋은 글들을 묶어 발행하는 웹진《추사사 웹매거진》도 꾸준히 발간해서 통권 20호에 이르렀다.

여느 모임과는 다르게 지인인 추리작가들이 여럿 밴드에 가입해 있다 보니, 작가와 독자 사이의 소통이 활발하게 이루어지고 있고 그 결과가 조금씩 나타나고 있다. 밴드 회원인 김영민, 한새마, 홍정호가 '계간 미스터리' 신인상을 수상하면서 작가의 길로 들어섰고, 다른 회원들 역시 작품을 준비 중인 것으로 알고 있다.

일본의 서브컬처 평론가인 오스카 에이지는 그의 작품을 여럿 번역한 선정우 교수와의 대담에서 "과거에는 오타쿠가 '크리에이터'였는데 지금은 '유저'가 된 것이 치명적인 문제라고 생각"한다며, 유저화된 오타쿠들이 유저 입장에만 머물러 "하나의 작품을 다 소비하고 나면 또 다른 작품으로 이동해서 그 타이틀을 소비하는 행위를 반복하는 것"이 일본 문화의 쇠퇴와 연관되어 있다고 설명했다. 작품을 소비하는 독자에 머물지 않고 적극적으로 창작의 영역으로 뛰어드는 추사사 회원들의 모습이 기꺼울 수밖에 없는 지점이다.

작가들 역시 자신의 작품에 대한 반응을 실시간으로 확인할 수 있어 독자들의 성향을 파악하는 데 도움이 된다며 긍정적인 평가를 내리고 있다. 대부분의 미스터리 커뮤니티가 마니아 위주인 반면, 작가와 독자가 함께 소통하고 피드백을 주고받는 소통의 장이 되었다는 것이 추사사만의 특징이라고 할 수 있다.

냉정하게 말하면 문학의 위기는 출판사나 작가들의 문제일 뿐, 독자(소비자)의 입장에서는 자연스러운 현상일 뿐이다. 인터넷으로 누구나 쉽게 영상 콘텐츠를 즐길 수 있게 된 지금 굳이 책을 사서 읽는 것은 번거로운 일이 되어버렸다.

일부 유명 작가들을 제외하고 이름만으로 책을 팔 수 있는 시대는 지났다. 작품을 구매하는 소비자들의 기대를 파악하고 요구에 부응해야 살아남을 확률을 높일 수 있을 것이다. 더군다나 읽는 이에게 재미를 우선적으로 선사해야 하는 장르문학 쪽은 독자와의 소통이 더 중요할 수밖에 없다. 작가는 독자들의 요구를 정확하게 파악하고, 독자들은 장르에 대한 이해도를 높일 수 있는 장소를 마련하는 것, 작가와 독자 모두 영향을 주고받으며 시너지를 내는 것, 그리고 그것을 일회적인 사인회나 강연회가 아니라 인터넷상에서 매일 일어나게 하는 것, 그것이 추사사가 추구하는 이상적인 모습이다.

2019년 김성종 작가의 추리문학관을 방문해서

작가의 방

하나의 방, 세 개의 책상

김선민

작가, 스토리 디자이너. 판타지 장편소설 《파수꾼들》로 데뷔했으며, 도시괴담 소설집 《괴, 서울》에 〈엘혹〉을 《괴, 도시》에 〈요조〉를 발표했다. 종말 앤솔로지 《모두가 사라질 때》에 〈푸른 방〉을, SF 앤솔로지 《얼마도시-얼굴없음의 밤》에 〈제13호〉를 수록했다. 안저수지 앤솔로지 《명신학교에 오신 걸 환영합니다》를 기획하고, 작가로도 참여했다. 괴담, 호러 레이블 피아헐릴 운영하며 다양한 작품들을 기획, 제작한다. 스토리디자인 스튜디오 '코어스토리'를 창업 후 운영 중이다.

집필 공간

작가에게 집필 공간만큼 중요한 것은 없다. 나는 특히나 글을 쓸 때 이런 공간성에 굉장히 예민한 편이다. 쓰려고 한다면 카페나 외부에서도 노트북을 들고 쓸 수는 있겠지만 정말 급할 때가 아니고서는 내가 정해놓은 작업공간에서 정해진 책상에 앉아 세팅이 되어 있는 컴퓨터로 글을 쓰는 걸 선호한다. 이건 엄밀히 말하면 작가로서의 '나'와 다른 일을 할 때의 나를 분리하기 위한 의식이라고 할 수 있다.

나는 전업 작가이기도 하지만 회사를 운영하는 창업자이기도 하다. 코로나 이후 회사 규모를 줄여서 현재는 대부분의 시간을 집필에 할애한다. 종로에 마련한 사무실은 처음에는 집필실 겸 교육 공간으로 쓸 목적이었지만 코로나 이후 거의 나가지 못했다. 제품을 포장하거나 검수를 할 때만 가기 때문에 그곳에서 집필을 하는 경우는 거의 없다. 본래는 그곳이 작가의 방이 되었어야 했겠지만 지금은 창고의 역할에 충실한 공간이 되어버렸다.

덕분에 현재 내 작업실은 집이다. 집에 방이 두 개인데 하나는 안방이고, 다른 하나는 내가 작업실로 쓰고 있다. 아내가 고맙게도 방 하나를 온전히 내가 쓸 수 있도록 배려해줬다. 덕분에 나는 책상 세 개를 가져다두고 내 취향에 맞게 작업실로 꾸며서 쓰고 있다. 작가의 집필실에 왜 책상이 세 개나 필요하냐고 물어본다면, 모두 용도가 다르기 때문이다.

세 개의 책상

첫 번째 책상은 내가 학생일 때 부모님이 사준 고급 책상이다. 고무나무로 만든 묵직하고 단단한 책상인데 아버지의 성과급으로 어머니가 큰맘

먹고 책상과 책장 세트를 사주셨다. 글을 쓰겠다고 밤을 새우며 소설에 매달리던 아들이 책상이라도 좋으면 더 빨리 성과를 내지 않겠나 하는 주술적 기원이 깃들어 있는 물건이다. 책상이 널찍하고 튼튼해서 평생을 써도 충분할 것 같다. 습작생 시절에는 이 책상에서 10인치도 안 되는 넷북을 가지고 공모전용 단편소설을 쓰고, 고치고, 쓰고, 고치고 했다.

두 번째 책상은 요즘 내가 주로 작업할 때 쓰는 것인데, 지인에게서 얻어온 책상이다. 지인이 결혼할 때 가구점을 하시는 어머니로부터 큰 책상 두 개를 받았다고 한다. 그런데 둘 곳이 없어서 안방에 놔뒀다가 처치 곤란이라는 말을 듣고 곧바로 얻어 왔다. 시원한 색상의 원목 책상인데 컴퓨터를 놓고 작업하기에 안성맞춤이라 하나는 내 방에, 하나는 종로 사무실에 가져다놨다. 지금 이 글도 그 책상에 앉아서 쓰고 있다. 첫 번째 책상만큼이나 넓고 안정감이 있어서 편하게 쓰고 있다.

마지막 책상은 인터넷으로 산 보조 책상이다. 폭이 짧고 길이가 긴 이 책상을 왜 샀냐면 순전히 나의 욕심 때문이었다. 처음 방을 작업실로 꾸밀 때는 꽤 원대한 꿈이 있었다. 창가 쪽에 앞에서 말한 두 개의 큰 책상을 붙이고, 뒤에는 작업대로 쓸 만한 책상을 배치해서 방 자체를 집필과 작업이 가능한 홈 오피스로 만들 생각이었다. 작업대용 보조 책상이 필요한 이유는 정말 뜬금없지만, 내가 보드게임을 제작·판매하는 회사를 운영하고 있어서 게임의 시제품을 만들기 위해 종이를 자르고 하드보드판을 자를 일이 생각보다 많기 때문이다. 칼로 책상이 파여도 문제가 없는 편하게 쓸 수 있는 작업대가 필요했다.

나름 배치를 다 해두고 책상을 샀는데 웬걸, 조립을 하는 와중에 대가 휘어지고 드릴로 나사를 조이다가 나사가 다 뭉개져서 제대로 완성할 수가 없었다. 거기에 길이는 너무 길어서 갖다 버리자니 이것도 일이었다. 할 수 없이 사무실에라도 가져가서 쓸까 했는데 역시나 길이가 너무 길어서 차에 들어가질 않았다. 5만 원도 안 되는 책상을 사무실에 가져가자고 비싼 용달을 부르느니 차라리 버리고 새로 사는 게 낫겠다 싶어 이러지도 저러지도 못하고 그냥 방치해뒀다. 그러던 어느 날 집에 오신 장인어른이 엉망으로 방치된 책상을 보시더니 뚝딱뚝딱 고쳐주셔서 지금은 나름 모양새를 갖춘 작업대가 됐다. 하지만 작업대로서의 역할은 하지 못하고 있다. 내 욕심으로 사기만 하고 보지 않은 책들이 그곳에 잔뜩 쌓여 있어 작업대가 아닌 책장의 역할을 하고 있기 때문이다.

결국 내 방에 있는 책상은 세 개지만 집필할 때는 두 번째 책상만 쓰고 있다. 왜 이렇게 되었나 곰곰이 생각해보니 다양한 일을 동시에 하던 나에게 작가로서의 아이덴티티가 더 강해진 것이 아닐까 싶다. 앞에서도 잠깐 언급했다시피 나는 작가이기도 하지만 창업을 한 창업자이기도 하다. 사실 한국에서 전업 작가로 살아가는 것은 거의 불가능에 가깝다. 꾸준히 책을 내고 작업을 하거나, 아카데미 수업, 강연 등을 통해 안정적인 수입을 누릴 수 있는 장르문학 작가는 사실 몇 명 되지 않는다. 내 지인 작가들 중에도 대다수가 다른 일을 겸업하고 있다. 그만큼 전업 작가가 되는 것은 쉬운 일이 아니다.

나 역시 생계에 관련된 문제로 작가 활동뿐만 아니라 직접 회사를 차려서 다양한 일을 했다. 스토리 관련 교육 프로그램도 운영하고, 보드게임도 만들어서 팔고, 창업 관련 멘토링에 참여하거나 강연을 하기도 한다. 좋게 말하면 재주가 다양한 것이지만 바꿔 말하면 하는 일이 중구난방이라 뭐 하는 사람인지 종잡기가 어렵다. 하나의 방에 목적이 다른 세 개의 책상이 있는 것은 그런 분화된 아이덴티티의 상징이었다.

단 하나의 책상이 남는다면

처음 글을 쓸 때의 나는 예술가가 되고 싶었다. 순문학으로 등단한 선배 밑에서 문청의 꿈을 꾸는 동료들과 함께 세미나를 시작하며 작가가 되겠다고 결심했다. 순문학이 뭔지도 몰랐지만 그때는 소설가가 되기 위해서는 그렇게 해야만 하는 거라 생각했기 때문에 신춘문예와 문예지에 등단한 작품들을 읽고 합평하며 그들과 비슷한 톤의 단편소설을 쓰기 위해 노력했다. 하지만 시간이 지날수록 내가 쓰고 싶은 소설은 이런 것이 아니라는 생각이 들었다. 결국 5년의 습작 기간을 끝으로 나는 순문학으로 등단해서 예술가가 되고자 하는 꿈을 접었다. 그리고 깨달았다. 내가 정말 쓰고 싶었던 것은 장르문학의 영역에 있다는 것을 말이다.

어렸을 때부터 나는 애니메이션, 영화, 만화, 무협, 판타지 소설 등등 다양한 종류의 스토리 콘텐츠를 즐겨 봤다. 내가 진짜로 쓰고 싶었던 이야기는 바로 이런 종류의 스토리였다. 5년의 습작 기간 동안 배운 것도 정말 많았지만 내가 만족할 만한 스토리를 쓰기에는 영역이 너무 달랐다. 내 머릿속에 밖으로 나오고 싶어 하는 이야기들이 계속 내 귀에 대고 속삭이고 있었는데 그 목소리를 애써 거부했다. 하지만 시간이 지날수록 내가 진짜 하고 싶은 이야기는 이 목소리구나 하는 것을 느꼈다.

습작생 시절에는 주로 첫 번째 책상에서 글을 썼다. 하지만 장르문학 작가로서 글을 쓸 때는 주로 두 번째 책상에 앉아서 쓰고 있다. 첫 번째 책상은 이제 사색의 공간이 됐다. 뭔가 깊게 고민을 해야 하거나, 공책에 필기를 하며 내 생각을 풀어내야 할 때면 어김없이 깊은 단단함이 느껴지는 첫 번째 책상을 쓰게 된다. 공책에 직접 펜으로 뭔가를 쓰면서 생각을 정리하면 나도 모르던 내 마음속에 파묻혀 있던 생각들을 건져 올리게 된다.

두 번째 책상에서 쓰는 글은 대부분 장르문학 작가로서 돈을 받고 쓰는 글이다. 장르문학 중에서도 주로 호러를 쓰는데 한글을 켜고 화면을 꽉 채운 용지에 문장을 길게 줄줄 써내려간다. 솔직히 고백하자면 나는 호러 작가임에도 호러 영화를 잘 보지 못한다. 내가 볼 수 있는 호러 장르는 좀비물과 오컬트물 정도인데, 귀신이 나와서 깜짝 놀라게 하는 종류의 영화는 보지를 못한다. 그러다 보니 우습게도 방에서 혼자 글을 쓰다가 스스로 무서워져서 등골이 싸해질 때가 많다. 특히 크라우드펀딩 소개 페이지를 만들기 위해 무서운 사진들을 찾아야 할 때는 일부러 한낮에 한다. 솔직히 너무 무섭다.

쓰면서 무서워하는 것과는 달리 호러 소설을 쓰는 것은 무척 재밌다. 습작 시절 가장 관심을 가졌던 분야는 부조리극과 마술적 리얼리즘이다. 그때 배웠던 내용들은 내가 쓰는 호러 소설들의 큰 줄기로 자리 잡고 있다. 일상 속에서 비틀린 부조리들이 표면적인 공포로 나타나는 것이 내가 추구하는 호러 소설의 핵심이다. 장르문학 작가로서 이런 비틀린 부조리들을 자유롭게 형상화하고 이를 괴담이라는 소재에 녹여서 표현하는 것은 정말 즐거운 일이다.

두 번째 책상에 앉아서 글을 쓸 때는 즐겁게 자판을 치면서 열심히 빈 공간을 채워간다. 프로 작가로서 돈을 받고 쓰는 것이다 보니 부담감을 느낄 때도 있지만, 반대로 생각하면 내가 쓴 글이 시장에서 팔리고 독자들에게 읽힐 만한 가치가 있다는 것을 새삼 확인할 수 있다. 그래서 글을 쓸수록 더 힘이 난다. 첫 번째 책상에 앉아 있을 때보다는 두 번째 책상에 앉아 있을 때가 몸은 힘들지만 마음은 가볍다.

요즘에는 첫 번째와 세 번째 책상에 앉을 일이 거의 없다. 첫 번째가 예술가로서의 내 정체성을, 두 번째가 작가로서의 정체성을, 세 번째가 창업자로서의 내 정체성을 나타내는 것이라면 현재 나는 작가로서의 삶을 더욱 길게 보내고 있는 셈이다. 세 번째 책상에 잔뜩 쌓여 있는 소설과 창작서, 창작 관련 자료집들을 보며 내가 작가로서의 삶에 더 큰 비중을 두고 있는 것이 아닐까 하는 생각이 들었다.

그럼에도 내 방에 여전히 세 개의 책상이 존재하는 이유는 아무래도 작가로서의 삶에 대한 불안감이 크기 때문일 것이다. 만약 글을 쓰다가 어느 날 내 손가락이 멈춰서 더 이상 새로운 글을 쓰지 못하면 어떻게 해야 하나라는 불안감이 마음 한구석에 자리 잡고 있다. 소설을 못 쓰게 되면 뭐라도 먹고살 만한 구석이 있어야 하지 않을까 하는 일종의 구명줄로서 세 번째 책상이 여전히 놓여 있다. 언젠가 내 방에 하나의 책상만 놓이게 되는 날 어떤 책상이 남게 될지 나도 모른다. 하지만 그날이 오기 전까지 나는 여느 때와 다름없이 두 번째 책상에 앉아 즐겁게 자판을 두드리고 있을 것이다.

예지몽 살인

트릭의 재구성

황세연

결코, 피할 수 없는, 어쩔 수 없는 살인도 있다.

최순석은 화장실 변기에 앉아서 왼손 다섯 손가락의 지문에 투명 매니큐어를 꼼꼼히 칠했다. 매니큐어가 반쯤 마르자 번들거림을 줄이고 지문처럼 보이도록 천에 매니큐어를 바른 손가락을 대고 눌러 무늬를 만들었다. 그는 왼손의 매니큐어가 다 마르자 오른손 다섯 손가락 지문에도 매니큐어를 칠했다.

화장실 수납장 위를 손으로 더듬어 감추어두었던 작은 갈색 병을 꺼냈다. 안에 백색 가루가 들어 있었다. 흔히 청산가리라고 불리는 청산염이었다.

휴대전화를 끈 뒤, 낚시 가방을 메고 1층 현관을 나선 그는 마당의 자동차로 걸어가며 2층 난간에 붙어 있는 CCTV를 돌아봤다. CCTV 옆에 작동 중임을 알리는 빨간불이 악마의 눈동자처럼 보였다.

낚시 가방을 소형차 뒷자리에 실은 뒤 자동차에 올라타 시동을 걸고 전조등을 켰다. 이 중고차를 살 때 블랙박스를 달지 않은 게 다행이었다.

집 앞의 도로를 따라 차를 조금 몰아가다가 산속으로 나 있는 시멘트 길로 접어들었다. 집에서 50미터쯤 떨어진 외진 곳에 차를 세운 그는 소주 한 병을 들고 차에서 내려 집을 향해 걸어갔다.

CCTV에 찍히지 않기 위해 집 뒤로 다가가서 가슴 높이의 울타리를 넘어갔다. 2층으로 올라가는 계단 입구는 CCTV 감시 범위였다. 그는 미리 생각해둔 대로 집 뒤에 있는 사다리를 가져다놓고 2층 계단참으로 올라갔다.

2층 현관의 초인종을 누르면 비디오폰의 카메라가 작동해 방문자의 영상이 비디오폰에 저장된다. 순석은 초인종을 누르지 않고 현관문을 두드렸다.

"누구슈?"

안에서 집주인 손강호의 목소리가 들려왔다.

"접니다. 아래층 세입자."

문이 열렸다.

"웬일로?"

"술이나 한잔하자고요."

순석이 소주병을 내밀자 손강호의 얼굴에 미소가 떠올랐다. 그럼 그렇지, 알코올 중독자가 술자리를 마다할 리 없었다.

손강호가 거실에 상을 펴고 술잔을 가져왔다. 부엌에서 저녁에 먹다 남은 듯한 닭볶음탕도 내왔다.

두 사람은 잡다한 이야기를 하며 술을 마시기 시작했다.

순석은 매니큐어를 칠한 손가락 이외의 부분이 잔이나 술병에 닿지 않도록 조심하며 술을 조금씩 마셨다.

"아저씨, 복권 확인해보셨어요? 당첨되셨죠? 4등?"

"어, 그래! 정말 자네 꿈은 미래를 내다보는 예지력이 있나봐. 자네가 꿈을 꾸고 나서 내게 사다준 로또복권이 자네 예지몽대로 4등, 5만 원짜리에 당첨되었어. 3등도, 5등도 아닌 딱 4등이야. 어찌 이런 일이?"

손강호가 믿기지 않는다는 표정으로 순석을 쳐다봤다.

"혹시 자네 꿈에 로또 당첨번호 같은 건 안 나오나?"

들뜬 표정의 손강호와 달리 순석은 씁쓸한 표정으로 고개를 옆으로 흔들며 화제를 바꿨다.

"몇 년 전 박근혜 대통령 퇴진 시위 때, 엄마 손을 잡고 길을 가던 아이가 시위대를 보며 엄마에게 이렇게 묻더라고요. 엄마, 박근혜랑 태진아랑 무슨 관계야?"

손강호가 술잔을 든 채 그게 무슨 말이냐는 듯이 순석을 쳐다봤다.

"엄마, 저 사람들이 '박근혜는 태진아랑!', '박근혜는 태진아랑!' 이렇게 외치고 있잖아."

"푸하하. 군중이 외치는 '박근혜는 퇴진하라!'가 꼬마 귀에는 자기가 아는 사람의 이름으로 들렸던 모양이군?"

"예, 맞습니다. 그런데 사실 박근혜와 태진아는 무슨 관계가 있긴 있었습니다."

"무슨?"

"휴대전화 좀 줘보시죠. 제가 휴대전화를 놓고 와서."

손강호가 휴대전화 화면에 손가락 지문을 대서 잠금을 풀어 순석에게 건넸다. 순석은 오래된 신문기사를 검색해 손강호에게 보여줬다.

"1975년 경향신문 기사인데요…."

1975년 1월 29일자 신문들은 가수 태진아의 간통 사건을 일제히 보도하고 있다. 당시 스물한 살이던 태진아는 현대건설 사장의 부인(47세)에게 거금을 받아가며 불륜을 저지르다 형사를 대동한 현대건설 사장에게 현장에서 적발되어 간통 혐의로 구속되었다. 이 사건으로 현대건설 사장이 스스로 자리에서 물러났고 당시 부사장이던 이명박이 현대건설 사장에 임명되었다.

"이 불행한 사건이 기회가 되어 현대건설 사장이 된 이명박은

이 이력을 발판으로 서울 시장에 당선됐고 대통령까지 할 수 있었죠. 또 이명박이 대통령을 했기에 그 영향으로 박근혜 역시 대통령이 될 수 있었을 겁니다. 그래서 사람들은 우스갯소리로 박근혜를 대통령으로 만든 사람이 바로 태진아라고 말하기도 하죠."

"하하, 정말 기묘한 사건이군. 태진아의 간통 사건이 나비효과가 되어 이명박을 대통령으로 만들고 또 박근혜를 대통령으로 만들었다? 그래서 시위대가 '박근혜는 태진아랑 국정을 농단했다는 의미로, 박근혜는 태진아랑! 박근혜는 태진아랑!'이라고 외치고 다닌 것이다! 하하. 재밌네, 재밌어."

"이렇듯 하나의 작은 사건이 나비효과가 되어 역사의 흐름을 크게 바꾼 경우가 꽤 있습니다. 며칠 전에 텔레비전을 보니 어느 역사가가 말하길, 히틀러가 두 번이나 낙방한 미대 입시에서 합격했더라면 2차 대전의 비극과 유대인 학살은 일어나지 않았을지도 모른다고 하더군요."

"어쩌면, 그랬을지도 모르지."

"제가 얼마 전에 또 예지몽을 꿨는데 말입니다."

"예지몽? 잠깐만, 화장실 좀… 화장실 갔다가 오면 자세히 좀 이야기해봐."

손강호가 자리에서 벌떡 일어나 화장실로 들어가자 순석은 주머니에서 작은 갈색 병을 꺼내 뚜껑을 열고 손강호의 막걸릿잔에 백색 가루를 쏟아부었다.

화장실 물 내리는 소리가 나고 손강호가 화장실에서 나왔다. 술에 꽤 취했는지 걸음이 꼬였다. 그는 순석이 가져온 소주 한 병을 다 마시고 나서 냉장고에서 막걸리를 여러 병 꺼내 늘어놓고 마시는 중이었다. 반면 순석은 건배만 외쳐댔을 뿐 술은 거의 마시지 않았다.

"빨리 그 예지몽 이야기 좀 해봐."

"제가 몇 번이나 반복해 꾼 예지몽은 앞으로 10년 뒤 인류가 큰 고난을 겪는 꿈입니다. 전염력이 감기처럼 강하고 사망률이 무척 높은 무서운 전염병이 돌아 인류의 3분 1 정도가 사망하죠. 우리 어머니와 아버지도 그 전염병에 감염되는데, 병원에 환자가 넘쳐나다 보니 제대로 치료 한번 못 받아보고 집에서 비참하게 돌아가시는 꿈이었습니다. 어쩌면 저 역시 그 전염병으로 죽게 되는지도 모르겠습니다만, 제 예지몽에는 제 운명에 관한 것은 나오지 않습니다."

"정말 그게 예지몽이 맞나?"

"예, 틀림없습니다. 지금까지 그런 꿈을 꾸면 반드시 맞았거든요. 그런데 그 전염병의 최초 발생지가 우리나라입니다. 바이러스를 연구하는 한국의 어느 연구원이 일부러 바이러스를 만들어 퍼뜨린 거죠. 복수심에."

"복수심?"

"그 바이러스가 퍼지기 1년쯤 전에 누군가가 그의 어린 딸을 차로 치고 뺑소니를 치는 사고가 일어납니다. 아내가 병으로 죽은 뒤 어린 딸이 유일한 낙이자 희망이었는데 그 어린 딸을 차로 치어 죽이고 달아난 뺑소니 범에 대한 복수심이 인류에 대한 혐오와 복수심으로 바뀌어 바이러스를 만들어 퍼뜨리는 거죠."

"바이러스를 만드는 그 사람이 누군데? 그런 일이 진짜로 일어난다면, 그런 일이 일어나기 전에 누군지 알아내서 막아야 하지 않겠나?"

"어떻게요? 어떻게 막죠?"

"경찰에 신고하든지…."

"경찰이 믿어줄까요? 제가 꾸는 꿈이 늘 현실이 된다고 말하면,

믿어줄까요?"

"쉽게 믿지는 않겠지만…"

"절대 안 믿을 겁니다. 오히려 저를 미친놈 취급할 겁니다. 이미 그런 경험이 있거든요."

"그럼 무슨 다른 방법 없을까?"

"다른 방법요? 예를 들면 어떤…?"

"바이러스를 퍼뜨릴 그 사람을 찾아내 경고하거나…."

"말을 했는데도 그런 일이 일어난다면요?"

"정 안 되면, 그 사람을 죽여서라도 그런 일이 일어나지 않게 막아야겠지."

"사람을 죽인다고요?"

"그래. 그 사람을 죽여 많은 사람을 살릴 수 있다면 어쩔 수 없는 일 아닌가."

"저도 비슷한 생각입니다만, 문제는 그 사람이 누군지 모른다는 겁니다. 꿈에서 얼굴을 보긴 했지만, 얼굴만으로는 어디 사는 누군지 알아낼 방법이 없습니다."

"그렇겠군. 흐릿한 몽타주 한 장 들고 전국을 돌아다니며 사람을 찾아 헤매는 일과 다르지 않을 테니."

"그런데 다행히, 저의 예지몽에서 열쇠를 쥔 다른 사람, 아는 사람 한 명의 얼굴을 봤습니다. 술을 마시고 차를 몰다가 바이러스를 퍼뜨릴 남자의 어린 딸을 치어 죽이는 사람이 제가 아는 사람이더라고요."

"그래! 그 사람이 누군가?"

손강호가 눈을 동그랗게 뜨고 순석을 쳐다봤다.

"이쯤에서 뜸을 들여야 이야기가 더 재밌어지겠죠. 술 한 잔 마시고 말씀드리죠. 자, 건배!"

순석은 막걸릿잔을 들어 청산염이 든 손강호의 막걸릿잔에 건배했다.

순석의 다음 이야기가 몹시 궁금해진 손강호가 단숨에 막걸릿잔을 비웠다.

"크– 윽!"

막걸릿잔을 상에 내려놓던 손강호가 갑자기 배를 움켜쥐며 인상을 썼다. 입에서 거품이 이는가 싶더니 푹 쓰러지며 손과 발을 마구 휘저어댔다. 손강호의 몸부림에 술상이 와장창 엎어졌다. 몸부림을 치던 손강호가 겨우 손을 뻗어 술상 옆에 떨어져 있는 휴대전화를 움켜쥐었다. 하지만 그 행동이 마지막이었다. 그는 눈을 뜬 채 모든 움직임을 멈췄다.

"제가 꿈에서 본 아는 얼굴이 바로 아저씨입니다. 그동안 제게 잘해주신 건 무척 감사한 일이지만, 인류에게 닥칠 큰 재앙을 막으려면 아저씨를 죽일 수밖에 없었습니다. 아저씨도 어쩔 수 없는 경우라면 죽여야 한다고, 동의하셨잖아요."

순석은 자리에서 일어나 시체를 향해 고개를 숙여 묵념했다.

"부디 천국에 가시길…. 술에 취해 어린애를 차로 치고 뺑소니를 치기 전에 돌아가셨으니, 틀림없이 천국에 가실 겁니다."

이제 순석은 손강호가 혼자 술을 마시다가 처지를 비관해 독약을 먹고 자살한 것으로 현장을 조작해야 했다. 전에 그랬듯이, 순석이 인류를 구하기 위해 손강호를 죽였다고 사실대로 말하면 아무도 믿지 않을 테고 그를 곧장 체포해 치료감호소에 처넣을 터였다.

순석은 주머니에서 빈 독약 병을 꺼내 외부를 천으로 잘 닦은 뒤 죽은 손강호의 지문을 찍어서 엎어진 술상 옆에 던져놓고 자신이 사용했던 소주잔과 막걸릿잔, 젓가락 등을 부엌으로 들고 가 깨끗이 씻어 수납장에 넣었다.

순석은 손강호의 손에서 휴대전화를 빼내 그의 지문으로 잠금을 푼 뒤 며칠 전에 안부 문자를 보낸 기록이 있는 손강호의 여동생에게 문자를 보냈다.

'세상 사는 게 지겹고 힘들어 오빠 먼저 천국으로 간다. 부디 행복하게 잘 살아라.'

곧장 전화벨이 울렸다. 손강호의 여동생이 건 전화였다.

순석은 끊임없이 울리는 전화벨을 뒤로하고 출입문을 나왔다. 문을 닫자 안에서 잠금장치가 자동으로 잠겼다.

비가 내리고 있었다. 봄비답지 않게 빗줄기가 꽤 굵었다.

CCTV를 피해 계단참에서 사다리를 타고 내려가 사다리를 원래 위치에 가져다놓은 뒤 담을 넘어갔다. 비가 오고 있었지만, 마당은 시멘트고 집 밖은 잔디밭이어서 발자국이 남지 않을 것이다.

집 근처 샛길에 세워둔 차로 뛰어갔다.

차 안에서 손가락 지문을 덮고 있는 매니큐어를 커터칼로 긁어 떼어내며 집 쪽을 주시했다. 곧 집 쪽으로 달려가는 자동차 전조등 불빛이 보였다. 여동생의 신고를 받은 경찰차가 출동한 것이다. 잠시 뒤 구급차 사이렌 소리가 들려왔다.

손가락의 매니큐어를 완전히 제거하고 난 순석은 자동차 시동을 걸었다. 차를 꽤 오래 사용한 것처럼 위장하려면 엔진을 뜨겁게 데울 필요가 있었다.

빗줄기가 가늘어져 부슬비가 내렸다.

황은조 경위를 비롯해 청양경찰서 형사들이 속속 현장에 도착했다.

혼자 사는 2층의 50대 남자가 사망했다. 엎어진 술상 옆에서 청산염이 들어 있던 갈색 병이 발견되었다.

형사들이 사건 현장을 캠코더와 사진기로 촬영하며 초동수사를 시작했다.

30분쯤 지났을 때 소형차 한 대가 천천히 2층 집으로 다가왔다.

"어어, 마당으로 들어오시면 안 됩니다!"

정복경찰관이 차 앞을 가로막자 창문이 열리며 30대 초반의 남자가 얼굴을 내밀었다.

"도대체 무슨 일이죠? 저는 이 집 1층에 사는 사람인데요."

"2층에서 사람이 죽었습니다."

"예에? 집주인 아저씨가 돌아가셨다고요? 설마…? 자살이라도 하신 건가요?"

우산을 쓴 채 마당에 서서 대화를 듣고 있던 황은조 경위가 끼어들었다.

"자살요? 평소 자살할 것 같은 조짐이 있었습니까?"

"최근 집주인 아저씨의 표정이 꽤 어두웠어요. 우울증이라도 앓는 사람처럼요."

황은조 경위는 1층에 사는 남자에게 주민등록번호를 물어 신원조회를 했다.

이름 최순석. 32세. 전과 기록이 있었다. 몇 년 전 어느 교회에 불을 지른 뒤 자수해 조현병 판정을 받고 치료감호를 받았다. 그는 출소할 때까지도 자신이 그 교회에 불을 지르지 않았다면 인류가 멸망했을 거라는 주장을 굽히지 않았다.

황은조 경위는 치료감호를 받은 전과가 있는 1층 남자가 의심스러웠다. 그의 말에서 2층 남자의 죽음을 자살로 몰아가려는 의도가 보였다.

"최순석 씨, 이 밤중에 어딜 갔다가 오신 겁니까?"

"까치내 구멍바위 밑에서 밤낚시를 하다가 왔습니다. 비가 오면 물고기가 잘 잡히는데, 아직 날씨가 추워서 그런지 통 입질이 없어서 빈손으로 돌아왔습니다."

"낚싯대는?"

최순석이 마당가에 세워놓은 자동차로 다가가 뒷문을 열고 빗물에 젖은 낚시 가방을 꺼내 보여줬다.

"낚시하신 데가 여기서 얼마나 멀죠?"

"차로 20분 남짓 걸렸습니다. 60킬로미터 정도로 달려서. 저기 CCTV 확인해보시면 제가 저녁때 차 타고 집을 나가는 장면이 찍혀 있을 겁니다."

"그렇겠군요."

CCTV를 쳐다보던 황은조 경위가 최순석의 말을 확인하기 위해 자동차 보닛에 슬쩍 손을 올렸다. 뜨거웠다.

순석은 거실 소파에 앉아서 형사들이 우글대는 창문 밖을 살피며 뭔가 실수한 것이 없는지 되짚어봤다. 실수한 건 없는 것 같았다.

마당에서 이리저리 비추는 손전등 불빛이 보여 창밖을 내다보니 조금 전 이것저것을 물었던 젊은 남자 형사가 우산까지 팽개친 채 손전등을 들고 순석의 차를 꼼꼼히 살피고 있었다.

'도대체 왜 내 차를 저리 열심히 살펴대는 거지?'

순석은 불안했다. 하지만 차에 무슨 증거가 남아 있을 리는 없다. 죽은 손강호의 시체를 자동차로 실어 나른 것도 아니니.

잠시 뒤 초인종이 울렸다.

문을 열자 자동차를 살피던 형사가 문 앞에 서 있었다.

"최순석 씨, 왜 거짓말을 했죠? 2층 남자가 죽을 때 당신은 여기서 차로 20분 넘게 걸리는 구멍바위 인근 냇가에 있었던 게 아니라 이 집 근처에 있었습니다."

"예? 그게 도대체 무슨 말씀입니까? 저는 분명 제 차를 타고 낚시를 다녀왔습니다."

순석은 딱 잡아떼었다. 집에서 구멍바위까지 가는 도로에는 방범 카메라나 단속 카메라가 단 한 대도 없었다. 무슨 증거가 있을 리 없었다.

"당신은 오늘 밤 저 차를 타고 구멍바위에 가지 않았습니다. 저 차는 당신이 집을 나선 저녁때부터 줄곧 이 집 근처 어딘가에 세워져 있었습니다. 당신의 알리바이는 허위이고 조작입니다. 증거가 명확한데 계속 거짓말을 할 겁니까!"

"증, 증거요?"

- 문제: 황은조 형사는 무엇을 근거로 최순석의 차가 집 근처에서 있었다고 말하는 것일까?
- 답과 설명은 나비클럽 홈페이지(www.nabiclub.net)의 계간 미스터리 카테고리에서 확인할 수 있습니다.

내가 일곱 살이었을 때, 나는 엄마한테 말했어. 방문을 닫아도 될까요? 엄마가 대답하셨어. 물론이지. 그런데 왜 방문을 닫으려고 하니? 나는 이렇게 말했어.

생각을 하고 싶어서요.

그리고 열한 살 때 엄마한테 말했지. 방문을 잠가도 될까요? 엄마가 말씀하셨어. 그렇게 하려무나. 그런데 방문을 왜 잠그려고 하니? 그때 나는 이렇게 대답했지.

글을 쓰려고요.

—도로시 웨스트
『작가의 책상』, 질 크레멘츠. 50~51쪽

한국 추리소설 작가들의 다양한 작품들이 가득해서 잡지 한 권을 읽어도 추리소설을 여러 권 읽는 것 같은 재미가 느껴졌다. b*****9

문학잡지답지 않게 디자인이 아주 예쁘고(중요), 단순히 추리소설 몇 작품이 실려 있는 것 뿐 아니라 평론, 작법, 출판사 인터뷰 등 꽤 다양한 콘텐츠가 들어 있어서 허겁지겁 순식간에 다 읽을 수 있었다. h********e

기고 글을 통해 세대교체의 현주소를 생각해보고, 흔치 않은 작가들의 대담도 고개를 끄덕이게 한다. 또한 신인상 수상 작품과 단편, 중편 등 개성이 담긴 여러 작품을 한 권에 모아 두어 신나게 읽을 수 있으니 보기만 해도 황홀하다 못해 배가 부르다. 평론이나 리뷰처럼 작가를 꿈꾸는 이들에게 도움이 될 만한 글들도 있어 미스터리 계간지로서의 역할을 톡톡히 하고 있다. 마지막으로 장르 출판사(몇 출판사는 낯익지만 그 외에도 이렇게나 이 장르에 진심인 출판사가 있었다니!)의 한 해를 돌아보고 내년을 생각하는 질문들까지 알찬 구성이다.
국내에도 옆 나라처럼 추리장르의 대표 작가가 나와서 그 작가 이름을 딴 공모전도 열리고, 그러면서 더더욱 많은 이들의 참여로 활기를 띠는 넓은 시장이 만들어졌으면 하는 바람이다. 앞으로 많은 독자들을 흡입해 그 원동력이 되어줄 미스터리와 대중성을 겸비한 장르 작가의 출현을 기대해본다. 여**루

내가 전건우 작가를 워낙 좋아해서 전건우 작가의 〈작가의 방: 노트북만 있다면 세상 모든 곳이 작업실〉을 특히 재미있게 읽었다. 작가를 하다가도 중간 중간에 다른 직업을 가졌다니 역시 작가라는 직업은 다소 배가 고픈 직업이 맞나보다. 하지만 노트북만 있다면 세상 어디를 가더라도 일을 할 수 있다니, 정말 매력적이지 않은가? 보릿고개를 견딜 수만 있다면.

이렇게 흥미로운 책을 이제야 알게 되었다니!!! 좀 더 살살이 찾아보지 못한 과거의 내가 원망스럽다. 이제 《계간 미스터리》를 알게 되었으니 앞으로 충성 독자가 되지 않을까 싶다. 장르소설을 좋아하는 독자들에겐 재미있는 책일 것이고, 자신만의 작품을 가지고 싶어 하는 신인 작가들에겐 등단의 기회가 될 수 있을 만한 책이다. 명*********마

출판사가 바뀌어서인지 책이 많이 바뀐 느낌이 듭니다. 장황한 이론 기사가 없어지고 국내 소설이 많아서 좋습니다. 몇몇 작가에 한정되는 듯한 느낌이 좀 있고 가끔 수준 이하의 작품도 있지만 그래도 예전에 비하면 훨씬 좋아졌고 작가 풀도 넓어진 것 같습니다. 신인상 당선작 두 편 중 한편은 간결해서 좋았고, 다른 한편은 장편으로 써야 할 것을 단편으로 쓴 것 같아 좀 아쉬웠습니다. 그래도 매 호 점점 나아지는 모습이라 좋습니다. h****r

홍선주 작가님의 〈G선상의 아리아〉는 일종의 심리소설인데요, 제가 봤왔던 신인상 수상작과는 작품 경향이 꽤 달라서 신선했어요. 무슨 이유인지는 모르지만 《계간 미스터리》 수상작은 본격 미스터리가 주를 이룹니다. 탐정 역할을 하는 인물이 나와서 사건을 파헤치는…. 이 작품은 그런 흐름에서 벗어나 한 사람이 살인마로 성장(?)하게 되는 과정을 담담하게 서술, 아니 녹음기를 통해 고백합니다. 유려한 문체가 인상적이었어요. 장**이

총 11편의 작품이 나오는데 한 번에 읽기보다 시간차를 두고 읽는 게 좋을 것 같다. 한 번에 모두 읽으면 내용이 뒤죽박죽되는 느낌이므로 여유를 가지고 차근차근 읽을 것을 추천한다. 책을 많이 읽지는 못했지만 책에서도 언급되듯 아직 우리나라 추리소설이 일본이나 영미 쪽보다 약한 것이 사실이라고 생각한다. 하지만 《계간 미스터리》 68호를 읽고 국내에서도 앞으로 좋은 작품이 많이 나올 것을 기대하게 되었다. t**********7

선정되신 리뷰어분들께 감사의 마음으로 《계간 미스터리》 2021년 봄호를 보내드립니다. 아직 출판사의 DM을 확인하지 못한 분들은 이메일 nabiclub17@gmail.com으로 연락해주시면 감사하겠습니다.

가상의 도시, 월영月影시.
풍문으로만 떠돌던 괴담이 펼쳐지는 월영시를 무대로
추리×괴담 20명 작가들이 창조한
호러풍의 미스터리, 미스터리풍의 호러 소설.

"아무것도 없는 공간에 갇혔다.
이승에서의 그는 행불자다."

－초자연 편

"월영시에는 다른 시간대로 가는
엘리베이터가 존재한다."

－괴담 편

추리 X 괴담 20명 작가의 컬래버
"대한민국 젊은 장르작가들의 개성과 상상력을 즐겨라."

계간 미스터리 신인상 공모

전통의 추리문학 전문지 《계간 미스터리》에서
새로운 시대를 함께 열어갈 신인상 작품을 공모합니다.

■ **모집 부문**
단편 추리소설, 중편 추리소설, 추리소설 평론

■ **작품 분량(200자 원고지 기준)**
단편 추리소설: 80매 안팎 / 중편 추리소설: 250~300매 안팎 / 추리소설 평론: 80매 안팎
※ 분량 기준을 준수하지 않은 응모작은 심사 대상에서 제외됩니다.
※ 평론은 우리나라 추리소설을 텍스트로 삼아야 합니다.

■ **응모 방법**
– 이메일을 통해 수시로 접수합니다. mysteryhouse@hanmail.net
– 우편 접수는 받지 않습니다.
– 파일명은 '신인상 공모_제목_작가명'을 순서대로 기입해야 합니다.
– 이름(필명일 경우 본명도 함께 기입), 주소, 연락 가능한 전화번호, 이메일을 원고 맨 앞장에 별
도 기입해야 합니다. 부실하게 기입하거나 틀린 정보를 기재했을 경우 당선 취소 등 불이익
을 받을 수 있습니다.

■ **유의 사항**
– 어떤 매체에도 발표되지 않은 작품이어야 합니다.
– 당선된 작품이라도 표절 등의 이유로 타인의 지식재산권을 침해한 사실이 밝혀지거나, 동일
작품이 다른 매체 등에 중복 투고되어 동시 당선된 경우 당선을 취소합니다. 이 경우 원고료
를 환수 조치합니다.
– 미성년자의 출품은 가능하나 수상 시 법정대리인의 동의서, 가족관계증명서 등을 제출해야
합니다.

■ **작품 심사 및 발표**
– 《계간 미스터리》 편집위원들이 매 호 심사합니다.
– 당선자는 개별 통보하고, 《계간 미스터리》 지면을 통해 발표합니다.

■ **고료 및 저작권**
– 당선된 작품은 《계간 미스터리》에 게재합니다. 작가에게는 상패와 소정의 고료를 드립니다.
– 원고료에 대한 제세공과금을 공제합니다.
– 신인상에 당선된 작가는 기성 작가로서 대우하며, 한국추리작가협회 정회원으로서 작품 활
동을 지원합니다.

■ **문의**
한국추리작가협회 02-3142-3221 / 이메일: mysteryhouse@hanmail.net